Gaea

Gaea

特殊傳說
THE UNIQUE LEGEND
護玄 ／著
vol. 4
新版

特殊傳說 4

目錄

特殊傳說
THE UNIQUE LEGEND

登場人物介紹

Atlantis學院

姓名：褚冥漾（漾漾）
年級/班別：高中一年級/C部
性別：男
袍級/種族：無/人類
個性：非常普通的男高中生，個性有點怯懦，不太敢與人互動。

姓名：冰炎（學長）
年級/班別：高中二年級/A部
性別：男
袍級/種族：黑袍/？
個性：脾氣暴躁、眼神銳利。不過是標準刀子口豆腐心的好人～

姓名：米可蕥（喵喵）
年級/班別：高中一年級/C部
性別：女
袍級/種族：藍袍/鳳凰族
個性：個性爽朗、不拘小節，喜歡熱鬧。非常喜歡冰炎學長！

姓名：雪野千冬歲
年級/班別：高中一年級/C部
性別：男
袍級/種族：紅袍/？
個性：有點自傲，知識豐富像座小型圖書館；討厭流氓！

姓名：西瑞．羅耶伊亞（五色雞頭）
年級/班別：高中一年級/C部
性別：男
袍級/種族：無/獸王族
個性：個性爽朗、自我中心。出身於暗殺家族，打扮像台客。

其他

姓名：褚冥玥
身分：一般的大一生，漾漾的姊姊
性別：女
種族：人類
個性：直率強硬，是個很有個性的冷冽美女。異性緣爆好！

第一話　開眼

地點：Atlantis
時間：上午八點五十分

第一賽後，到下場比賽開始前，有放假休息的時間。

這兩日大部分時間所有人都各做各的事情，而來我們學校觀摩比賽的外校學生就順便參觀我們學校，四處都可以看見本校與外校的人結件說說笑笑地邊介紹邊四處逛著，也可以看到有人互看不順眼在鬥毆；整個校園一下子變得很擁擠，走到哪邊都可以看到人，和之前零零散散的狀況完全不同。

這個狀況以圖書館最明顯。在那之後的某一天我才知道，我們學校圖書館的藏書居然在這個世界藏書豐富的前五大之內。而聽說第一圖書館好像是在某個一般人找不到的什麼什麼聖地，反正一聽就是我絕對去不了的那種終極之地。

「漾～」

來了！又來了！走五步必定出現在身後的台客閒人！

「你又要幹嘛！」我已經學到教訓了，這次連逃跑都懶，直接轉頭過去看那個不管怎樣都會追上來的某某人。反正每次我如果要逃跑，一定都會落得差點窒息的悲慘下場，經過幾次慘案之後，就知道與其皮肉痛，還不如乖乖接受。

「欸欸，大爺我好心來找你玩免得你太無聊致死，這是對待救命恩人的態度嗎？」五色雞頭慢慢地從暗處走出來，整個語氣變成傳說中的惆悵。

說眞的，他說這種話跟他的衣著完全不搭。

你能想像一個穿著夏威夷台客裝的人對我說啥救命之恩嗎？而且這根本算不上什麼救命、完全不算，「你到底要幹嘛？」我努力地默唸冷靜讓自己要冷靜不要巴他頭。

「沒啊，人閒閒，找你逛街。」他說出了一般女生無聊太閒時會說的話。

「太閒不是打籃球？」

我想了一下，一般正常小孩子應該大部分都是成群去體育場做陽光活動才對吧？

「大爺我看到圓的東西在滾會有打爆它的衝動。」五色雞頭哼了兩聲，順便很配合地磨磨獸爪給我看，「職業病，不好意思。」

你是雞不是狗吧？還有，爲什麼你的職業病是把圓的東西打爆？

你都打爆些什麼圓的東西啊？

你的職業不是殺手嗎！

我突然有點不太想要去想像爲什麼他會養成這種奇怪的職業病，那個答案絕對不是我這種心臟虛弱的人可以聽的……

「你是誰？」五色雞頭的一句問話徹底把我遊走到天外的神智給拖回來，仔細一看，不知道什麼時候在附近出現了一個外校生，五色雞頭正在盤問他。

外校生？

我突然發現這個人非常眼熟。

「然？」不用說臉眼熟，他的衣服就夠有特色了，在整批比賽對手中，就他們學校衣服最特別，讓人印象深刻。

大致上來說，應該說除了他們學校好認之外其餘都普普，大賽當中有很多學院都是沒有制服的，像是雅多他們所屬的亞里斯學院也是沒有制服的那種，所以有制服的學校就格外地好認了許多。

「你好。」還是掛著溫和笑容的然一看見我立刻打了招呼。

「你們認識？」五色雞頭懷疑地看了看我、又看了一下七陵學院的學生，表情就是「我們兩個怎麼會搭在一起」的那種感覺。

哼哼哼，很抱歉，我就是有認識你不知道的其他人怎樣！

「之前在會場上認識的。」我很清楚知道然不是壞人，不知道爲啥，就是有那種絕對把握，我想大概是因爲他之前給我的和善感覺吧，「他是七陵學院的然，前兩天你們比賽時候我在大會場觀賽認識的。」

五色雞頭的表情還是有點疑惑，「然？七陵學院的……好耳熟，不知道在哪邊聽過。」

「您好，羅耶伊亞家族的朋友。」微微一彎身，禮貌性地行過禮，然才伸出手掌，「耳聞羅耶伊亞家族的下任繼承人在此地學習，今日有幸一見，希望以後有機會能與您切磋交流。」

說實話，他講話有點文謅謅的，聽了還有點怪。

「切磋？」明顯只接收到那兩個字的五色雞頭怪笑兩聲，我馬上知道他往哪邊想了，「要打架是吧，本大爺隨時奉陪！」

我就知道他一定想這個！

你腦袋裡除了肢體動作之外，就沒有一點文化交流的想法嗎？

「或許會有機會。」然很隨和地這樣說著，完全不著痕跡地把打架兩個字給推掉，然後轉向我，「不好意思，因為我看這學校很有意思，所以四處亂逛著，沒有妨礙到你們吧？」

「沒有、沒有。」我立刻搖頭，基本上到處逛的又不是只有他一個，而且學校好像已經正式對外開放了，隨便外校生亂走也無所謂，這兩天我就看過黑館外圍一堆人在觀光，沒真的進來就是。

……不是聽說我們學校祕密很多嗎！這樣真的沒關係嗎？

「這個地方真大，好像走不完一樣，隨時都會迷失在其中。」四處張望了一下，然微笑著隨口說，剛好也說中我的內心痛，「不過在比賽時似乎也改了些布局，有些地方下了封印不讓人隨便走進去。真的有點可惜，不能將整個校園都看過，否則必定能有很多收穫。」

是喔？

我好像沒有那種被阻擋的感覺，大概是只針對外校生吧？不過也很有可能是因爲我不會走到危險的地方，要知道我們學校是到處都能把人給種掉的，找死才會亂跑。

「喂，七陵的。」五色雞頭突然插入話題，我的眼皮立即跳了兩三下，「你是不是要找帶路的人找不到？」

然沒有回話，就是睜著眼睛疑惑地看他。

「我們兩個也沒有事情，帶你把學校看過一次如何？」

等等！我們「兩個」？

你要死幹嘛拖別人一起下水！

我還記得上次去圖書館他最後給我逃走的事情，這完全說明了跟五色雞頭一起行動絕對不會有什麼好下場！

「眞的嗎？」然勾了笑容，然後又看了我一下。

「當然可以啦！」五色雞頭用力勾住我的脖子，差點沒讓我缺氧上西天，「不過有交換條件。」

「請說。」

五色雞頭鬆開手把我推到旁邊去，我直覺他就是不讓我過來礙事，「逛完之後找一天我們來單挑，我想知道七陵的到底有哪些能力。」

我就知道！我就知道你腦袋裡想的全部都是這回事！

然環著手低頭沉思了一會兒，拜託請不要答應啊老兄。

「這個恐怕很難答應你。」然說出讓我想歡呼的話，「因爲我們學院明訂了不能隨意與人動手，若在外校非必要與人動手的話，會遭到校規處分。」

你們學校的校規眞是太好了！這讓我覺得我們學校眞的也應該有這樣一條校規，一定可以減少很多死傷人數的相信我。

「那就這樣吧，反正你也很閒嘛，我也沒看過學校！大家一起去逛學校就好了！」我在五色雞頭還來不及提出第二個建議時立即卡斷他們的話。不過說眞的，我的確也很想逛逛學校，因爲到現在除了教室餐廳保健室競技場和宿舍外，其他地方我就沒有去過了。

啊，還有一個教室追逐的地方，第一次追教室就是在那邊衝浪的。

五色雞頭用一種很詭異的表情看著我，那個表情就好像他剛剛已經打算幹什麼好事被我打斷一樣。

「算了，那就這樣吧。」

……他居然同意了！

要命，今天該不會下紅冰雹吧，我有點害怕。

※

其實我還有點怕五色雞頭會在事後對我來個秋後算帳。

不過眼前倒是忘了這些事情。

他先帶我們兩個走過我最熟悉的教學大樓之後，完全不受路線布置變更過的影響，第二站就是我完全沒有看過的地方。

很像是廣大的庭院造景，四周有樹有花還有神奇的小山丘，不過全部都是幾乎透明的白色。不用懷疑，樹眞的都是白色的，可以看見有水在樹身裡緩緩地流動；看起來就像是奇妙的玻璃藝術品一般。

飄下的白色樹葉慢慢繞著圈落下，這裡的一切顯得很平靜，有種時間停頓的感覺。

「這裡是白園。」五色雞頭居然很盡職地充當導遊順便介紹，講完第一句之後，他很認眞地偏頭想了半晌：「很適合闔家烤肉觀光郊遊。」

……郊你的頭。

我把上一秒的感謝之意完全回收。

「這邊挺漂亮。」然環顧四周一圈，很滿意地微笑，「尤其是風。」

「風？」說眞的，我只感覺稀薄微弱的風絲，啥漂亮的風都沒有感覺。

「喔，你挺識貨的。」看了七陵學生一眼，五色雞頭的口氣分不出來到底算是稱讚還是揶揄，不過照他平常講話的態度來看，我想應該是稱讚居多，「洗乾淨耳朵聽了，這裡是我們學院四大方位之一，風的白園，平常本大爺還不屑隨便帶別人來參觀哩！」

風的白園？

可是我好像真的沒有感覺到風。

「原來這就是四大守護者之一的白園。」就地直接坐下來，然朝我拍拍旁邊的座位，我只好也跟著坐到白色的草地上，「不過你這樣帶領外校生隨便進入沒問題嗎？」他看著坐在對面的五色雞頭這樣詢問。

「安啦，如果你是啥壞人的話就絕對進不來。」五色雞頭用一種很有把握的語氣說，「別太小看我們學院的防衛系統。」

「說得也是。」

完全聽不懂那兩個人在打什麼啞謎，我有種好像在聽外星人交談的奇妙感。

不過靜下心來，倒是會感覺到這邊的風還滿舒服的。不會很大、但也沒有很小，就是若有似無涼涼的那種感覺，讓人整個心情也跟著放鬆平靜下來。

然很瀟灑地砰一聲直接躺倒在地，完全不管地面白色草叢裡面有沒螞蟻還是小蟲一類東西。

我想想，如果這裡有螞蟻……白蟻？

「漾~你沒聽他們說過白園這些事情？」一樣坐在地上的五色雞頭疑惑地看著我。

我知道他指的是誰，九成是千冬歲他們，「沒有，是什麼東西？」

「聽說Atlantis學院最早成立時是運用四大元素建成，建造時四種方位分別設置了四個園景。」意外地，回答我問題的居然是舒舒服服躺在地上的外校生，「風之白園、水之清園、火之焰園以及最後一個地之石園。以此四大地點集中元素然後與精靈們簽約成立學院的基礎之根，然後再開始擴建於其中。」

五色雞頭看起來也頗意外，不過很快就把那種表情收起來，「嗯，現在我們待的這個地方就是風元素的集中地，白園。」

四大元素的基礎之根？

等等，那我們現在不就在一個很重要的地點嗎！這樣隨便跑進來可以嗎？

我瞬間感覺整個背脊爬滿冷汗。要是被警衛還是什麼什麼校方人士抓到的話，不曉得會變成什麼樣。

五色雞頭斜了我一眼，好像猜出我現在正在想啥，「安啦，這邊一直都是開放的，不過會來的學生不多，而且這邊有設置警備，有啥噁心的人踏進來那一秒就會被徹底殲滅。」

……徹底殲滅？

你的用詞好靈異啊這位同學。

「漾漾還看不見精靈守衛嗎？」然突地翻了身，趴在草地上看我。

……這位同學，你什麼時候學到如此親密的叫法？我們應該不熟吧？

不過我突然發現然的某些動作和他的臉實在是很眼熟，眼熟到我一直覺得自己應該認識他才對，可是又想不起來在哪邊認識。

照理來講像他這種人還滿容易留下深刻印象的，沒可能記不起來。

「漾～還看不見喔，他剛進來學校沒多久而已。」五色雞頭不知道什麼時候跟他混熟了，很自然就開始接起話，還是百分之百純聊天的那種口氣。

「是這樣啊？」然翻坐起身，笑吟吟地看著我，讓我有種雞皮疙瘩冒出來的詭異感覺，「不好意思，因爲我一直覺得你看起來應該要很早就到學院來才對，沒想到你是最近才入學的。」

很早就要來？

難不成我臉上有寫入學最佳時期嗎！我還過期了是嗎！

「呃……抱歉因爲我之前不知道有這種地方可以入學。」我不知道應該回應什麼。幹嘛突然扯到這個話題！難不成這學校開張時有請宣傳車大街小巷吵死人地通告嗎！我會不知道是理所當然的事情吧？

「你們兩個在那邊不好意思抱歉啥啊？」五色雞頭看看左邊、看看右邊，發出煩躁的聲音。

沒人惹到你吧這位大爺。

「漾漾，如果你願意的話我可以稍微幫你開眼喔。」然轉過頭，很像是在徵求什麼地看我，黑色的眼亮亮的看起來很清澈無瑕，讓人完全感覺不到惡意，只有誠懇的感覺，那瞬間我差點反射性就把頭給點下去。

不過，開眼是啥鬼？傳說中的天眼通嗎？

那個不是電影上捉鬼收妖殭屍大片在唬爛人用的嗎？

「你會開眼！」五色雞頭顯然整個震驚到了。

是說，開眼不是用牛眼淚抹過去就可以了嗎……啊，記錯了，那個是陰陽眼，讓我們抹掉重來。

「很稀奇嗎？」這次吃驚的變成然。

五色雞頭揚揚手，「算了，我一時忘記你們學院是例外中的例外。」

「抱歉，我可以請問你們在說什麼東西嗎？」我舉起手很誠實地發問，他們兩個好像是在說某種字面上跟我的認知有點像可是實際上不一樣的東西。

兩人同時轉過頭來看我，「開眼指的就是把自身能力做一個提升。」五色雞頭搔搔頭，然後想了一個比較簡單的說法解釋給我聽，「就是電腦升級的那個意思，可以引導出你自身本來就有的力量，每次雖然不是很多，不過配合開眼的話，很快就會練出一個階段的成績了。」

……我想想，也就是說跳級的意思嗎？

本來要一年才會出現的東西配合開眼只要四個月還是六個月嗎？

這樣那些乖乖修練的人不就像傻子？

還有，爲什麼你居然懂電腦升級這個名詞！

「開眼必須配合有潛質的人才可以發揮，另外就是會開眼的術師非常少，少到幾乎一個人就有上千人搶著要的地步。」五色雞頭附帶這段話給我。

好吧，我明白了。

接著，雞爪指著一臉無辜的然，「七陵學院的人向來崇尚什麼心靈自然那個上了會馬上被無聊殺死一萬次的課……」

「不好意思，是宇宙自然論。」有人想幫自家學院辯駁。

「囉唆！都一樣啦！」馬上就被惡聲惡氣地打斷，「所以他們學院一向以出產術師聞名，會開眼的大部分都是從那邊出來的居多。」五色雞頭收回爪子，哼哼了兩聲。

也就是說，七陵學院是自然法術爲主的學院？

難怪我會一直覺得他們學校衣服都很像祭咒服，原來是這樣啊。

※

「話說回來，漾漾你想要開眼嗎？」

然回歸了話題，又再次徵詢我的意思，「依照我的評估，你應該有力量而未被發掘出來，只要讓我替你開一次眼，你一定會很顯著地發現有所不同。」

開一次眼就會有所不同？有那麼神奇嗎？

我懷疑地看著眼前還算不上是什麼好朋友的人，「哪樣子不同？」該不會是原本看到的東西從普通恐怖十八禁變成終極恐怖的八十禁吧？

「嗯……我說不上來，反正你一定會有不同的感覺就是了。」然微微笑著說：「因爲我沒幫自己開過眼、也不能幫自己開眼，所以無法告訴你確切形容。」

我看了下五色雞頭，他朝我點點頭。我想，讓能力更進一步不是壞事吧？畢竟來這個學校就是爲了讓我學會怎樣控制和引發能力。

「那就……麻煩你。」我點了點頭，答應了。

頂多沒成功也不會比現在更糟吧……不過要是比現在糟的話我也不能講什麼，反正我本來就是衰人嘛。

「那我也幫西瑞一起開一次眼吧，您看起來好像也很多能力尚未開發，如何？」顯然很高興的然連忙說道，「當作今日兩位帶我參觀這好地方的謝禮。」

「好啊。」五色雞頭笑了兩聲，完全不猶豫地就點頭答應。

「那請兩位注意，剛開眼三日內盡量不要動用到需要全身力量的大法術，這樣會造成能量流失。另外就是每開眼一次就得隔半年的時間才可以再做一次，因爲開眼次數頻繁，肉體會跟不上能量成長，很容易會造成肉體崩潰，這兩點還請兩位務必記住。」然非常謹慎嚴肅地告訴我們，然後盤腿端坐，「請兩位閉上眼睛，等我說好時才可以睜眼。」

我看見他好像從衣服口袋裡面拿出一個小盒子。

五色雞頭閉眼了，我也不敢再看下去連忙跟著閉眼睛。

隨著微風傳來的是淡淡的香味，不是人工香料的味道、也不是水果甜氣，更不是什麼優雅的花香味，就是一個淡淡的香氣。

很像風的味道，清爽、自然。

就跟學長、賽塔先前身上有很像陽光氣味那種感覺是類似的。

不知道爲什麼，嗅了那個味道之後我的腦袋有幾秒鐘、或許更久的一小段時間是空白的，什麼也想不出來。

只有香氣的味道在腦袋裡盤繞。

很舒服……

「好了，兩位可以睜開眼了。」然的聲音突然響起。

這麼快？

我睜開眼睛，意外地覺得眼睛好像有點痠澀，下意識看了一下手錶，居然已經過了二十分鐘了。

眞的假的？有這麼久嗎？

就在我睜開眼睛的那一秒，我突然看見有個白色的東西好像從我們附近飄過去，輪廓上像穿著白色長袍的人，等我想再看清楚一點時，他已經不見了。

這就是開眼？

「今天可能還不是很穩定，兩位回去睡一晚之後，開出的能力就會固定下來，你們很快就會發現不同的地方了。」然的臉色看起來好像不是很好，不過還是笑笑地這樣告訴我們。

「啊，謝謝。」我連忙低頭道謝。

「不用客氣，這是應該的。」然比我還有禮貌。

旁邊的五色雞頭緩緩睜開眼，然後舉起右手鬆了鬆手指，凝神看了一下，好像在想什麼的樣子，一會兒就又放下手，「感覺還不賴，謝了，七陵的。」

「不會。」

說眞的，我好像沒有感覺到顯著的不同。

整體上來講，只是覺得視線範圍好像清爽多了。

然伸了伸腰手，「一次開兩個人果然有點累，那我就先告辭了，今天眞的是很愉快的一日。」他站起身，輕輕拍掉身上的草屑。

「啊，要不要送你回去？」我看他的臉色有點青白，怕他在路上突然昏倒之類的，畢竟他好像幫了我們個大忙。

「不用麻煩了，我直接用移送陣就行了。」然勾了笑容。

對喔……我眞是白痴，居然忘記有那種方便的東西。

「七陵的！」五色雞頭也跟著從草皮上跳起來，「我欣賞你，下次有時間再出來玩。然後你還沒告訴我們你姓啥，哪天想到要去找人要讓我們找到死嗎？」

被他這樣一講，我才想起來我只知道他叫然，剩下的全都是個大問號。

「欸……我沒說嗎？」然愣了一下，然後連忙陪笑，「不好意思，我的全名叫作白陵然，七陵學院今年的一年級部。」

「白？」我訝異地看了他一眼，「好巧，我老媽也姓白說。」沒想到這麼容易就遇到同姓的人啊，以前我老媽還常常抱怨社區裡面很難找到跟她同姓的人。

然用一種滿奇怪的眼神看我，「漾漾，我姓白陵，白陵、然。」

我錯愕了，整個人有種尷尬的感覺，「抱歉，我接太快了，眞對不起。」眞想拔掉我的舌頭，幹嘛沒事多話！

光聽就知道了，哪有人名字會取陵然那麼怪的！

「沒關係，這個是家族古姓，一般我們在外面還是會自稱姓白，可以免掉很多不必要的解釋麻煩。」然微笑地幫我解除尷尬，「那麼就先這樣了，我們改天再一起聊聊吧，兩位都很有趣呢。」

其實，我不懂他們有趣的定義在哪邊。

因爲我在這個世界不管走到哪裡都被說有趣，很怪的是我本人完全不覺得我有趣。

巨大的移送陣出現在然的腳底下。

就光看這個移送陣，我可以打賭他一定也不是什麼泛泛之輩。

然朝我們很熱情地揮手。

「下次見。」

第二話　飲料

地點：Atlantis
時間：上午七點零三分

開眼的第二天我一大清早就醒了。

放心，絕對不是什麼開眼奏效讓我一大早自然起床，然後神清氣爽地踏著雲霧升天，基本上那是武俠仙俠小說裡面才會出現的情節；況且我是開眼又不是吃仙藥，所以這是絕對不可能發生的事情。如果它發生了，這個故事就要改名叫「靈異事件」了……雖然它本來就很像。

之所以會那麼早醒，是因爲我老媽在夜市買的九十九元鬧鐘神奇的功效。

就在鬧鐘響起、被我關掉不久之後，外面的門口立即傳來敲門聲。

「來了來了！」我連忙穿好衣服衝到門口去開門。

一開，就看見學長不知道拿了一大包什麼東西站在門外，「你的衣服。」他把東西塞到我手上，「前天到的，不過我沒時間拿過來，現在給你。」

我接過袋子立即就發現那個袋子上印了我們學校的代表圖騰，另外一張配卡上面繪著代表隊的徽章圖騰。這是代表隊的衣服？

「好快喔。」訂做衣服有這麼快的嗎？才過幾天而已耶！我將紙袋當場拆開，裡面有著長短袖各一套的衣服和長褲與一件大衣，和夏碎學長上次穿的是同款式，上面有著代表隊的徽章和校徽，最後一個是我的年級章，看起來相當精緻。

「這是請北國妖精手工製成的，質料很好，不比賽有任務時你也可以穿。」學長靠在門邊淡淡地說，感覺有點像是某種已經講解過很多次到不想仔細講解的那種導覽人員，「這種衣服只有代表隊的人有，很特別，還有給我封閉好你的腦不要亂想。」

耶……都說不想聽就不要亂聽嘛……是說穿這個出門會不會太招搖？

我有點怕走在路上會被眼紅的人圍毆。畢竟想要進代表隊的人那麼多，我又是最不可能會進來卻進來的人，要是被嫉妒然後這樣那樣，我一點也不會覺得奇怪。

「穿不穿看你自己啦，不過我建議你比賽時最好穿著，因為代表隊衣服在製作過程都是以袍級衣服來當樣本，所以上面會有很多可以守護你不受傷害的咒文，至少不小心被波及時，傷害程度一定會減半。」冷瞪了我一眼，學長哼了哼說著。

「我馬上穿。」一秒改變我的想法。寶衣、這真是寶衣啊！我會好好愛惜這件衣服傳給下一代的。

「你先去梳洗吧，然後到選手休息室集合，我先過去了。」大概是已經決定無視我想法的學長把他房間的鑰匙拋給我，然後就逕自走下樓梯消失了。

對喔，我還要去當打雜的……真悲慘，在學校當打雜的還有工讀生薪水可以拿，去大賽當打

雜的除了驚嚇跟生命不安全以外，大概啥也沒有吧。

很熟練地打開學長房間，我慣例地抱著盥洗用具往浴室走去。

一陣冷風颼過我的耳邊。

奇怪，學長的房間有這麼冷嗎？我以前怎麼都沒有注意到？還是只是神經過敏？

算了，趕快整理好先去集合再說，搞不好其他人已經都到了就剩我一個還在摸魚而已。

不知道爲什麼，我今天總覺得學長的房間好像有點陌生，明明是每天都會來的地方，怎麼可能會有一種我進錯房間的感覺？

還是一樣很空蕩的房間，幾件家具還是擺在原位連移動都沒有，擺放了幾本書的桌子上有一疊沒有動過的小點心，看起來不像是學長在吃的東西，那是誰在吃的？

這個房間突然給我一種毛骨悚然的感覺。我甚至好像可以聽見某種不明東西正在房間裡面移動的細微聲響。

「別亂想、別亂想，快點刷牙。」

想太多一定倒楣，這是根據我長久以來經驗論。

⁂

等我盥洗完用移動符匆匆趕到選手休息室已經是十五分鐘之後了。

其他人果然如我料想已經到場，散在四周各做各的事情沒有什麼特別的交集。

「哈囉，漾～過來吃早餐。」五色雞頭把帶來的食物擺滿了整個桌面，樣式多到讓我懷疑他可能把整個攤販的東西都買過來了。

「早。」與平常一樣拿著書本在旁邊椅子上閱讀的夏碎學長桌前擺了一個透明的茶杯，裡面是淡藍色的不明液體。

「早安。」我快步進了房間把門關上，果然看見學長仍是老樣子倒在旁邊的沙發裡，也許是補眠也或者在沉思，背對所有人不知道在幹嘛。

離大賽開始還有一段時間，說真的我不太曉得這麼早過來要做啥，尤其我還是打雜人士。

「褚，比賽名單已經過來了。」夏碎學長將手上的書本放下，拿了一個滿像點菜單的黑本子遞給我，「我們學校今天兩場同時在第一、第二競技場比賽，也就是說我們上場時，蘭德爾等人也開始比賽，不過我已經打聽過了，今日主場還是蘭德爾等人上場，候補上場的機率比較低，你再看看要去看哪場。」

我翻開比賽表，是晉級隊伍的第二次賽。

萊恩所在的隊伍碰上了七陵學院，學長的隊伍今天對上明風學院，兩場同時在九點開始。

「比賽並沒有限定其他相關人士一定要在場，所以看你要去哪裡都可以。」夏碎學長衝著我笑了下，然後在旁邊的椅子坐下來。

是說，其實我也沒有特定一定要去看誰。

「漾～當然是要看我們這邊比賽啊！」正在咬大熱狗的五色雞頭發出聲音，然後猛然靠過來，用一種異常囂張的語氣說：「對不對！難不成你想去看那兩個呆子坐冷板凳嗎！」

你才是呆子，而且今天聽說你也會坐冷板凳！

「我是無所謂啦。」我把本子還給夏碎學長，實際上我沒有特別想要看誰比賽，反正兩邊都算是朋友組，如果哪邊距離近來回方便就看哪邊吧。

不過話說回來，在學長這邊看視野比較好，因爲可以在選手區觀看，比在觀眾席上優很多。

「你要去看別人坐冷板凳嗎？」五色雞頭的右手不知道什麼時候變成獸爪，然後拿出一張不知道哪裡長出來的砂紙開始慢慢地磨利他的爪子。

我有一種雞皮疙瘩瞬間冒出來的感覺。

砂紙磨指甲的聲音原來這麼噁心，我居然之前都沒有注意到！

「如果你要拋棄這邊自己離去，本大爺就先殺了你然後把你滅屍到蒸發在世界上。」磨著爪子的人發出了一種怨婦專用的最終警告。

……你的言情程度已經到了自動進化成情殺地步了嗎？

我很習慣地轉過頭拿了個應該是饅頭夾蛋的東西去窗戶邊吃，不想再跟他玩相聲了。經驗告訴我，跟他繼續講下去一定會沒完沒了，說到自己先抓狂他還可以轉變三百種給你聽。

這時候最好的處理方式就是不要管他。

五色雞頭自己又講了兩、三句話，發現沒人理他，就收了爪子又回去吃他的東西了。

約莫半小時之後，學長從沙發裡爬出來。

「沒有飲料了。」把桌上垃圾拿去丟的五色雞頭發出叫聲，「誰把飲料喝光了？」他打開冰箱，裡面連儲存的都沒了。

我實在很想告訴他：是你自己喝完的啊豬頭！被清走的垃圾裡面至少有兩、三打左右的飲料罐，還包括沒人敢動的那瓶學長專用礦泉水。

你遲早會糖尿病！

「褚，你去外面買個飲料好不好。」

意外地，說這句話的居然是學長，學長耶！我還是第一次聽見學長叫人家去買飲料！我還以為他今天不用吃東西勒！

「打雜的你還有什麼意見嗎!?」血紅色的眼睛危險地瞇起來。

「沒有，我馬上去。」

學長拋了一個零錢包給我，「外面沿著走廊一直走，大概過了大廳口就有販賣機了。」

「販賣機？」

「跟你說有就有，囉唆什麼！」

為了避免下秒被揍，我很識相地連忙奪門而出。

※

走出外面之後，我才發現自己好像沒有逛過這個選手專用空間。

前面幾次都是直接進到休息室，我也完全忽略掉其他地方和走廊貌似可以逛，不過也有可能是因爲我的危機本能叫我不要隨便出來送死。所以現在連學長說的販賣機我也不太確定在哪邊，不過他既然會叫我出來應該是沒有立即性的危險……大概沒有。

順著走廊走了一會兒之後，果然不遠處立即出現學長說的「大廳」。

那好像是個交誼廳，空間頗大的，裡面有一些書櫃和沙發，書櫃上琳瑯滿目都是我看不懂文字的厚重書籍，一旁的沙發光看就柔軟得讓人想直接躺上去滾個幾圈再下來；最後巨大的落地窗外面是人工造景，有潺潺的流水與綠色植物，偶爾還有幾隻鳥啊蝴蝶之類的東西從落地窗外飛過去，整個看來非常悠閒。

飲料販賣機就在大廳口旁邊，跟學長講得一模一樣。

「糟糕，忘記問要買什麼。」我看了一下飲料機提供的飲料，幾乎是完全看不懂的字，幸好有些好像是果汁，可以從外包裝的水果圖案來猜是什麼東西。

萬一要是它外面畫水果、裡面包的卻不是水果，我也沒辦法了，就請喝的人完全聽天命吧。

大廳裡面很安靜，一個人都沒有，或許是因爲即將比賽的關係，所以大家在商量相關事宜無心出來打交道吧。

我從錢包裡面拿出硬幣，投了一個下去，飲料機上面的燈全都亮了。

算了，反正每樣都買看看，一定會有人喝。

叩咚一聲重響在我按完鍵之後傳來。

彎下身拿出裡面的飲料，就在飲料罐即將通過出口的那一剎那，我突然聽見一個「喀喳」的詭異聲音。

……那是什麼？

我聽錯了吧？

我一定聽錯！

沒錯，我一定有聽錯。

「不要自己嚇自己不要自己嚇自己。」我連忙自我安撫一下心靈，然後慢慢地把飲料罐拿起來……等等，飲料罐有這麼輕嗎？

抖著手，我慢慢地把飲料罐轉過來，接著迎接我的是個黑黑的洞——

底勒？罐子的底勒！

我看見的是飲料罐下半部完全消失，汩汩的果汁灑了一地，就好像是某種殺人現場一樣，某個被害人被捅了一刀然後血流滿地。

這是怎樣！連一罐飲料都不能活是嗎！

按照故事的慣例，我戰戰兢兢地在飲料機左右看了一下，果然看見了旁邊的牆上貼了一張紙條，上面寫著：「請小心飲料機會咬人，尤其強烈建議不要將頭放進去看狀況，目前已經有七人在此斷手斷腳、一人斷頭。」

靠——！

這麼重要的事情你應該直接貼在飲料機上面啊！你貼在旁邊一小角的牆壁上是給哪個人看啊渾蛋！我的手剛剛差點不見你知不知道！還有！既然飲料機有危險性就不要放在這種公共場所啊！你到底是想暗算誰啊！

我看著沒有底的飲料罐，有種不想買的衝動，可是房間裡面還有鬼跟餓鬼在等著我，沒有買回去不曉得會被怎樣。

「放心，只是斷手斷腳而已，沒有什麼好怕的。」我用力深呼吸個兩、三次，其實……我還是很怕啊……

哪家的飲料機買罐飲料還要斷手斷腳的啊？你告訴我？哪家有啊！

就算是有也應該整個被搬去加上鐵鍊綁在紅色禁止進入區了！哪還可以放它出來到處亂咬人啊！你們的公共安全做得眞是有夠失敗！

我抖著手，然後慢慢把錢幣投進去飛快按鍵，就在同一秒馬上蹲下去把剛掉下來的飲料抽出來。果然飲料出來的同時我又聽到那個謎樣的喀喳聲，不過幸好這次飲料還是有底的。

阿彌陀佛、佛祖保佑，繼續再接再厲。

第二枚錢幣下去同時，我也用一樣的快速把飲料抽出來，不過這次出來還是沒底的，橘色的果汁灑了滿地都是。等等，它咬的速度是不是變快了？

我抬頭看著飲料販賣機，它的心機好重啊……

沒關係，要玩大家來玩，我就蹲在原地，抬高手把錢幣投進去隨便按了一個按鍵，然後在飲料掉下來撞底的那瞬間把飲料抽出來！

策略完全成功！

第三罐也完全成功。

我很感動地發現，原來我的反應力這麼強，還可以跟飲料機一較高下。

「三罐夠嗎？」我看著手中亂按來的果汁，開始算人頭。扣掉我不喝的話一定夠三個人喝，不過五色雞頭都喝得比別人多，要不要再多買一點？

瞇著眼睛看那台心機重的飲料機，我對於這個想法感到非常考慮。

那就再一罐好了。

我把錢幣投下去，就在飲料掉下來的那瞬間我正要翻開蓋口抽出飲料——

喀喳！

該死的飲料機居然在飲料都還沒撞底時就把飲料給吃了！這什麼天理啊！

你是黑店是不是！給錢不給東西的啊你！

「我不買總行了吧！爛機器！」我站起身，做了一個大半部分人被卡錢時必做的動作——惡狠狠地踹了咬人飲料機一腳。

然後慘劇就在我轉過頭那秒發生了。

呸！

我的後腦猛然像是被磚頭打到一樣爆出劇痛，整個人有一秒看到眼前出現亮晶晶的小花然後黑暗暈眩。

叩咚一聲，有個東西掉在我後面。

飲料罐！

去你的販賣機還會吐飲料罐打人是怎樣！

我從地上撿起剛剛打中我後腦的罐子，很好，居然是冷凍的！販賣機還可以吐冷凍飲料是吧！

「還你啦！」我把罐子摔到飲料機上面，咚一聲罐子砸到飲料機，然後沉重地摔在地上慢慢地滾了三圈。

飲料機在發抖。

然後我聽見裡面傳來匡啷匡啷一直掉下某種東西的聲音。

下一秒，我拔腿就逃。

※

「唉呀！」

我悶頭逃出大廳才不過三步，馬上在走廊外面衝撞上一個人，兩邊都往後摔，我手上的飲料跟著散落一地。

一抬頭，眼前跟我一起撞飛的是我完全不想再看見第二次的人。

「咦？好巧啊。」對方快了我一步站起，順便把地上的飲料都撿起來遞給我，「又見面了，原來你也是代表選手啊？」

明風學院的指導老師辛菈。

「我不是選手啦……」我把飲料接回來，順便跟她點頭道謝，「只是幫忙跑腿而已。」說眞的，因爲上次那條●●，所以我對她的印象非常不好。

撇開她是間諜的事情不說，光是一個老師偷偷摸摸地這樣做事情就已經夠讓我反感了，難不成是她對自己學校沒有信心才要這樣子動手腳嗎？我不懂，像學長他們都不用這樣也可以贏啊，不是嗎？

辛菈擋在我前面，也沒提上次的事情，只是勾起一抹微笑：「你身上穿的不是學院代表衣嗎？還是你們學院只要是相關的人都可以穿代表衣呢？」

不知道爲什麼，這次她給我的印象非常不好，雖然還是像上次一樣和顏悅色，但是我卻感覺到有一種很像被爬蟲類生物盯著看的感覺，說不上來原因，就是有這種想法，「不好意思我也不曉得耶，妳可能要去問我們學校，請借過一下，謝謝。」我抱著飲料往旁邊小心翼翼地走過去，確定她這次沒放什麼東西在我身上之後，馬上用跑的跑離可以看見對方的範圍外。

眞是的，我還以爲這次又會被怎樣了勒，果然還是小心一點得好。

是說爲什麼她老是接二連三地找上我啊？我個人知道我自己很爛啦……可是明明還有別人可以找的說……

沒多久，休息室的門口重新出現在我眼前。

「我回來了。」有氣無力地推開休息室門，裡面那三個原本坐在不同位置的人不知道爲什麼全部湊在一起，好像原本在討論什麼，一看見我回來就散會了。

大概是戰術之類的吧？

五色雞頭從位子上跑過來，「你怎麼才買這一點點？」

還嫌勒！我差點爲了這三罐斷手斷腳你知不知道啊！

「我拿一個走喔，口好渴。」他順手抽走一罐上面畫蘋果圖案的果汁，「謝啦。」

哼哼，這才像是人話。

「學長、夏碎學長。」我把飲料分別放在兩人桌前。

「謝謝，你沒買你自己的嗎？」夏碎學長看了一下飲料，然後這樣問我。

「呃……我不渴。」實際上是我還不想因爲一罐飲料而死。

「我的給你喝吧。」學長猛地開口，害我還以爲我聽錯了，轉過頭就看見他把飲料推到我面前。實際上，我總覺得今天學長好像哪邊怪怪的，可是說不上來，「要喝不喝啊！囉唆那麼多！」

這下不怪了。

我連忙把飲料接過來。

等待的時間其實很快，我看了一下手錶，大約是八點半的時間。

小心地把飲料罐打開，裡面傳來的是蘋果果汁的香味，應該不是什麼怪東西才對，左右看了一下，五色雞頭他們的飲料也都喝得差不多了。

「褚！」

一聽見學長叫我，我連忙放下正要開的罐子跑過去，「有事嗎？」不會又叫我跑腿吧？

我剛剛才跟飲料機搏鬥過耶！

「沒有叫你去買飲料！」學長白了我一眼，然後把手上原本正在看的冊子放下來，紅色的眼睛整個盯著我，害我一點也不敢亂動，「我問你，你開眼了？」

「！」我立刻轉頭看五色雞頭，他也一臉詫異地瞪我，然後瘋狂搖頭。

他沒有說。

「你怎麼知道？」學長是鬼！他是鬼！這樣都知道！

學長用一種看白痴的表情瞪了我一眼，「因為我是你的學長。」

好答案……好爛的答案。

「因爲之前你不會控制能力時散出的力量大約是三成，現在變成六成，一看就知道是開過眼，如果再不好好控制的話，可能下次跟來的就不是屍體了。」他說了讓人非常在意的話。

「怎麼控制？」完全不想變成屍體的我立即開口詢問。

說眞的，我從入學到現在，連自己的能力是啥鬼都不知道，還說控制勒！

「一切都靠心靈感覺。」

學長二度說出廢話，對我來說完全無用的廢話。

「褚，你現在應該可以稍微感覺有些不同吧？」一旁的夏碎學長好心地插入話題，換了一個比較實際的說法。

不同？

我突然想到早上學長房間很冷的那件事情，那個算嗎？

「那個就算了。」學長坐回沙發裡面，有大半個人都陷入柔軟的沙發當中，整個人看起來突然變得小很多，「不過你也挺遲鈍，居然到開眼之後才有感覺。」

……那你的房間是眞的很冷囉？

學長對著我點點頭。

我覺得背後有冷汗冒出來。

說眞的，我完全不想知道學長房間裡面有「什麼」才會那麼冷。

「我房間有什麼……」學長突然微笑了起來，非常詭異的那一種，「等你能力夠了，自然就會知道我房間裡面有什麼了。」

我突然覺得我應該多去另覓幾間可借浴室的好心住戶了。

「褚，你現在開眼也不知道合不合適。」夏碎學長環著手思考了下，然後勾起唇角，「不過其實時間也差不多到了，在你能逐漸習慣使用力量之前，你身上的護符就盡量能帶著就帶著吧。」

其實不用他說，我護符每天都帶著預防那些奇怪的東西，不好意思因爲我還挺怕痛的，所以幾乎都不敢隨便離身。

「喔。」我對夏碎學長點點頭道謝。

「哼。」學長不知道爲什麼冷笑一聲，又不說話了。

我開眼的時機到底適不適合？

說眞的，我一點概念也沒有。不過如果可以的話，我會相信幫我開眼的然，如果他認爲這個時候沒有問題，那就一定沒有問題。

就像我也相信所有我認識的人一樣。

「你有時候實在也太過天眞了。」紅眼對上我，學長冷冷地說出了這句話。

在我還沒來得及問是什麼意思的時候，他已經站起身往門口走，其他人也做了一樣的動作。

於是，比賽開始了。

※

「各位現場觀眾大家好，歡迎各位來到第二階段淘汰賽的現場，我是播報員軒霓，今日九點將展開兩場比賽，Atlantis學院第二代表隊與明風學院第一代表隊將在第一會場、水舞台展開競技；而同時第二會場、風舞台將有Atlantis學院第一代表隊與七陵學院展開競技。下午將是亞里斯與特別隊伍的比賽，在第二會場的雷舞台。明日兩場將出現第一次大賽的冠軍競爭者，下午將是最後一場比賽，請各位觀眾敬請期待。」

一入到選手席，我們馬上聽見巨大的播報聲響以及觀眾們傳來的熱烈歡呼。

比賽一開場，照慣例出現了一名播報員高高飛於場上。這次的播報員連翅膀都沒有，穿著中國古代的華麗服飾，金色的飾品、柔軟的雪紗，肩膀上披著傳說中可以飛上天叫作羽衣的神奇東西。已經開始從西洋妖精風走向東方神仙風了是吧？

我們學校安排的特別效果其實也是挺多的，光看播報員就知道了，每個每個的特色都不同，讓人大開眼界。

「飛仙……沒想到校園的飛仙也會出現在這種地方。」夏碎學長勾起了很有興趣的微笑。

照你這麼說……那個眞的是仙人？

「對。」旁邊的學長冷冷地丟來一個字。

我再度體認：我們學校裡面果然什麼怪咖都有。

思考中，場面上的講解已經告一段落了。

這次會場不是用抽的，在我們一入場時就感到很大的清涼水氣撲面而來。

「很棒吧。」學長站在我旁邊，這樣說。

在我眼前見到的是巨大的水舞台，整個大圓場地全都是湛藍像海洋的水、還有波浪，觀眾席後面是八條巨大的沖天水柱，場地最中央的天空上有著巨大的水球，裡面有幾條小魚嬉戲穿梭過去。水球下面、場地的正中央有個很像神廟的地方，裡面供奉著女人上身蛇下身的白色雕像。

八條水柱沖天之間跨出了我沒見過的白色彩虹，漫天一直降下重重的水霧，整個現場有一種白茫茫的夢幻感。

對面選手區出現了幾個人，我看見指導老師辛菈也在其中。

對了，她是第一代表隊的指導老師，爲什麼我之前看她也曾經出現在第二代表隊過？

「大概是雙指導吧。」學長看了我一眼，用幾乎平常到完全不驚訝的口氣說，「這種的頗常見，如果這位老師能力的確夠的話……或者是別有目的。」

我咳了咳，那個別有目的講得好明顯。

「明風學院第一代表隊以黑袍、默罕狄兒爲首與搭檔滕覺，雙人上場。」軒霓的聲音一落，水舞台的另外一端驀然出現兩個人影，與學長他們一樣，是黑袍與紫袍的搭檔。

然後，我愣掉了。

那個紫袍……就是那天發現千冬歲追蹤術的那個人。

我想告訴學長，卻發現他與夏碎學長老早就消失又出現在水場地的另外一端。

「西瑞……」我看了四周，發現只有一個叫作五色雞頭的人可以求助。

「幹嘛？」五色雞頭疑惑地看著我。

猛然驚覺，我根本不知道要從何說起。

「有事嗎？」他重問了一次。

「那個紫袍……」我該怎麼說？說他是追著我們跑的那個追蹤者？可是我也只知道他反追蹤的事情，他是好人是壞人我壓根不曉得，如果告訴五色雞頭他一定會掀起什麼驚濤駭浪。畢竟五色雞頭本來就不是什麼善男信女，事情鬧得越大他越開心，所以真的要講我還是得再斟酌一下。

況且，人家只是反追蹤而已，應該算是很正常的事情，又不是追過來殺我們。

「那個紫袍怎麼了嗎？」隨著我的視線往場上看，五色雞頭發出大大的疑問句，「你認識還是你跟他有過節？需不需要下場時候本大爺替天行道去幫你處理掉？」

「不用了、謝謝。」你是想處理掉什麼東西啊！我一秒打消找他幫忙的念頭。

我想，如果是學長跟夏碎學長兩個人的話，應該是沒有問題的。

就在猶豫之間，場上的比賽立即開始。

帶著波浪的湛藍水面上，比賽的四個人全部都是凌空站在水面，連一滴水都沒有沾上，雙方腳下都出現了不同的巨大法陣。那一瞬間，整個水面猛然平靜下來，像面巨大鏡子一樣映出所有人的倒影，一點聲音都沒有，連觀眾都屏氣凝神地專注看著、等待雙方下一秒的動作。

他們的動作我看不見，只是下秒停頓時，夏碎學長已經與對方的紫袍在神廟上面交手，整個下方的水面被交手產生的衝擊一震、震出巨大的漣漪。

全場無聲，水波慢慢平息。

這場比賽的水準遠遠高於我之前所見過的那幾場，幾乎整個觀眾席的人都不敢出聲，大概是怕破壞緊張感立刻就會被左右鄰居圍毆。

看來可能是我擔心太多了，雖然掛了面具，不過夏碎學長的動作看起來還算是俐落，應該不會有什麼問題才對。

可是，我一直很在意剛剛在走廊上遇到辛菈的事情，還有那個紫袍反追蹤的事情。

兩方的黑袍都沒有動作，只是在原地維持著腳下的陣型。

「那個陣型是什麼？」我轉頭問五色雞頭，直覺那個亮亮的大陣應該有某方面的效果，不是只有讓水平靜那麼簡單。

五色雞頭看了我一眼，「剛剛有聽他們在講，好像是可以防止對手使用咒術的護陣，因爲和黑袍、紫袍比賽大部分都會暗地使用高級法術，可能是可以剋制對手之類的東西吧。」然後他又轉回去比賽專注地看。

因爲賽場上他們移動太快我看得不是很清楚，老實說，有一種看見某種影像四處定格的感覺，一下子在那邊、一下子在這邊，移動過程完全沒辦法追看。

要是賽後有賣光碟還是紀錄片，我應該買一份回去用慢速播放來看才對，因爲正常速度我實在是看不見，這個至少要慢個四倍還是八倍速我才知道他們在打些什麼。

「服從於我的使役，在敵人面前現出你的姿態。」敵方的黑袍突然有了動作，他的圓形陣法開始轉動，四周的水慢慢翻騰起來，從他身後畫出了一條金色的光，慢慢地浮出一條像是龍一樣的白色輪廓。接著像是著上顏色，輪廓慢慢明顯立體了起來，是比較像西方的深綠色巨龍浮起。

「沒想到第二回合就看到有人放神獸了。」五色雞頭哼了哼，有點不以爲然。

神獸？

我巴巴地看著五色雞頭等他解釋。

現在突然發現沒有心靈溝通的壞處，就是想知道的東西不能馬上有解答。

不好意思，學長我錯怪你了，每次都罵你偷聽。

過了好一下子才注意到我渴望的視線，五色雞頭一邊看著比賽一邊開口：「在這個世界裡面除了種族之外，還有所謂的使役獸，妖獸、幻獸、仙獸、神獸什麼巴拉巴拉的一堆東西，等級能力高的人會去馴服這些東西來當左右手，越厲害的人所擁有的使役獸越強，不過有一件要注意的事情。」他轉頭看了我一眼，「使役獸是有感情的，且必須簽訂共連契約，所以最忌諱一次養兩隻以上。而聽話的使役獸大部分都要從小開始養才會能力契合，在某方面來講無敵麻煩。」

那不就跟神●寶貝很像？

只是這種一次只能有一隻。

巨龍發出咆哮聲。

第三話　暗著

地點：Atlantis
時間：上午九點十分

「小亭。」

站在神廟廟頂還沒有遭天譴的夏碎學長伸出手，一隻金眼黑蛇自他的掌心出現，然後環繞到他肩上，接著變成金色獨眼的黑烏鴉振著翅膀。

我想小亭應該不是使役獸，因爲她是咒文做出來的東西，學長之前也曾講過是詛咒體。

那麼夏碎學長跟學長的使役獸是哪種呢？

我還眞有點好奇。

對方的紫袍往後跳開，然後那頭大龍整個衝過來。反應不比他差的夏碎學長整個人翻高，高得幾乎撞上最頂的水球，烏鴉就竄出他的身邊然後展開，巨龍上方立刻出現巨大的黑色天幕，天空降雷，紫藍色的奔雷直接砸在巨龍上面。

我眞的很懷疑夏碎學長到底怎樣改了小亭的咒文排列，感覺整個就是凶器度大幅提升。

那條龍被雷打中之後摔下水面，激起了大大的水花，然後我疑似看見可疑的白煙冒出。黑色的天空收小，變回烏鴉在天空徘徊。

四周觀眾突然發出驚呼。

原本站在法陣中間的學長驀然消失，下一秒就已經出現在神廟的頂上。隨著視線看過去，我看見方才原本還保持平穩的夏碎學長不知道爲什麼突然失速墜下，在撞上神廟頂之前被學長接住，倖免了撞得頭破腦流的下場。

發生什麼事情？

小亭飛下來，就在那兩個人四周打轉。

「Atlantis學院方面似乎出了問題……」播報員的聲音響起，我才知道我想的沒有錯。眞的有異樣。

就在我想要詢問發生什麼事的同時，我旁邊也傳來咚地一聲——原本正專心看比賽的五色雞頭突然倒地不起。「西瑞？」我連忙蹲下身去搖他。

五色雞頭全身都是冷汗，閉緊了眼睛，感覺好像已經失去意識。

「你怎麼了？」我開始緊張了。他不會是剛剛吃太多、食物中毒吧？

就跟他說東西不要濫吃他就不聽，冷熱什麼的一起來，看吧現在終於食物中毒了。

場中的學長向播報員舉起手，「Atlantis學院代表隊要求暫停！」軒霓的聲音在觀眾的喧譁中響起，「大會通過，可暫停三分鐘，請兩隊參賽者回到休息區。」

話一說完，兩方的人同時消失在場上。

等我注意到時，學長已經扛著夏碎學長回到休息區，「西瑞也這樣？」他的語氣有點訝異，罕見地起伏。

「人不是我殺的！」我連忙退開，學長就把夏碎學長放到旁邊。

「廢話！」冷冷地給我這句。

將兩人並放好之後，學長脫掉手上的黑手套，然後把手放在他們臉上三十公分處，淡淡銀色的亮光在他手掌底下亮起。小小的光球落到夏碎學長與五色雞頭臉上，然後像是被吸收一樣消失。

「糟糕，被擺了一道。」學長收回手，冷著聲音說。

「啊？」我看著昏倒的那兩人，已經不再冒冷汗了，不過還是昏迷狀態。

有腳步聲在我後面響起，「發生什麼事情？」動作很快的醫療班已經到了，看著昏厥的那兩人，輔長立刻蹲下身，左右摸了一會兒之後才抬起頭，「他們剛剛吃過什麼東西嗎？有禁咒在身體裡面的反應。」

「禁咒的反應？」學長瞇起眼睛。

禁咒是用吃的嗎？

說到吃的，剛剛五色雞頭吃太多了，根本不知道是哪一種，而且他吃的東西我也有吃，怎麼我沒事他有事？

搞不好他真的是食物中毒。

「一般人不會直接把那種東西吃進去，應該是混在食物裡面才沒有發現，你想看看今天他們兩人吃過什麼。」輔長拍了拍手，我們休息區裡又多了幾個穿著藍袍的醫療班，幾個人圍成一圈畫出陣法，「尤其是有一樣的東西最好。」

「夏碎今早是在宿舍吃過東西，來就沒吃了。」學長偏頭開始想。

兩人吃過一樣的東西……？

「啊！」

我知道了！

「飲料！」

學長立刻看向我，「飲料？」

我吞了吞口水，下意識往後退兩步，「飲料被辛菈碰過。」我想起來掉在地上時是她撿的，「可是我後來有檢查過，飲料沒異樣啊。」上面既沒有●●也沒有被打開的痕跡，何況我還盯著她看，她根本沒機會下料吧？

「碰過就夠了。」學長和輔長交換了一下眼神，「看來明風學院有問題，居然三番兩次玩這種小手段。」

「要中止比賽嗎？醫療班可以開出證明讓你延後比賽。」輔長環著手說道，「他們身上的禁咒三分鐘之內消除不掉，至少得給我們一點時間。」

瞇起紅眼，學長低頭想了一下，「轉移到我身上？」

「沒辦法，兩人份你短時間內吸收不了。」搖搖頭否定他的提議，輔長看著學長遺憾地說，「你決定呢？一次應付一個黑袍一個紫袍，就算是你也太吃力了。我認爲你最好現在先提出狀況告知大會，狀況證明我可以幫你開，依照這種被陷害的部分來看，大會至少可以讓你延長時間或者更改成下一場，如果硬要打的話，你的勝算不高。」

「我不想因爲這種手段拖延到雙方時間。」學長皺起眉，然後慢慢地轉過頭看我。

我被那雙紅色眼睛看得毛骨悚然。

「幹、幹嘛？」倒退十步直到撞牆，我的背開始猛爆冷汗。「你想對一個宛如路人甲的打雜人幹嘛！」我只是一個渺小的普通人，麻煩你不要一直看過來這邊！

「沒有想幹嘛。」學長冷笑了聲，那個樣子一秒讓我想到某種邪門歪道出現的感覺，「飲料是你買的，現在兩個人喝了倒下，所以你應該要負起連帶責任吧。」

干我啥……事！

好險，差點把髒話想出來。

「是干你的事，比賽是團體競賽的，剛開場就少一個人、而且連唯一的候補都沒有了，你要我單打獨鬥嗎？」他看著我，然後繼續維持那種讓人會發毛發毛再發毛的恐怖冷笑。

基本上我覺得你一個人一定沒有問題的，依照你那種見鬼的強度來說，絕對沒有問題，我個人對你非常有信心，你加油吧學長。

啪一聲，我的後腦被暴力一巴，整個人馬上前進黑暗的發昏深淵。

「他眞的行嗎？」我聽見輔長的聲音。

「不行也得行，現在沒有別的人選可以上場了。」

那你就乖乖地暫時停止比賽會怎樣？

會少一塊肉嗎！

「三分鐘時間到達，請兩方代表選手上場！」軒霓的聲音一秒不差地響起，我看見對方的選手立刻出現在場面上。「Atlantis學院，請趕快出場！」

人家在催了。

「褚……」紅眼看著我。

「我不要！」打死我都不上場！

好恐怖好恐怖，場上的人都不是人，我這個平凡人上去絕對會被秒殺，我不要！

打死我都不要！對了，我先去死好了！

先去自殺比較不會有精神上跟肉體上的迫害和壓力。

我拿出一張爆符打算先讓自己用瞬間爆炸無痛法上西天。

「你要死等打完再死，給我出來！」完全使用暴力的學長一把抽走爆符，然後抓住我的後領往外拖，「沒你想像的可怕啦！」

騙鬼！對你來講不可怕，可是我超怕！不要拿一個不是人的人來跟正常人做比較啊！

「Atlantis學院有什麼問題嗎？」乾脆飛到我們休息區口的軒霓眨著漂亮的眼睛問道：「如果沒有，請盡快出場，否則將喪失資格。」

學長瞪了我一眼，「我們要更換選手。」

我完了……我玩完了……

從今天開始本篇故事即將更換新的主角，接著改名叫作學長傳說，過去的一切都到此完結。我的人生即將在今日畫下最後句點。

「請問要更換哪位選手？」軒霓看了一下我們休息區，大概也明瞭狀況，然後低聲不知道跟誰說話，過了幾秒之後又抬起頭，「大會方面許可更換選手，請盡快提出更換選手。」

「就是他。」學長扯住我的後領往前一拉，完全無視於我要逃生的意願，「褚冥漾，原本登記身分為後備人員，因為突發狀況所需，請將他的身分更改為候補人員。Atlantis學院的第二代表隊中照人數與選手來說還可以再增添一個名額，請讓他遞補上去。」

我命休矣……

軒霓的手中出現了一個很像光球的東西，我之前在奇雅見過，很類似、可是不太一樣，「提出褚冥漾的登記資料，作業開始，更換後備者身分。」光球開始轉動，然後裡面出現了一些黑點又快速消失。「遞補名額作業手續成功，更換選手順利進行，Atlantis學院代表隊提出許可確實成立，請上場比賽。」

我聽見觀眾席發出巨大的喧譁聲。

剛剛那些話全部一字不漏地傳到所有人耳朵裡面。

我第一次這麼想死。

救命啊……

就在我想到應該先咬舌自盡時，四周的空氣突然變得很濕冷。

猛然一驚，我已經不知不覺被抓上場了！

「別亂動！」往後退一步時旁邊突然傳來學長的聲音，不過有點來不及，我踩了個空，往後退的左腳啪地一聲踩到水面，整個鞋子全都濕了。

我倒抽了口氣，學長立刻把我拉回來。

好……深呼吸……深呼吸……多深呼吸幾下就不會那麼緊張了。

我閉上眼睛再睜開，發現自己凌空站在一個巨大的法陣上，法陣微微地重疊轉動著，看起來比平常還要漂亮。

哈哈哈……這就是我的墓地嗎……

我整個頭腦是一片空白，對於等等被攻擊還是什麼的完全不在乎了，現在就等著誰來給我致命的一擊然後讓我早早超生算了。

「因爲已經沒有退路了，所以要比平常加倍努力。」旁邊的學長突然開口說話，然後把髮上的橡皮筋拉掉，銀色的長髮瞬間整個散開飄起來。「有時候做一點努力沒有你想像中的難，在這場比賽裡面你只要代替我剛剛的位置站在這裡，然後集中注意力想著不要讓法陣散掉就可以了。」

不要讓法陣散掉？

我看著腳下凌空的陣型，完全茫然。

「我說過控制力量從心中開始做起，你只要想著不要它散掉、它就不會散掉。」學長踏出陣外，然後舉高了手，「與我簽訂契約之物，讓侵襲者見識你的力量。」銀色的光點在他手上拉出一條線，然後握緊了掌心化爲長槍。

四周起了冰冷的風，學長的黑袍衣襬被吹得高高翻起，像個巨大的黑影。

我還是第一次這樣確實地感覺到……

他很強。

在他巨大背影之後，我渺小如蠅。

「褚。」學長回過頭，銀髮像是絲一般襯在他腦後，「沒有什麼渺不渺小的，只有能不能做。不管是什麼東西都一定會有適合的位置可以待著，就像你一樣，現在，你只要待在那個地方，維持陣型就可以牽制敵人讓我輕鬆些。」

大概是有點像催眠，我可能下意識地點了點頭。

底下的法陣轉動速度稍微快了些。

「記得，不要輕易放棄你能做到的任務。」

※

「比賽重新開始！」

我聽見耳邊的聲音全部消失，只看見腳下的陣法仍然不停地轉動著，一點也沒有脫離該有的軌道。那個感覺好像就算我不用站在上面它應該也會好好存在。

可是基於剛剛學長的話，我也不敢隨便亂動，不然下場應該是很可怕。

「冰與炎的幻武兵器烽云凋戈，果然名不虛傳。」對方走出的也是黑袍，手上拉出直線然後取出了一把很像日本刀的直刀，「與我簽訂契約之物，讓挑戰者接受你的血洗。」

那把刀是鮮紅色的，像是血。

「血之刀，魁王。」默罕狄兒勾起微笑，然後就停在學長數步遠的地方，「我想依照你的程度，你應該不會不曉得這是什麼刀吧。」

對方的紫袍與我相同都是站在大型陣法當中，我看起來就是隨便的路人出現在上面，他看起來就是非常地專業。這讓我有一種會死的感覺。

「王族兵器的血之刀，聞名已久。」看了對方的血刀一眼，學長一樣還以冷冷的笑，一點也不在意對方的武器是強是弱。

四周的氣溫好像開始降低。我發誓這次我的感覺一定沒有錯，因為已經有冰冷冷的霧氣從水上冒出來，整個下方場地馬上變成一片白茫茫。

下一秒，白霧變成血紅色的霧，隱約可以看見下面的水整個變成血紅色的，非常詭異。

「魁王，又名災禍之刀。」彎身掬起一把紅霧，學長張開手讓霧氣散掉，「七大災難之一的血之兵器。」

「沒錯。」猛然一眨眼，默罕狄兒就已經出現在學長身後，直刀一旋就往學長後頸刮去，「所以就留下命來！」

那個速度已經是我看不見的速度。

避得很快的學長不用半秒出現在神廟的階梯上，整個階梯立刻爬滿了紅色的薄冰，散出冰霧。「轟雷。」他伸出兩根指自眼前往下畫出一直線，一道紫色降雷從頂上半空中突然發出巨響然後奔騰落下，直接打在血水上。

水面起了很大的漣漪，然後冒煙。

一個吃痛的聲音在水面上發出，原本已經消失身影的默罕狄兒從水面上摔下來，不用半秒鐘立即翻身、足尖點水然後又騰高上了半空。

看著眼前一幕我突然想到一件事情，我與對方腳下的陣法不是制止敵人使用法術的嗎？爲什麼學長可以打出紫雷？

「褚！小心後面！」神廟前的學長猛然回過頭，等我注意到時，他手上的銀槍已經朝我射過來，不及眨眼，我看見一道銀色擦過我的臉頰然後往後飛去。

咚地一個沉重聲響，我轉過頭，正好看見被銀槍射穿的不明海怪黑魚往後重重摔下去，整個水面上濺出大大的紅色水花。我愣了下，然後下意識地往後退一步，等我想起來這個陣法不可以隨便離開時已經來不及了。

陣法啓動的淡淡光芒在下一秒消失，自外開始，無數的文字圖騰像是碎粉般崩潰落下。散碎的粉之下，踩動浮於水上的黑魚，一抹紫色的影躍高，從我正前方落下。「捉到你了。」在那個紫袍之後，有一個大型移送陣。

時間突然安靜下來，周圍像是被按下了慢速鍵，我眼睜睜地只看見了那個紫袍越來越迫近，從他的手中出現了細小而尖銳的長針。

我看見他勾起了笑容，嘴型慢慢動了，像是突然給連上線一樣，他的聲音很小很小地在我耳邊響起：「你是比申需要的人……」

「褚！」

最熟悉不過的暴喝把我驚醒，我倒退了一步，那地方的陣字已經全碎，剛好踩了一個大空，整個人立即摔下到血水裡面。穿透水面的那一瞬間，我有種差點窒息的感覺。四周很靜，靜得好像所有東西都不存在一般，我慢慢往下沉、卻碰不到底。

某種黑色的東西像是柔軟的布料一樣慢慢在我眼前展開，然後模糊中彷彿出現了一張詭異的面孔，卻又非常熟悉。

你想得救嗎？

那張臉這樣問我，然後垂下了黑色模糊的手。

我想，我當然想，四周安靜得太可怕，好像這地方原本就沒有活著的東西，就連我都不像活在裡面。於是，我伸出手、握住那個黑色的東西。

同時，我整個人立即被用力往上一拖，水聲、觀眾喧譁以及轟然聲響馬上竄入我的聽覺裡。

我咳了下，吐出剛剛嗆在喉嚨裡的水，整個嘴巴都是血的腥味，差點沒吐出來。

說眞的，我現在有個非常強烈的願望，就是這堆該死的血水最好給我恢復原狀，有夠臭、超級臭，實在是很讓人受不了耶！

「各位觀眾請看，水舞台中的血之術被逼退了！」播報員的聲音突然放送過來，四周立即起了非常大的鼓譟聲，跟著那些聲音我機械式地慢慢低頭往下看，方才碎掉的陣型細粉在水裡面慢慢地發出亮光，像是水下的星星一般迅速地擴散開來，然後，血水的顏色盡退，恢復回原本湛藍的模樣。

一個波浪直接打在我頭上。

※

我聽到細小像是鈴鐺的聲音，不過還來不及仔細聽是從哪邊傳來的，剛剛撲了個空的紫色煞星又重新出現在我面前。

「不錯，可是這次你還能往哪邊逃呢？」他就站在半空中然後蹲下，衝著我微微一笑，馬上讓我起了無數的雞皮疙瘩。

我偷偷看了一下神廟那邊的動靜，學長與那個黑袍正糾纏在一起，失去武器之後，學長應對得有點吃力，我想應該很難馬上趕到我這邊。

看來這次我必死無疑了。

紫袍的膝覺慢慢抽出細長的銀針，「放心，你只要乖乖睡到大會結束就可以了……」他說的好像只是件最普通不過的事情。

雖然我剛剛很想自殺，可是這跟被別人殺不一樣啊！

我整個人僵硬，對方的氣勢輕鬆地完全壓過我，一點也動彈不得，就像我是塊砧板上的肥肉，隨便別人要怎樣就可以怎樣。那一秒，我想到剛剛在水下握住的那隻似有若無的黑色模糊之手。

四周的水突然炸開，就像電影裡面常常上演大海怪出現的那種場景，自下往上衝出的黑色長腳猛地一揮，整片浪花劇烈翻騰，原本在我眼前的膝覺受到干擾，在黑影還沒衝擊到他之前整個人已經往上跳開。

水滴像是下雨一樣打在我臉上。

然後我看見水下有一張黑色模糊的臉，上面只有黃色的眼睛、骨碌碌地不停轉動，接著全部都是黑色，就在我浮泳的腳下慢慢綻開來。

那張臉我非常眼熟，不久之前我好像曾經被這張臉嚇到過……是在哪裡？

「褚！快點上來！」學長的聲音幾乎在旁邊響起，我能熊回神才注意到自己不知道什麼時候已經被大浪給沖到神廟不遠處。一見到救星就在附近，我立刻手腳並用連忙爬上神廟的階梯。

上岸之後我才眞正感覺到神廟比我剛剛在外圍時看見的更大，光是一扇廟門就有三層樓高，更不用說裡面的白石神像。整座挑高的神廟沖天，裡面的蛇身女人頭頂幾乎碰到了雕飾華麗的天花板，栩栩如生的蛇尾鱗片映著水波微微發光。

學長猛然出現在我身前，一把將我拖到神廟裡面，還來不及說話，對方的黑袍幾乎是同時出現在神廟裡。

腥紅的血刃從我們兩人中間劃下，學長快了一步把我推開，然後往後翻身，借力使力地重踹了廟門之後往屋梁上跳去。被重踹的其中一扇門扉發出轟然沉重聲響，然後重重地往後飛彈、撞到了牆壁之後又彈回來，砰地一聲直接卡住門框。

呃……不管這裡面拜的是啥神，麻煩一下，如果有天譴之類的東西請看清楚是誰弄的不要找我算帳，謝謝。

「看來你們學院的黑袍很難顧及到你了。」死纏不休的滕覺重新出現在我面前，他悠哉地撣去衣上的水珠，慢慢一步一步地踏進神廟裡面，整個看起來就好像只不過是在街上逛街一樣的那種感覺。「明風學院的黑袍果然實力挺高，不過我想應該很快就會出現落敗，畢竟你那位學長到現在都還未眞正認眞與他對招。」

學長也沒認眞？嗯，其實我多少好像也有那種感覺。只是不敢這麼明目張膽地說出來而已。

可是爲什麼學長沒有認眞打？他明明就已經在某種不利的情況了……還是，他沒有辦法認眞地打？

滕覺彈了一下手指，我突然聽不見外面觀眾的聲音，四周安靜了下來，除了在屋梁上對峙的那兩人還打得很火熱之外，「這裡眞不方便，說什麼話都會被傳送出去。」他瞇起眼睛，勾起冷冷的笑容，讓我突然有點心驚，「現在可好了，下了第三次元的結界，我們可以慢慢聊一下了。」

他環著手靠在門邊，我估計短時間他應該還不會有所動作，不過這個人給我的感覺一直不好，所以我還是往後退了幾步跟他拉出一點距離以表示心安。

「你可能是我要找的人，如果你合作些，我不會傷害你，只讓你小小睡一覺，大會之後我會讓你清醒見到我的主人。」連什麼前言都沒有，滕覺很快地就把重點全部說完了。

「什麼主人？」我愣了愣，無法瞭解他在說什麼。他不就是明風學院的代表選手嗎？爲什麼還有什麼主人？

難不成他的主人就是那個想要對我動手動腳的辛菈？

「見到，你就會知道了。」他說了有史以來最廢的一句話。而且我還想告訴他，很有可能我見了還是不知道。

「你……」就在滕覺好像想再說些什麼的同時，一道金色流火直接從天而降，硬生生地插入我們中間的地面，烈焰狂燃立即把我們兩人隔開。「嘖。」被干擾的紫袍皺起眉往上看，一抹黑影隨著火焰躍下來，轟然一聲落在地面破開多餘的火光。

「你在對我們學院的選手亂說什麼！」擺脫敵人的學長站在我眼前，冷冷地說道。

接著，另一個黑袍也降下來，不過不是很完美地落下站好，而是直接像布袋一樣重重地摔砸下來，被滕覺迴旋一圈穩穩接住。

默罕狄兒的額上出現黑色的圖騰小印，整個人已經失去意識，完全說明了取得勝利的是誰。

將人隨便找了個地方放下，滕覺一點即將大難臨頭的神色都沒有，反而是越發勾起了讓人毛骨悚然的笑容。「沒什麼，想跟他做個交涉，各取所需罷了。」他聳聳肩，然後動作緩慢地將身上的紫袍給脫了，底下是一身黑色的簡便勁裝。

各取所需？

我有點被他的話引起好奇。

「豬沒有什麼東西好跟你交涉！」學長哼了聲，然後一把把我往後推。

不知道爲什麼，我一直覺得學長今天給人的感覺有點怪，包括他還讓我去買飲料什麼的，整個就是只有怪字可以形容。

「是沒有呢，或者是他本人還不知曉。」眼神像是條蛇般直直盯著我，滕覺走向前，金色的流火立即熄滅，他在學長面前停了下來，「我想，他應該對於他爲何會來到這個世界感到好奇吧……你們什麼也沒有說，是想要獨佔……」

微亮的光一閃，急急後避的滕覺被削斷額前的幾絲黑髮。

神廟內部開始結冰，就像先前我在巴布雷斯比賽那時看見的一樣，厚重的冰壁慢慢地爬滿了整個室內，散出白色的霧氣。

「你不是明風學院的人，你是誰！」

學長的口氣整個都變了。

※

有那麼一秒我似乎想起來剛剛那個黑影我在哪邊看過，可是下一秒我立刻又忘記了。

四周的溫度不停直線往下降，低得好像我的腳也跟著結冰黏在地板上，有可能是因爲我身上的代表隊衣服奏效，低溫給我的感覺居然不是那麼難以忍受。

一種很熟悉的壓力當頭壓下，壓得我冷汗直冒。一種與那天晚上在工地時躲避某人一樣的噁心感覺從喉嚨口湧上來，整個人一暈、眼花差點往後跌。

「果然不愧是那三人所調教出的黑袍，感覺敏銳，一般袍級都還差上一截。」滕覺往後指梳了髮，自他指間中慢慢延展出暗藍色的髮絲，轉眼間就已經及腰的長度。他甩出條繩將髮綁成馬尾豎在後腦，眼睛也轉了帶金的藍色，看起來很詭異，最後他的面孔扭曲，下一秒出現的是完全不同的臉。「如果不是這種狀況下見面，還眞想好好與你交手一番。」彎起了有禮的微笑，卻讓人完全感受不到一點善意。

學長很明顯愣了一下，「你是……安地爾‧比……」

「噓，這是個小祕密。」立時打斷學長話的變臉人伸出食指放在勾了冷笑的唇邊，「我費了點心思才混入大會比賽之中，只是爲了當我主人的使者與這位同學做點交易，別這麼快揭穿我的身分，尤其在你身體不適的情況之下，你也應該不想直接與我當面衝突，對吧。」

身體不適？

我訝異地看了學長，完全沒發現這個人有異常的地方，除了今天遣辭用句比較怪以外。

「褚，快出廟門！」壓低了聲音在我耳邊這樣說，學長又把我往後推了一下，「你並不是明風的參賽選手，你將眞的紫袍滕覺怎麼了？」

「嗯……我想想。」冰冷的笑還掛在臉上，變臉人貌似認眞地思考了一下。「對了，爲了方便我完全取代他的身分，所以我已經很仔細地將他連人帶靈魂都給處理掉了，紫袍的靈魂口味還差了那麼一些，就不知道黑袍的味道如何。」他看了一眼旁邊已經厥過去的明風學院代表黑袍，微微勾起冰冷的一笑。

「哼，如果吃得到再說吧！」

「那就恭敬不如從命。」

金色與黑色的狂火幾乎是同時碰撞在一起，然後相觸的那一秒立即發生劇烈的爆炸。

「褚！快跑！」一把抄起昏厥在一邊的默罕狄兒往門邊拋，學長抽出了白色的符紙，「颶風、流火，成爲我手上破敵的兵器吧！」長槍形狀的化兵器出現在學長手上，他往前蹬去一步，槍刃直接往變臉人的腦袋上劈。

我連停都不敢，直接往神廟外面衝去。

就在踏過門檻、我以爲可以衝出向外求援的同時，一個劇痛突然在我的臉上爆開，程度就像有人拿了鐵鎚狠狠地往你的臉敲、完全不怕你毀容的那種力道。「哇！」我聽見我自己發出的哀號聲，整個人往後摔倒。轟地一聲，我整個人被反撞到眼花花，有一秒不知道自己在哪邊。

「他在神廟門口下了結界，打破它！」學長的聲音又從後面傳來。

我當然知道要打破它啊！可是要怎麼打破？我又沒學過打破結界，用香爐丟會破嗎？應該不可能吧？而且我還有可能因爲這樣而遭天譴！

接著，我看見我自己的手。雙手成圓、放在眼前，我想起來一個就連精靈小孩都會用的東西，「水之唱、風與風起舞鳴，壹之水刃狂。」拜託，絕對要成功！雖然我都沒有練習，不過看在情況危急的份上，請讓我使用成功吧！

一個透明的水刃果然不負我的誠懇乞求直接平空砍下廟門前看不見的結界，不過在砍下去那秒整個水刃都散掉，所以我知道一定毀壞不成功。

就在水刃散去的同時，原本什麼都沒有的廟門居然一點一點浮出了很像紗一樣的東西，整個覆蓋在廟前，一點一點泛著黑光。這就是結界？

好奇妙喔，我突然有種非常不眞實的感覺。

「褚，讓開！」一槍將變臉人的衣服連人釘在神廟的牆上，學長站在原地伸出手，閉上眼睛，「火之響、水與雷起兵哮，肆參驚雷爆。」比水刃不知大多少的奔雷直接由外被隔絕的天空打下來，劈在整座廟宇上面。

轟隆響徹雲霄，同時，帶著黑光的紗像是裂開一般，門口範圍中出現了蜘蛛網般碎裂的爬痕，一點一點地崩開了一小角，但是結界仍在。「再一次就可以了！」我將地上還昏倒的黑袍移到一邊，站在不遠處的學長喘了氣，然後舉起手。

然後，再也無聲。

透過學長手圈出的圓，我看見不知什麼時候站到他身後的變臉人在笑，整張臉笑得非常猙獰，青筋一條一條地在他臉廓周圍出現，「我說過，最好配合一點。」

我愣住了，完全不知道應該做什麼反應。在我眼前的是從來沒有發生過的事情。一道銀色的流光穿過了學長的右肩肩頭，細長突出的針尖上面還帶了一滴濃稠的血紅，然後一點聲音都沒有地往下滴落，在地面上開出了紅色的圓花。

「不要嘗試挑戰我。」變臉人自後面慢慢抽出了細針，一離開後，學長的肩膀立即散出大量血液，整間神廟的地面馬上染成艷麗的顏色。

就在我們都以爲學長會倒下的同時，他猛然轉回過身，一把扁小的冰刃小刀硬生生地插進變

臉人的脖子側邊，然後再從另一端突出。

「褚！快想辦法出去，他是比申惡鬼王手下的第一高手！」學長直接跪倒在地，整個肩膀還是止不住血，滿地都是。

第一高手……那日在工地中我與學長都看過的那頂轎子，原來就是這個人！

沒有倒下，就站在原地的變臉人伸出手，一點一點地慢慢將脖子裡面的冰小刀拔出來，詭異的是，居然連一滴血都沒有流。「就說過這是祕密，爲何總要這麼快就揭穿呢？」他還是在笑，那把小刀下一秒就融化在他手心，他頸上的血口恐怖地開始慢慢癒合。

那種場景，好像是在看某種靈異片的惡鬼特效。

我注意到我居然發起抖來，怎麼都停止不了。

安地爾給我的感覺是絕對的恐怖……無法逃走的恐怖……

「我是比申惡鬼王的使者，來與你做個小小的交涉。」他的藍眼看著我，瞇起又張開。

「我……我、不要……」用力開嘴，我連嘴唇都在抖，抖到發出聲音都有點含糊不清，「我什麼都不知道……」

救命、救命、救命，隨便誰都好，救命！

你想得救嗎？

蒼老的聲音若有似無地傳來。

我下意識立即轉頭，在門與結界的另外一端我看見了一個巨大的黑影，黑影上面有兩顆黃色的眼珠。

那瞬間，整個記憶倒退，我終於想起來那個是什麼東西了。

那個在ＫＴＶ中被眼睛吃掉後，我將他帶回來後就一直戴在手上的手環本體。

「老頭公，救命！」

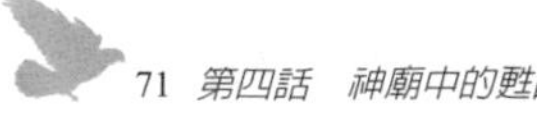

第四話　神廟中的甦醒

地點：Atlantis
時間：上午十點十分

四周的氣溫變得更低了。

「唉呀，果然不先讓你乖乖安靜下來的話，連個交易都不能好好談。」安地爾的腳步停下了，在他腳邊的冰上出現了銀藍色的火焰，然後形成小小的人牽了短手，在他腳邊圍成一圈不停轉動。一種奇異的聲音在四周響起，像是某種咒文一般傳來。

學長重新站起身，受傷的手上已經凝結了薄薄的冰片，止住了傷口冒血。「我實在是很佩服你的勇氣，竟然敢大搖大擺地裝成選手混進來，一點都不忌憚來此的所有人。」他緊盯著眼前的人，紅眼微微瞇起，像是隨時有動手的打算。

「怎樣說好歹我也是鬼王手下的第一高手，自然是有所把握才會混進來，不過如果不布下結界的話，就不能像現在這樣以真面目與你們說話了。」彎起了冰冷的微笑，安地爾一腳踩熄了地上的藍焰，那個像是咒文的聲音立即停止。「今日也剛好那三位我們懼怕的人都沒有到這裡觀賽，所以算是你們說的那什麼……天時地利人和吧。」

「很快就全部都沒有了。」就在學長語畢的一瞬間，我看見結界被打破的那個洞慢慢地擴展開來，原本在外面的老頭公慢慢擠上了洞口，然後變形。先是黃色的眼睛通過小洞，接著是身體變成像液體一樣的東西緩緩地穿過那個洞，重新在裡面站立起巨大黑影。

「喔，老頭公原來被你們帶走了。」看著黑棒槌出現，安地爾挑起眉，「我就說了，欲動之眼明明有吃過東西的感覺，怎麼就沒找到被它吃的東西。」

欲動之眼？

我愣了一下，那個不就是在KTV中追殺我們的大眼球嗎？

「吞食結界與釋出的老頭公、地靈深淵的陰女與失落護神的陶洛米，你們果然也都已經見過了。」安地爾環著手，很有趣地看著老頭公，「我本來一直很想要那三個有趣東西的，所以才讓欲動之眼進去追捕他們，沒想到一直被老頭公的結界阻礙，後來收到欲動之眼毀滅的消息後再去看，全部都沒了，挺掃興。」

他在說什麼？老頭公我聽得懂，剩下兩個又是誰？

等等，那時候和老頭公一起行動的……旗袍女和牛頭人？

原來他們有名字是嗎？

是說我可能再也不會看見他們了，就算知道名字也沒有什麼特別的作用了吧。

我轉過頭看著黑色棒槌，然後老頭公突然轉過身面對結界，眼睛下面慢慢張開了一個洞，接著神奇的事情就發生了——那面結界開始被吸入洞裡，黑色棒槌不時還會抖動吞嚥。

「你的結界已經被破了，還想繼續與我們談交易嗎。」勾了冷笑，學長伸出手，掌心朝下，地面上的冰立即往上凝結，接著慢慢形成了長槍的形狀往上飄高。「褚，結界一開馬上出去、然後請求退場！」

「好、好。」我將地上昏厥的黑袍用力拉起來，幸好他可能不是人類，大致上體重不重，很簡單就可以揹在身上了。

我就在這種時候才眞的感覺到種族差異性很重要，尤其是在需要逃命的關鍵時刻。

如果今天要揹的是有無限多胃的五色雞頭，我很可能直接被當場壓死。

「你打算陪我玩玩是嗎？」瞄了我一眼，安地爾伸出手掌抹過臉部，立即又變回方才滕覺的那張臉，然後勾起了抹笑，「也好，反正結界都破了，我看改天再好好跟這位褚同學坐下聊聊吧，不知道你喜不喜歡喝咖啡呢。」他說，藍金色的眼睛一點笑意也沒有地轉過來看我。

我倒退一步，全身都發毛。

他太禮貌了，禮貌到很像是會笑著捅人三百刀那種感覺。

「我討厭。」老頭公把結界吞食完畢後，我立即往外逃走。

學長一個人不知道行不行？

那個變臉人看起來好像超厲害的，我覺得我應該留下來看可不可以幫忙……可是，我又覺得我沒辦法幫忙反而很快就會變成拖油瓶，所以看來看去逃走好像才是最大的幫忙。

我想幫忙、我眞的很想幫忙。

「你看得見……你看得見對不對……」跟來的老頭公站在我旁邊，發出如常低啞的聲音，「其實你看得見……一直看得見……」

我看得見什麼？

叮鈴的聲音從我口袋發出聲響，就像我之前幾次聽見的一樣。

「你一直看得見……」

※

轟隆的聲響在我踏出廟門的那一秒傳來。

「各位觀眾，剛剛因爲隔絕結界的出現讓大會播報員無法得知裡面的狀況，不過現在結界已經被消除，可以逐漸看清楚裡面的狀況！」四周傳來的喧譁聲馬上將我拉回了現實，我倒退一步，看見的全部都是高高坐在上方的人，全部都是我不認識的人。

我在這個地方做什麼？爲什麼我會在這裡？他們又在叫鬧什麼？

「Atlantis學院選手走出，請看他身上揹的黑袍爲明風代表隊的選手之一，可見方才神廟中戰況激烈，我們很明顯已經看到黑袍默罕狄兒完全失去意識，判定無法繼續比賽下去。」播報員的聲音迴盪在大會場上，「遺憾的是因爲大結界的關係，各位觀眾們就沒有眼福能夠知曉剛剛究竟發生什麼事情。」

有個聲音逐漸在我耳邊消去，那些吵雜聲響依舊，可是卻好像隔了一層什麼東西在喊。

老頭公又變成黑色片狀的東西慢慢沉入水中，黃色的眼睛在湛藍的水下格外明顯。

一個瓦片落到我腳邊。

然後，我將身上的黑袍放入水中，讓老頭公移到外場。

神廟的崩塌好像是隔了很久之後的事情，先是一片瓦片落下來，碰觸到地面的那瞬間化爲粉末，然後是第二片、第三片，像魚鱗一般往上飛去，接著在空中碎裂，細小的粉末漫天飛舞。繪著紋路的牆面跟著瓦片之後崩毀，然後是廟中的擺飾，直到崩塌碎裂得只剩下廟中巨大的白色女神像。

學長與安地爾就站在神像前面。

我知道我應該拔腿快逃，可是連一步都動不了，雙腳好像被綁上石頭，多走一步都很困難。

冷氣向四周擴散，靠近神廟附近的水全部都凝結成冰。

「回來。」學長伸出手，黑色的手套上拉開一條銀線，然後浮高出現了銀色的幻武兵器。

變臉人從袖中抽出更多長針，閃著銀色詭異的青綠光芒，「注意點，這次的，有毒。」

語畢的瞬間兩人都在我面前消失，直到正上方傳來聲響而我抬頭，正好看見了兩人穿透了巨大空中飄浮水球。眨眼，水球爆裂，像是大雨般轟然落下無數的水珠。

老頭公就沉在水下，黃色的眼睛仰望天空，跟我一樣當了旁觀者。

我可以做什麼？已經沒有我的事情了不是？

爲什麼我還不想離開？

「你一直都看得見的。」老頭公的聲音慢慢清晰了起來，「你一直看得見，爲什麼要假裝沒看見？你看得見我們、聽得見聲音，你一直都看得見。」黑影走上了岸邊，慢慢地扭曲了樣子、接著重組。他出現臉、出現脖子身體，然後出現手與腳，一個白髮蒼蒼的老人逐漸出現、站在我的面前。

「我看得見什麼？」我倒退一步，聽見了口袋中的叮鈴聲。

「你一直都看得見。」老人抬起頭看著我，黃色眼珠明亮得讓人感覺如同刀般銳利。「沒有人是看不見的，你的眼、不是常人眼，你應該試著看見。」

天上的大雨停了。四周的水位逐漸升高，然後淹沒我們的腳。

接著，老人消失了，水底下出現了黑影，睜著黃眼睛不再看我，只是越來越往下沉去。

我看得見什麼？

我不知道。

天空上有個黑色的東西失速往下墜，然後摔進深水當中，連是誰都還來不及看就已向下沉，只有黑色的布料在水上浮了幾秒、跟著給扯下。

第二個人緩緩地降下站到我面前。

「學長！」我見人立即快步跑過去，一反先前的輕鬆對決，現在的學長看起來好像頗狼狽，黑色的大衣破了好幾處，左手手臂上還有幾支銀針。

「沒事。」隨手拔掉細針，學長皺了眉，「不是叫你離開場地！」

「我……」我覺得好像該做些什麼。

叮鈴聲又響起，於是我伸手到口袋中拿出了那個其實很早就發出聲音過、但是一直被我擺著不管的東西。

藍色的幻武兵器。

巨聲又響起了，強烈地壓過幻武大豆細小的聲音。

這次是整個地面都出現裂痕，像是巨大蜘蛛網一樣整個崩裂開。

我的後領立刻被人一把拽起，「去旁邊給我待著！」凶惡的口氣直接從我的腦袋上傳來，完全沒有讓人來得及反駁。

非常熟悉的動作，熟悉到不行的動作！

「學長，麻煩不要用……」「丟的」兩個字還沒說出來，我突然有種砲彈被射出、臉立刻被風壓吹到變形的熟悉感。「哇啊——————！」

又來了！為什麼他們每次都不肯讓我好好用走的！

我明明就有腳啊！

匡地一聲，我撞到某種堅硬的東西然後停下來，整個人眼睛都呈現開花轉動狀，接著往後倒，眼前一片昏黑。幾秒之後我回過神，我才發現自己被丟到神廟僅存下來的神像蛇身身上，四周全都是水，連個可以站的地方都沒有。

沒人，四周的觀眾全都消失。

一層黑色的膜將整個場地都包圍起來，隔絕了所有的東西。水面上出現了白色霧氣，重新被凝結起來，取代了被震碎的地面成了新的冰地。

然後，猛然乒地一聲從那下面裂開，穿出一隻手，接著有人按著旁邊從下爬上來，渾身濕淋淋的，冰珠凝結在他髮上，然後被一把用力扯掉。「我實在不太想要認眞來玩這遊戲。」

另外一邊的冰地也站了人，臉上、脖子都爬滿了銀色和紅色的圖騰，就是我先前看見的那一些。「是嗎，我想你應該已經認眞很久了。」將口中的髒血吐開，學長冷冷地瞇起眼看著不遠處的對手，「連大型隔絕陣都用了，接下來打算如何？」

「打算殺你！」瞬間出現在學長頭上的安地爾一拳揮下將人重重擊下，撞破冰面沉入水中，接著他伸出手，手上多了幾根黑針，一甩手跟著穿透水面。

水面上立即浮現了黑色的液體，像是某種不祥的東西緩緩延展開來。

就在那瞬間，黑色液體像是被衝破般整個散開來，水面上的冰霜猛地加烈，上面飄起了金色的火焰，極端地比對著。

「也要看看你辦不辦得到。」竄出水面，學長揮去釘在掌心上的針，一點也不受攻擊影響似地，周圍的金色火焰竄高，原本濕淋的銀髮幾乎是在瞬間給蒸乾，被熱氣吹散在空中。

「你以爲你這個樣子能撐得了多久。」環著雙臂，安地爾勾起了如同剛剛一般無笑意的笑容，「若是乖乖配合，現在我還不會爲難你，我的目標只有一個人。」

「想也別想。」

猛然，冰上浮現了冰刃疾射，在碰上安地爾之前全部消散，完全攻擊不到。那名鬼王的使者仍是在笑，笑得讓人著實不安。「我吞噬了紫袍，加上我原本的能力，如果你不是在最好的狀況下，根本別想勝過我。」

學長看著他，同樣冷冷地笑了，「多謝你的提醒。」

我想幫忙、我眞的想幫忙。我不要又是站在旁邊的那個人，等到大家都解決完之後跟著回家、什麼也不會的人。如果註定我要來這間學校就讀，爲什麼到現在我連最基本的幫忙都學不會？

冰上起了濃而重的霧氣，很快地，安地爾的身影就消失在我的眼前。四周白茫茫的一片，能見範圍非常少，幾乎只能看見我腳下不到十來公分的東西。

什麼都沒有。

現在比剛剛更糟了點，我完全看不見其他東西、聽不到聲音。

只有那個叮鈴聲持續著。

我將藍色珠子放在掌心，他還是在響，有越來越劇烈的趨勢。叮叮的聲音好像在催促什麼，他想改變這個狀況，我也想改變這個狀況，我們兩個一樣都很急，可是沒有人知道該怎麼辦。

或許，我一直都看得見。

「如果你與我有一樣的想法，那就現身吧。」像是有人教導、也像是下意識，更像被牽引，我的嘴巴很主動地吐出了這幾個字。

我眼前的霧氣突然散開了些許，茫茫的白霧中出現了水珠，一滴、兩滴不斷掉下來，然後像瓶子收納般組成了一個形體，飄忽不定，最後是一張女人的面孔，與神廟的神像完全相同，就連下半身是蛇也毫無差距。

「我是沉睡了一千七百年的水中貴族，只要一點水霧都是我的利刃兵器。」她沒有開口，湛藍的眼睛就直視我，很詭異的是，聲音就在我腦中浮出，但是我一點都不覺得突兀，好像原本我們就是這樣講話。「喚我甦醒的人類，你有足夠的自信能駕馭我而不被反噬嗎？」

反噬？

我愣了一下，我真的有那種自信用幻武兵器嗎？

他們有生命，而我，有足夠的力量可以使用他們嗎？

我不像學長、不像夏碎學長不像千冬歲更不像萊恩，如果今天換成是他們，想必一定不用多想立即就自信地說他們能。可是，我不像他們，所以我猶豫了。

四周的水氣逐漸增重，折射了微弱的光線閃亮著，在其中幻化而出的兵器精靈看來高貴難以親近，優雅令人臣服。我真的可以嗎？

「搖擺不定的人類少年，你有足夠力量將我喚醒，卻沒有足夠的信心將我發動。那麼，你在這裡是爲了什麼？」她看著我，無瑕美麗的面孔有著令人清楚察覺到的嘆息。

我在這裡是爲了什麼？

我記起來了，在最早最早入學時，我曾經跟學長逛過很多地方，終於我在那兒下了決定。

「我是爲了改變所以站在這裡！」

我不再是我、我還是我，我想要有所不同，讓我知道我想知道的所有事情，所以我才會在這裡。

「所以，在我有能力之前，請幫助我。」

※

我不確定那個精靈女人是不是笑了。

「我是沉睡的水之貴族，只要是水、就是空氣中的水霧都可以化爲我的利刃。」她優美的旋轉了身，蛇尾隨著大幅度的轉動，然後四周慢慢地浮起了更多的水珠。轉了一圈之後她對上我的視線，伸出了掌，上面有著我的幻武大豆飄浮著，「你需要的是能改變現狀的武器嗎？或者是保護自己的防具？你需要強大的力量嗎？強得足以讓你永遠依靠的力量？或是你需要不受敵人傷害的防禦？堅固得讓你不用再擔心受怕的強大防禦？」

我想，那些都不是我想要的。

這些日子以來，我都站在別人的身後。

「我害怕，可是我想要的不是力量也不是防禦，我想要可以幫助朋友的武器。雖然我怕，可是我想要改變。」就從兵器開始，小小的、能夠隨身攜帶，在最重要的時候可以幫上所有的人。

雖然我怕，可是不用太過靠近，就像千冬歲一樣能夠遠遠地射出銳利的箭。

可是我不會射箭。

「你需要的是能夠幫助你所想的兵器，危難時，俐落地不拖累所有人。遠遠的，就能輔助，近的，也不讓你害怕。」掌心的兵器珠子正在發光，銀藍色的微微亮著，像是水上的水花，又清澈見底。

「一個讓我容易使用、可以成爲大家力量的兵器。」有種東西在我腦中成形。

一開始我羨慕的是學長使用起長槍非常好看，就像電視劇裡面的武將，什麼也不怕。

可是太難，讓我想效仿都不行。

「我會成爲你的力量，在你有能力之前幫助你，在你有能力之後輔助你。記得今日你小小的改變，然後讓你的未來不再迷惑。」她將珠子放回我的手上，微微笑著，「用你的血與我簽下契約，用你的聲音呼喚我的名字，用你的心靈爲我製造形體，用你的力量去追求更多。」然後，她以長長指甲在我掌心畫出了血痕，低頭、舔過。

「你可以呼喚我，這個名字是你所有。我是水中貴族的龍神精靈，只要是水都是我的利刃、是我的盾牌，我只讓你呼喚我的名字，只有你有資格呼喚我尊貴的名字。」

然後，她慢慢地化爲水珠，一點一點地開始落下。

我閉上眼，將腦中迴盪的名字記得清清楚楚。

當我需要的時候，我呼喚她、爲她創造形體，然後成爲幻武兵器。

這是喵喵他們告訴我的。

於是，白霧全散了，我重新看見場上所發生的一切。

我看見冰上都是血，學長跟安地爾雙方傷痕累累。

她只讓我呼喚她的名字，「米納斯妲利亞，與我簽訂契約之物，初現妳的形、美麗優雅而尊貴，水是妳的利刃、是我的武器，然後、幫助我，解決侵害者。」腦中自然而然地就浮現這段文字，好像是剛剛的聲音還在迴盪，而我照著唸出。

一道銀藍色的光在我手上拉出線，然後浮出成形。

我慢慢瞄準那個完全無視我存在的安地爾，然後固定了位置，最後扣下了手。

湛藍的水珠在空中劃過弧線，下一秒穿透那鬼王第一高手的腦，整個爆裂開來。

很靜，太靜了。

靜得好像失去半個腦袋的安地爾是緩慢倒下，殘留在腦殼中的清白色液體混濁著血液慢慢流出，然後在冰地上凝固。

一顆眼珠落下來，滾在冰地上，瞳孔放大直直映出我的影子。

學長看著地上的人體，然後轉過頭看著我。

「不錯。」他說，可是我不確定他是不是在稱讚我。

下一秒，我眼前一黑，整個人失去重心往後倒。

昏去之前，我聽到聲音。

「睡吧，然後醒來，你會開始迎接更多改變。」

米納斯妲利亞的聲音像是搖籃歌，逐漸消失在黑暗中。

※

你可以有所改變。

有人這樣說著。

月之前，風之後，星辰之光下，眾神願意祝福你的改變。

那個聲音聽起來很輕，不太像是米納斯的聲音。

海的歌唱、土地的讚歎，這些是爲了你的改變以及不同而動，珍惜你的小小改變，然後往更好的道路走上，光神會帶給你指引，保護你不受侵擾。

像是歌謠的聲音。

微微睜開眼，似乎看見了一個人，但是，很快又閉上眼。

沉浸在風飄過的聲音之中。

我可能睡了很久。

我也可能沒有睡很久。

就在我覺得自己應該會睡很久準備拉高棉被繼續悶頭大睡時，一個不識相的某種騷擾物品砰地一聲牢牢實實地砸在我身上。有那麼一秒，我還以爲腸子會被壓到從嘴巴裡面噴出來。整個肚子呈現出差點爆裂的悲慘劇烈痛楚。

「醒了醒了！」小女孩的聲音在我身上響起，加著幾個可以馬上致人於死地的蹦跳，讓我有種可以又昏回去的淒慘感覺。

「小亭，下來。」

有人好心地解救我。

「喔。」壓在我身上的活體凶器開始手腳並用地爬下床。

等她一下去，我馬上翻開棉被爬起身用力喘一口氣讓差點被壓出來的內臟歸位，很怕再躺下去她又會爬上來跳。「夏碎學長？」很好，我又回到熟悉的地方，四周看起來應該是人間才對。

雪白的房間，空氣中充滿了淡淡的乾淨味道。

傳說中救人很快的保健室，幸好我沒有躺在外面，這邊看起來好像是ＶＩＰ個人房，電視、冰箱之類的東西一應俱全。

待遇太好我會怕。

房間裡面只有夏碎學長一個人，另外不是人的還有滿屋子跑的金眼黑蛇活體一條。

「你睡好久了，第一次比賽都差不多比完了。」跳上床邊坐著，小亭手上有著一個大大的木盒，「小亭一直有來找你玩喔，可是你都不醒，貪睡。」

我轉過頭，看著夏碎學長。基本上，這位老兄在我昏去之前也是昏的，可是他醒了我還昏，我想至少昏有幾小時吧？

「你睡了整整三天。」夏碎學長伸出手指比給我看。

「啊？」

眞的假的！

三天……要死了！我這輩子從來沒有一次連睡這麼久過。如果在我家，我老媽跟我老姊百分之兩百絕對會整死我。

「剛剛我跟西瑞換班，他正在進行喚醒儀式，被醫療班的人拖出去。」用一臉平靜的表情說著非常恐怖的事情，夏碎學長從桌上拿了茶，非常怡然自得地喝了一口，他的樣子會讓我覺得他是進來吹冷氣外加逛兩圈那種感覺。

我一點都不想知道什麼叫作喚醒儀式。

「這是米可蕥拿來的。」小亭直接在床上打開木盒，甜甜的味道馬上瀰漫整個房間。現在我相信我可能睡了好幾天了，因爲我肚子開始咕咕叫了。「本來想吃，主人說要你醒再問能不能吃，你醒了，現在可以吃了嗎？」她把盒子拿到我臉前，裡面全部都是一些很精緻的小點心，東方西方點心都有、一應俱全，整個色彩鮮明到不行。

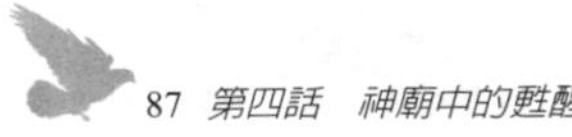

我看到某條活體黑蛇的眼睛亮晶晶，然後嘴巴疑似有口水滴下來的感覺。

夏碎學長輕輕咳了一聲，「小亭。」

小鬼的臉馬上皺下去。

「我也餓了，一起吃？」就在一秒後我立刻見識到這句話的可怕效力。

「可以吃？眞的可以吃？已經可以吃了嗎？那我要吃了喔？」小亭的臉直接在我眼前放大，然後從她小小的嘴巴裡面出現了俗稱蛇信的那種東西。「眞的吃了喔？眞的要吃了喔？」我在想，如果有人因爲甜點發瘋，應該是這傢伙先。

「吃吧。」我點點頭，在蛇信碰上我臉之前往後坐了一點，我還不想當第一個因爲一盒甜點而過度興奮誤殺人的那條蛇的受害者。

咚一聲，小亭跳下床，沒有我預料的一口把點心連盒子都吞下去，「米可蕥說點心要配茶比較好吃，小亭去泡茶。」

然後，剛剛還在流口水等吃點心的活體黑蛇像是跳針一樣自己邊走邊唸，然後推開房門出去了，留下滿室的驚嘆號與問號。

在旁邊從頭到尾目睹一切的夏碎學長又輕咳了聲，「不好意思，監督不周，若有冒犯地方請見諒。」他相當有禮貌地向我微微頷了頷首。

說眞的，誰會想跟一條蛇計較呢。況且就算我想計較，我大概也沒那個本錢和那條命去計較。

四周突然陷入一片沉靜。

我發現一件事情，其實夏碎學長的話好像也不是那麼多，通常有必要才開口，也不太過問其他事情，如果不管他，他應該會是那種可以整天不開口坐在角落看書的類型，其實和千冬歲有一點點像、但是又不全然一樣，千冬歲在某方面來講，話比較多。

「那個……比賽後來怎麼樣了？」我想一想，只想起到朝那個高手送了一擊之後就什麼都不知道了，「那個人不會死了吧？」記得他腦袋都爆開了，我怎麼會這麼有勇氣？如果那個人就這樣翹掉怎麼辦？我該不會就這樣被當作殺人犯移送法庭吧？這消息如果傳回家，我老媽應該會哭死、我老爸會嚇死，最後我老姊會過來把敗壞門風的我打死。

完蛋了，如果死者家屬要求賠償怎麼辦？

等等，那個傢伙應該不是人類，他說是什麼鬼王的屬下，所以他應該沒有家屬囉？而且依照電視的芭樂劇來演，他應該是孤獨一人闖天下，四海皆兄弟、無父無母無親戚家屬，就算死在路邊都不會有人來認屍的那種類型吧？

這樣推測的話，一定不會被人要求賠償才對。

萬歲，沒事了！

「他沒事。」夏碎學長一句話把我完美的推測全盤打碎。「你忘了嗎？我們學校有簽訂大型結界，無論是誰，只要在學校中發生意外一定不會死亡，頂多重生回原貌受點小傷。」

被這樣一說，我才想起老早被我遺忘的某個很重要的事實。

對喔……我們學校不死人的……嘖！便宜了那個鬼王的手下。我真的很討厭他，一聽他沒事，反而一點也高興不起來，如果他這樣翹了就算了，反正也不會被家屬追打。

欸……不對不對，等等，我忘記還有殺人被移送法庭這條。

那他還是不要死好了。

「吃水果好嗎？」

夏碎學長拿起旁邊不知道誰進貢的蘋果對我晃一晃，然後我點點頭，他就抽出一把應該不是水果刀的小刀開始削皮。

「我眞的整整睡三天喔？」說眞的，我這輩子還沒睡過這麼久，有種很不眞實的感覺。感覺上其實好像沒睡那麼長的時間，所以有點難以相信。

手也沒停，夏碎學長只勾了淡淡的微笑看了我一眼，又把視線移回去。「你剛開眼完畢，又第一次喚醒王族兵器，所以體力消耗太多，身體撐不住才會這樣，這是很正常的事情，第二次習慣之後就不會了，所以不必擔心。」

我倒不是擔心啦……

「王族兵器在使用上原本就會比較耗費精神力，等你們完全同步之後，就會像呼吸那麼輕鬆了。」他彎身在床邊櫃子裡面找出盤子，然後把削好的蘋果擺上去。

我看到漫畫上傳說中的蘋果兔子，這讓我懷疑夏碎學長很可能也會用小香腸做小章魚。

「謝謝。」我在床頭櫃找了包牙籤出來，然後很習慣性地用牙籤去戳下第一隻兔子。

「呀————！」

「哇————！」

尖叫了尖叫了尖叫了！

兔子尖叫了！

不對，是蘋果削成的兔子尖叫了！

爲什麼剛剛是水果時候它不尖叫變成兔子才尖叫！

我手一抖，整個散發出詭異的蘋果兔立刻掉下牙籤。

旁邊的夏碎學長見狀動作很快地把差點掉到地上的兔子撈起來放回盤子裡面，一臉平靜，完全就像耳聾沒聽到尖叫聲。

「水果會尖叫！」我抖著手指指著那個安靜下來的蘋果兔，整個人往後坐，很怕等等那個水果會撲上來咬人。

太久沒被這種東西嚇到了，我居然有一種懷念的感覺。

「很奇怪嗎？」夏碎學長用一種疑惑的表情看我，「柚子和楊桃也會尖叫，而且柚子切下去還會噴血，是一種提神的營養液，要吃時不要用利物去戳它們，直接吃就不會叫了；如果不小心戳到，等它們叫完沙啞之後就不會再叫了。」他隨便拿起一個蘋果兔拋到嘴裡咬了幾口，果然連個聲音都沒有。

說真的，我已經完全沒有胃口了。正常人誰會想去吃一個會尖叫而且還可能會有後代子孫來找你尋仇的鬼蘋果，沒有吧！有誰敢吃那種東西啊告訴我！

我不應該看它是蘋果就相信它是蘋果的，這個世界的東西都用普通的名字來僞裝不普通的東西，我怎麼會忘記這事實呢！

安逸的生活過太久果然會使人變笨，可是我覺得我的生活一點也不安逸啊，爲什麼我還那麼沒有警戒心！

「那……後來比賽呢？」爲了怕夏碎學長鼓勵我繼續吃水果，我連忙重拾剛剛的話題。

「嗯，我與西瑞清醒時比賽已經結束了，後來看了回溯景，好像是解開黑色結界之後就看見明風的選手與你已經倒下，裁判就宣告比賽結束了。下午則是亞里斯學院勝了特別隊伍晉級。」思考了一下，於是夏碎學長慢慢地說著，「接著我與西瑞出席第二場比賽，勝了亞里斯學院，同時七陵也勝了特別隊伍。最終出場七陵學院一戰，不過意外的是，七陵學院不知道爲什麼自己棄權了，所以第一場比賽告一段落，兩天之後會再進行第二次賽權。」他大略將整個狀況簡單扼要地說完。

「咦？下午是你跟五……你跟西瑞出場？」那學長呢？我還以爲學長會繼續出場。

「是的，七陵學院也是我與西瑞出場。」夏碎學長沒有直接告訴我爲什麼，感覺上是用了迂迴的方式在繞開話題。

這樣的話，我也不好意思緊追著問，雖然我很想知道爲什麼。算了，等出醫療班之後遇到學長再問看看好了。

四周又突然安靜下來了。

大約不到一分鐘的時間，夏碎學長突然站起身，一臉凝重。「我有事，先離開一會兒，若是小亭回來吩咐她在這邊等我別亂跑。」

「欸？你……」話還沒說完，夏碎學長已經消失在我面前。

有什麼事這麼趕啊？

說到小亭，那條號稱要泡茶的蛇人不知道泡到哪去了，不會在茶水間迷路吧？

房間裡面一旦沒人了，就會變得很空曠。

我肚子又餓了，看過去，旁邊都是一些看起來很正常的水果外加那盤蘋果兔，我突然又有種吃不下的感覺。

就在我覺得自己應該會這樣餓死、萬念俱灰的時候，一個輕輕的聲音傳來。

窗戶玻璃外出現一隻手。

第五話　房中的使者

地點：Atlantis
時間：未知

「打擾了。」

就在我以為要上演窗外鬼手的恐怖片時，那隻手很自動地打開窗，接著出現的是張臉，最熟悉不過。「我聽別人說你睡了三天，抱歉我這兩天忙了事情，今天才來。」幫我開了傳說中那隻眼的白陵然七手八腳地從窗戶外面爬進來，我才注意到現在好像是下午，外面的天空有點偏黃昏的顏色。

「呃、不會。」我看著他爬窗的動作，第一個想法是這邊應該有個東西叫作門吧。然站穩之後又彎身從外面拿進來一大盒東西，是個古風的布盒，裡面的東西是個問號。

「我想你睡了幾天應該也餓了，所以帶了點東西過來。」然左右看了一下，把桌子拖到床邊，將盒子放上桌面打開，裡面出現了好幾樣我熟悉的糕點，像是狀元糕、芝麻糕一類的東西，還有很古早味的涼糕，這個我很愛，可是現在比較少人在賣。

看了這一堆東西，照理說肚子餓爆的我應該會馬上口水滿地流，可是並沒有。剛剛蘋果兔案件還歷歷在目，我不會那麼笨又上第二次當的你們死心吧！

「這是我早上手工現做的，你嚐嚐。」然勾起那種可以讓別人上當去死無怨尤的善意微笑，接著從隨身背包裡面拿出一個不鏽鋼保溫瓶，「還有綠豆湯。」

我有種一夕間身邊包圍了一堆會做菜的人的感覺。

「你的體力和精神力現在很衰弱，要多吃點東西補回去比較好。」然提出了某種電視上都會出現的媽媽午後時間專屬養生建議，接著把點心攤了一桌。

被他這樣一講，我突然察覺到一件事情，我想下床，可是提不太起什麼力氣，難怪剛剛被蘋果兔嚇到時只有意思意思在床上後退而不是整個人摔下床往外逃。

「那個、謝謝。」其實我跟這位並沒有很熟，沒想到他還會自己跑來找我，真的有點受寵若驚的感覺。

「不用謝啊，應該的。」依舊微笑著，然說了一句讓我摸不著頭緒的話。

應該的？

他從盒子裡拿出準備好的小碗，倒了熱呼呼的綠豆湯進去，瞬間甜甜的香氣就瀰漫了整個房間。「你們學院的隊伍現在只有兩個人在支撐，所以你也要快點養好精神回去幫忙囉。」

兩個人？

「什麼意思？」猛地抓住他的手，我立刻追問，「爲什麼是兩個人？」又是哪兩個？

然一臉莫名地看著我，沒有掙脫也沒有不高興的表情，完全就是不曉得爲什麼的疑惑面孔。

「你沒聽說嗎？我還以爲剛剛夏碎先生有告訴你，你們學院現在只剩下他與西瑞．羅耶伊亞兩位選手；冰炎殿下似乎是因爲那場與明風對決的關係身體不適，已經好幾日不見蹤影了，大家都在推測不曉得他會不會參加第二戰。」

學長不見蹤影？

我鬆開然的手，卻沒有預先的震驚感，倒是有種我其實應該可以猜出來的感覺。畢竟那一天看見他和變臉人對打成那樣，又是受傷又是什麼的……不曉得有沒有關係。

話說回來，那麼剛剛夏碎學長會那麼凝重地走掉，跟這件事情有關係嗎？

「放心吧，冰炎殿下等級很高，加上這邊學院的醫療班都很厲害，不會出事的。」然將手上的碗遞給我，溫和的笑容立即讓人放鬆三分。「倒是你要多加小心，總覺得你們對明風的那場比賽有點怪，但是沒人知道發生什麼事情，若是你自己心中有底，可要多加警戒些。」

他是純粹好心地提醒，我完全知道，不曉得爲什麼我連一點懷疑都沒有，好像原本就應該這麼信任他。「嗯，謝謝。」捧著綠豆湯，其實我眞的很餓，然後就慢慢地喝了一口，暖暖的不會太燙也沒有冷掉，剛好是可以入口的溫度，與黑糖混在一起的綠豆香滑入喉嚨，馬上就讓肚子安靜不少。

跟我老媽做的一樣好喝，我有一種劫後餘生的感動。

「我還有做一些鹹的米食，你在吃點心之前先吃些鹹的東西墊墊胃會好一些。」然翻開盒子的第二層，下面立即傳來竹葉香，出現在我眼前的是各種色彩的米糰子。「這些都是我們家鄉常常做的東西，希望合你胃口。」

好感動，我眞的被感動到了！我有多久沒吃到這麼正常的人類食物了？

立即拿了一個米糰子放到嘴巴，我才發現這個居然是縮小版的肉粽，香噴噴的香氣竄到鼻子，整個讓我有想哭的感覺。

「如果喜歡的話就慢慢吃，我做了很多，一定不會讓你餓到。」坐在床邊，然微微笑著，大約過了半晌才看了下外頭天色，「我還有點事情，先告退了，漾漾你要好好休息喔。」

我用力點點頭，因爲嘴巴塞滿東西不能說話。

「改日見了。」然拍拍我的肩膀，然後轉身走到窗戶邊，像剛來時一樣又爬出去，一下子就不見人影。

說眞的，旁邊有門這種東西……

※

就在然出去不到幾秒鐘，旁邊的門就被人推開。

頭上頂著茶盤的小亭推門走進來，一臉哭樣，「茶葉找不到，跑回紫館拿，好遠。」

……還茶葉勒！妳會不會太講究啊黑蛇小妹妹！我不喝完全沒關係啊，而且聽說餐廳離這邊比較近，妳幹嘛非得執意跑回紫館拿啊。

「有茶了，來吃點心。」將茶盤推到床上，小亭七手八腳地又爬上床。茶盤裡面擺著已經泡好的茶水還有小茶壺，杯子裡面飄來淡淡的高雅香氣。

黑蛇妹妹的安靜只到她看見滿桌點心的那一秒結束。

「點心、點心，好多點心！」她的眼睛比剛剛閃亮了數十倍，「有客人嗎？客人給點心嗎？這些都可以吃嗎？能不能吃？」看著然帶來的點心，小亭幾乎整隻往我身上黏過來。

「吃點心前先吃這個，吃完就可以吃點心。」我把桌上的蘋果兔遞給她，說眞的，這盤水果會造成我的心理壓力，還是及早解決比較好。

「好！」小亭很豪氣地接過那盤水果，一口一個，盤子馬上清潔溜溜。「吃點心了！」她在床上無視病人蹦了兩三下，如果不是我有先見之明先閃了一邊，大概會被她踩到噴腸子。

接著，我看到除了鬼娃之外，第二個可怕的吃相。

只見小亭伸出一隻手將嘴巴拉開成兩倍大，接著拿起一盤點心往嘴巴裡倒，闔上嘴、開始咀嚼。

有時候看他們吃東西眞的會倒胃。

「這些是我的，剩下是妳的。」我把鹹的點心和甜的各拿一半起來，當機立斷地跟小亭畫清界線。有五色雞頭的慘案在前，我現在很懂得什麼叫作先下手爲強。

「噢～」小亭發出模糊的聲音。

然和喵喵的兩大盒點心在三秒之後被消滅了一半。

大概滿足了的小亭舔舔嘴，端坐在床上捧起茶杯喝茶，半晌還打了個小嗝。

「對了，夏碎學長讓妳在這邊等一會，我想他應該很快會回來。」把米糰塞入嘴巴，我突然想起夏碎學長的交代。

小亭用力點了點頭，「我知道，主人有說過，大家也都在說。因爲有不好的人會來找你，所以一定要有人留在這邊，那個人就不敢來。」

有不好的人會來找我？

「大家有沒有說誰會來找我？」

小亭搖搖頭，然後突然一臉驚慌。「糟糕，剛剛小亭去泡茶，有沒有人找過你？客人是不好的人嗎？」

客人？

然應該不是什麼壞人吧。「沒有，只有來個朋友。」

聞言，她小小吐了口氣，「還好，不然小亭會捱罵。大家都說不好的人會趁沒有人在偷跑進來，所以這裡一定要有人。」

一定要有人？

難怪夏碎學長會說他來換班。

我猛地想起然。

他在夏碎學長離開之後出現、在小亭回來之前離去，剛好補足了無人的空檔。

這算巧合嗎？

※

我大約是在那天晚上就回到黑館房間。

經過一個藍袍的醫療班幫我徹底檢查，又讓夏碎學長前後左右都檢視過之後才正式被安因提領回宿舍去。

還好不用在醫療班過夜，我一直不太喜歡在保健室或者醫院一類的地方過夜。

大概是因爲以前常常住院的關係吧。雖然我自己的房間也沒好到哪邊去，不過怎麼想都還是比在保健室過夜強很多，誰知道保健室到半夜會不會衝出個什麼東西來。

於是在回到黑館睡了一夜舒舒服服的覺之後的第二天早晨，我的煩惱開始降臨了。

因爲昨晚是在保健室整理過就回房直接倒頭大睡還沒有注意到，今天一早要去時我才想起這個攸關民生的超級大問題——學長不在，我要跟誰借廁所？

我看著洗臉盆裡的毛巾和牙刷、牙膏，有著如此深刻的疑惑。尤其是昨晚回來之後，備用的茶水什麼都沒有，現在校舍外面到處都是陌生人，我也不好意思跑到宿舍外面去。

我想想……其他人……不、黑館裡面我幾乎還有一大半的人不熟，誰願意借我廁所啊？

先去找安因看看他在不在吧？因爲之前有好幾次都是他太早出門了，十次有七、八次都找不到人可以借用。

離開房間之後，我在安因的房門口敲了幾下，久久沒有人回應；安因平常如果有在，敲兩下就會立即開門的，可見他現在也不在房間。那我還可以找誰啊……

蘭德爾？

我想起第二個我認識的黑袍。可是我沒有去過蘭德爾的房間，只有印象曾聽過他提起好像是在三樓的樣子。那就去找他借看看吧？畢竟我覺得我還是需要廁所的……

早知道就選其他房間了！

走下三樓之後，我才發現三樓的走廊樣式好像和四樓不太一樣，四樓是長長一條通到底，感覺上就是非常地清楚。三樓好像是迴廊形的……等等，你們應該都是在同一棟建築物裡吧我說，這到底是什麼規格。總之我看見有幾個轉彎，房間可能在每個轉彎裡面。於是我就硬著頭皮慢慢地往那些看起來一點都不明亮的迴廊走去。

放輕鬆、放輕鬆……就算真的有什麼衝出來，我還有帶著幻武大豆可以斃了他們。

就在我轉了兩圈之後，大約知道四間房間分別在哪邊，我還是沒有上前去敲門。如果敲錯了不就會很丟臉？如果遇到上次把靈魂亂丟的變態，那不是很衰？

我才剛剛這樣想的時候，某個救星就這樣出現了。

「您是……」從後面一個迴廊走出來，出現的是張還頗熟悉的臉，他拿著一個東西愣了一

下，然後走過來。「褚先生，很少看見您出現在這裡。」

蘭德爾的狼人總管。

我有一種差點感動到哭出來的感覺，「你好。」連忙衝著他一個行禮。

「您好。」果然，尼羅馬上也對著我微微一躬身。

「不好意思，我想找一下蘭德爾學長。」看到他就好辦了，他絕對會知道蘭德爾住在哪邊的，搞不好他剛剛出來的房間就是蘭德爾的房間哩！

「好的，請隨我來。」不愧是傳說中的管家，講起話來整個就是禮貌到那邊去，音量不大不小適中得很好聽，就連舉止什麼都很優雅，完全沒有一般人那種莽撞的感覺。

我跟著他走了個彎，他果然停在剛剛出來的房間前面，然後轉動了門把無聲地推開門，裡面立即傳來一種甜甜的香氣。那個香氣好像有點熟悉，不知道在哪邊聞過。

「請在這邊稍等一下。」尼羅領著我走入房間，裡頭比學長的房間大了很多，感覺好像是連結到另外一個地方一樣，整個都是西洋風的大房間，頂上還有豪華的水晶燈，旁邊還隔了幾扇門，門上有些奇怪的裝飾。

房間裡面有著舒適的大沙發，旁邊有水晶花瓶，裡面插著一朵靈異的黑玫瑰，貼上壁紙的牆上還掛著某幅中古世紀焚燒魔女的畫像。

我有點起雞皮疙瘩，尤其是在發現那幅畫像上的魔女眼睛會隨著我轉動時，我悄悄地離她更多一點距離，很怕等等她就衝出來找我。

尼羅打開其中一扇門走了進去，不用一分鐘又出來，「先生正在用早餐，不介意的話，這邊請。」

我立刻跟上去。

那扇門連結了一間大餐廳，裡面擺著電視上才會看見的那種城堡裡會出現的高級長桌，桌上鋪了桌巾，一樣有著一個花瓶插著一朵黑花。一進去餐廳我馬上看見蘭德爾坐在長桌的一端，桌上有著一盤東西，旁邊有著一杯血紅色的謎樣飲料。

「褚，要一起用早餐嗎？」一看見我進來，蘭德爾舉杯優雅地向我示意。

那杯血紅的到底是啥！

「不、不用了，我想跟你借……」我的話到一半就停了。

視線停在蘭德爾身後的那面大牆壁上，上面有某種東西……

一具應該是乾屍的東西在他身後，而且那個乾屍明顯是「活著」的，乾癟的胸口上下起伏，明顯出現了某種應該是跳動的人類活命器官跡象，突出的眼珠子還會轉動然後瞪過來。

我倒退一步，有種震驚到不知道應該發出什麼感想的感覺。

「想借什麼呢？」蘭德爾喝了一口杯子裡面血紅色的東西，很優雅地詢問。

「沒、沒什麼，我口誤，我是想問你知不知道學長去哪邊？」我的腦袋響起了此地不宜多逗留的警鈴，所以隨便扯了一個問題。

「嗯……我不曉得，不好意思。」他還是很優雅，優雅到好像完全不把後面正在瞪他的活乾屍當作一回事。「不過明日有比賽，你應該最晚明日會看見他。」

「喔，謝謝。」

「不會，還有什麼問題嗎？」搖晃著杯子中的血紅色，蘭德爾像是隨口問了句。

「那個……你杯子裡面是什麼？」應該不是我想的那種東西吧？

細長的眼睛立即轉過來看著我，而且還露出詭異的微笑。「十六歲美麗少女的鮮血，稚嫩羞澀的口感最適合在早上醒來時飲用，你要喝看看嗎？我讓尼羅馬上去幫你取血。」

「不用了，謝謝。」

於是，我連廁所都沒借的就從蘭德爾的房間落荒而逃。

※

我發現我可能不能沒有學長……的廁所了。

爲什麼這些黑袍淨是一些喜歡亂改房間的人啊！

現在突然覺得學長的房間眞的很像是天堂，只是最近變得比較冷一點，其餘的部分完全最正常不過。

走回四樓之後，我不自覺又停在學長房門口，嘆了一口氣。眞希望學長趕快回來借我廁所。

「你一大早在別人房間前面嘆氣是詛咒我衰嗎！」

就在我完全無防備之時，某個無良的人突然從後面踹了我屁股一腳，害我直接撞上前面的門發出超級響亮的咚一聲，眼前馬上出現了一堆黑暗中的閃亮花朵。

等眼睛花過後我連忙回頭，「學、學長？」

沒想到他居然會回來！

「你當我死了回不來嗎？」紅色的眼睛瞇起，然後浮起冷笑，一點什麼受傷虛弱之類的樣子都沒有。學長站在原地看了我一眼，哼了聲，「你以為我是你那麼蹩腳嗎？我看在我死之前你應該比我早死吧。」

雖然很毒，可是我覺得應該是事實……

拿出鑰匙轉開房門，學長直接走進去，「你不是要借廁所嗎！」瞪了還呆在外面的我一眼，我連忙跑進去他才關門。

一進門，我發現房間裡面好像還有別人，站在我前面的學長也不動了。

房間裡面有兩個陌生人，一個是銀髮、長得很漂亮的女人，一個是感覺還滿冷漠的黑髮男人，兩人一左一右站在房間兩側完全不搭理對方，看見學長進門馬上改變原本的直立動作往這邊走過來。

氣氛整個急轉直下。

「屬下見過殿下。」那女人一開口，兩人突然都跪下去了。

我有種嚇了一大跳的感覺，雖然不是跪我，不過看見有人當面跪下那種感覺還頗奇怪的，我還以爲這種場面只有在電影、電視還是動畫裡面才看得到。啊，有啦，父母罰小孩的時候偶爾也會看見這個，不過看成年人跪就比較少。

「褚，你先去洗臉。」學長沒應他們聲，只淡淡地向我這樣說了句。

我想他大概是不喜歡有人在場？

「那個……不然我先回房……」感覺上我好像有點多餘，還是不要佔位置等等再過來借比較好吧。而且那兩個人看起來有點怪怪的，照理說我應該要不在場才對。

「沒關係，你先去吧。」

他都這樣說了，我還能說什麼。

「喔。」注意到那兩個人用一種很奇怪的視線看我，感覺很尷尬，所以我連忙往廁所跑然後把門給關了。

在關上門的前一秒，我依稀聽見學長講話，「去旁邊坐著說，瑟洛芬、阿法帝斯。」

原來是認識的人。

門一關上，外面什麼聲音都聽不見了。

我轉頭看向鏡子，裡面倒映出我滿滿都是疑惑的臉。

學長一直都認識很多人，所以經常在路上還是哪邊都有人會打招呼，這點就和我相反很多。

最近，我四周冒出越來越多的崇拜者，想要經由我與黑館的人多做認識，就連平常在班上，問黑館裡面一些事情的人也很多，包括了擺設、保護法術或者黑館裡面的特殊事物等等的事，好像一個原本很神祕、不爲人知的地方終於被他們找到了可以經由此處瞭解的管道，所以必須問得鉅細靡遺似地。

其實我不喜歡這種感覺。

我認識的人越來越多，朋友也越來越多，感覺上就很像是國中時身邊很多的那種小團體，現在我身邊也有那類人。說眞的，以前很羨慕，因爲很少人會主動接近我，現在不知道爲什麼卻一點都不喜歡。

好朋友還是有的，不過喵喵、千冬歲以及萊恩他們都還有自己的事情要做，我跟在旁邊就很像是異星球的生物，有時候還有點尷尬，很多事情都不知道怎樣說。

對鏡子裡面的自己扮了個大鬼臉，我扭開水龍頭開始洗臉。

感覺上，在比賽這段時間輕鬆了點，因爲不用跟著別人，而且五色雞頭他們還滿好相處的，不用費心去想一些有的沒有的事情，他們也不會說一些太高難度的東西讓我聽不懂。

包括改變，我知道一切都是從哪邊開始的。

從那包東西寄來之後、從有人抓著我去撞車之後，我看見的事情越來越多，遇到的人也越來越多。

所有的事情都是從那邊開始。

我發現自己有點不同了。

這邊，開始有了我認爲很重要的朋友。

※

就在我把牙刷拔出來準備漱口時，廁所門突然被人很不客氣地踹開。

等等！我有鎖門耶！無視於那個鎖踹開門是怎樣！

「你在裡面想什麼亂七八糟的東西害我聽得頭都痛起來！」踹門的元凶不但沒有毀壞學校宿舍公物的自覺，反而先惡聲惡氣地指著我狂吼。

我拿著牙刷，滿嘴泡泡地愣掉。

我、我只是做晨間思考不行嗎……？人不是都要運動嗎，所以我讓腦袋稍微運動一下比較不會老化而已啊……

「我管你是晨間思考還是夜間思考，再給我亂想的話信不信我會把你的腦子給挖出來餵狗！」

不知道爲什麼，我覺得學長的怒氣好像暴增成雙倍，比起床氣還要恐怖。

我連忙漱口，「我、我知道了。」通常在他暴怒的時候千萬不能頂嘴，這是長久以來的經驗談。是說，外面那兩個人是說了啥，爲什麼學長的態度會突然差這麼多？

偷偷瞄了眼外面，那兩個人也是一臉錯愕。

學長把門甩上，砰地一聲門又彈開一小條縫，稍微可以聽見一些聲音。

「你們兩個回去告訴你們那兩個腦袋不清楚的主人，我很早以前就說過了，在我還沒修完所有學術之前，我是不會離開這個地方。」我聽見學長的聲音，態度不好，我很少聽見他這樣跟別人講話，除了我以外；不過也沒差到那麼離譜，這個已經是近乎完全不客氣的態度了。

「殿下，這次你受傷的事情已經傳回族中，主上為此事大為震驚，所以請殿下隨屬下回去走一趟，就算只見主上一面也好。」那個女人的聲音傳來，軟軟的很像在唱歌，這讓我想到某個人也是這種講話方式，不過學長倒不曾這樣對他說話，而且還很尊敬勒。

「少主，王對於您的近況感到非常憂心，請少主隨屬下回去一趟，王已經準備了許多上等的藥物能讓少主休養，請勿再推辭了。」另外那個男的說話就比較冰冷，感覺還有點制式化，這跟某個人也很像，而且學長跟他說話也不會態度不好。

「你們眞的很煩，昨天已經講過不可能了現在還來！信不信我會把你們一起轟出去到天涯海角去！」凶惡的聲音直接傳進來，就連我都可以感覺到那種十足的火氣正在轟炸。

喔，原來是昨天已經上演過一次了，難怪學長的口氣會這麼差，因為他很討厭被人家煩。

「若是如此，請恕屬下不得不用非常手段了。」那個女人的聲音也逐漸強硬起來。

「少主，得罪了。」男人的聲音也不比女人慢，有種僵硬的堅持。

我聽到兩個起身的聲音，看來外面要上演全武行了，我是不是應該把廁所門關好躲到浴缸裡面才不會被流彈波及？那兩個人看起來好像都不是什麼很好惹的角色，動起手來應該是會很不得了吧，可是現在關門一定會被他們發現而且也有點奇怪……

就在猶豫瞬間，我聽到外面連續傳來兩個很大的聲響，然後安靜下來了。

這麼快就處理好了？

有某種燒東西的焦味跟著傳進來。

「褚，聽夠了吧，出來！」看來獲勝者好像是學長。

我戰戰兢兢地走出廁所，看到房間陽台處真的被轟出一個大洞，洞邊還在小小冒著火苗，剛剛那兩個人已經不見了，有百分之百的可能他們已經從那個「洞」離開了。

「被你發現了……」我只能乾笑、乾笑然後繼續乾笑，非常擔心我會是下一個從那邊「出去」的人。

「你那麼吵當然會發現。」紅紅的眼睛瞪了我一眼，然後學長拍拍掌，我看到房間用一種很靈異的速度開始自行修補那個大破洞，短短十幾秒，洞已消失，又變回原本的牆壁、陽台樣子。

「喔，不好意思。」我偷偷看了一下陽台，稍稍猜測那兩個被轟走的人是誰。

看這個樣子，雖然說是熟人，不過好像是不怎麼受歡迎的熟人。

「那兩個人是從我家裡來的。」

「欸？」

學長一邊從冰箱拿出水壺，一邊若無其事地投下了一顆大炸彈。

我被炸到了。

現在想起來，我好像從來沒有聽學長提過家裡的事。如果眞的硬要說，我聽到的幾乎全都是他在學校的事情還有一些就是之前董事的事情。就連喵喵他們在聊天時都講過，一回想起來，學長都沒提反而有點怪了。

「因爲沒什麼好提的，我跟他們不熟，不像你家那樣子。」拿出兩個杯子，學長像是聊平常天氣很好的感覺，然後把杯子倒滿，白色的應該是牛奶一類的東西。「拿去。」他將其中一個杯子遞來給我。

「你跟你家不熟？」我接過杯子，等我發現時，已經不自覺地問出這句算是探人隱私的話。

「呃！你可以不用回答我。」補上一句之後，我發現這句話只有火上添油的效果而已。

可是他眞的說得很奇怪，一般人應該不會用不熟這句話形容自己的家吧？大部分好像都說感情不好之類的，我還是第一次聽到這種。

學長看了我一眼，然後勾起很冷的笑容。「說是我家，黑館還比較像一些。那兩邊我都只去過幾次，用手指就可以數得出來。」他靠著桌子，然後喝了口杯中的飲料，偏頭想了一下，「我在嬰兒時期就已經住在外面，大約四、五歲之後有回去過一次，那之後在師父家接受指導，大約十三歲之後進了學院，後來三袍直升，就一直住在這邊沒離開過了。」

聽起來好像很簡單的感覺。可是……嬰兒就住在外面？

好怪的家庭。

是看他礙眼還是不名譽小孩之類嗎？

學長沒回答，可能不想告訴我。

「你師父是……？」對了，我記得之前鏡董事好像也提過類似的事情，果然學長會強得這麼變態不是沒有理由的，按照武俠小說來看，他背後絕對有個什麼超級高人當推手，否則他絕對不可能變態到這種地步。

「我師父你大概也不知道是誰。」叩地一聲放下杯子，學長勾起笑，這次比較沒那麼冷冽了。「不過我覺得我和我師父長得挺像的，因爲算是看著他長大，所以如果有一天你看見了，應該可以馬上認出來。」

我皺起眉，有點無法想像。學長的那張臉還有另外一個人也很像？

照理來說叫師父的應該都是有年紀的人，如果有一天我在路上看到學長老化版，說眞的，我沒有把握可以認出來。

啪一聲，我的後腦遭受重擊，差點把臉往杯口撞下去。

「不要亂想！」學長給我四個字加一個驚嘆號當警告，「不是外表那種像，等到有一天你看見之後就會知道我的意思了。」

「喔……」好吧，我不亂想就是。閉上嘴，我乖乖地喝了飲料，有牛奶的味道，可是感覺很濃純，外面賣的鮮奶根本沒得比，喝完整個人精神就來了。

「有空，再帶你去認識我師父。」

我立即轉過頭，正好看見學長在微笑，跟平常那種冷笑不同，是淡淡的、好像心情很好的那種微笑，整個人感覺頓時柔和起來，有點發亮得讓人移不開視線。

爲此，我只有一個結論。

他的心情變化果然很快，上秒暴雨狂風然後下秒後就變成天氣晴朗，還淡淡的微笑勒！讓看習慣他冷笑的我有種被鬼打到的感覺。

我好怕，他會不會下秒就把我從四樓丟出去啊？

「褚，你欠揍嗎？」冷冷的聲音從旁邊像是索命厲鬼一樣傳來。

「對不起，我錯了。」

第六話　水槍

地點：Atlantis

時間：上午十一點三十分

就在我什麼都想問、什麼都沒有問出來的情況下，第二次的比賽也即將開始。

然後，我得到一個晴天霹靂的消息。

「眞的嗎？」

同個休息室內，五色雞頭像是中頭獎一樣，整個人因爲夏碎學長剛剛那句話興奮起來。打個比方來說，他現在的狀態就像隻餓很久的狗看到成堆的骨頭，沒有綁好馬上會衝出去撲的樣子。

「是的，因爲第三場比賽的預定狀況生變，所以大會在昨天晚上公布了比賽更改消息，所有隊伍最終賽場上場人數最少需三名、最高上限五名，若原本不足的隊伍可用候補選手進遞，若再不足，選手可以從自己的學院拔擢新人，在第三場比賽開始前須繳交名單。」夏碎學長從手上的文件袋拿出一份資料遞給坐在沙發上的學長，然後這樣向所有人講解著：「也就是說可以再次更動名單。」

聽到這個消息，五色雞頭整個人都很樂，剛好和我的愁雲慘霧成強烈對比。

說眞的，我很想窩回去當打雜人員，現在我突然覺得當初學長幫我設的打雜人員眞是一種世界上最好的職稱。相信我，跟選手比起來，它眞的是。

原諒我當初不知道惜福，居然把最好的涼缺當作垃圾看，現在要後悔也已經來不及了。

學長把手上的文件翻一翻，「最少三個……」

我們這一隊原本正式選手只有兩個人，候補兩個，所以最少還得選一個上去。

「學長！」五色雞頭用一種閃閃發亮的眼睛看他。

拜託，選五色雞頭吧，這樣你們三個就夠了。

「既然我們全部都在人數限制內，那就四個人都寫上去吧。」學長用一種好像在說「天氣很好」的口氣把文件還給夏碎學長。

不————！

你怎麼可以這麼殘忍地對待我！

紅眼看過來，「褚，我們在上面拚死拚活，你當候補選手看好戲不會說不過去嗎？尤其你的幻武兵器都已經出來了，剛使用者最好把握機會多練習才可以很快上手，這是給你的最好發揮機會。」他勾起很惡劣的笑容，這讓我完全體會到，他是故意拖我下水的。

我可以一個人去對著鐵鋁罐發揮練習，眞的。

五色雞頭蹦過來，一把用力勾住我的脖子，有那麼一秒我覺得他應該是想扯斷我的脖子而不是勾住。「漾～我們終於有機會攜手抗敵了！將這些入侵者都趕出我們的祖國吧！」他非常熱血高昂地發出宣言。

祖你的頭！

最好這裡是祖國！還有誰那麼倒楣跟你是同一國的啊！

你是又去哪裡學這些亂七八糟的東西回來！

「對了，是說你的幻武兵器已經出來了，長什麼樣子？我好像都沒看過。」五色雞頭終於注意到這個問題。事實上因爲我用完之後就被扛去醫療班睡了三天，再來就都沒有出門，沒有看過應該是正常的。「你這個小子不會想暗槓吧！」他露出不知道是從哪裡長出來的獠牙進行恐嚇。

「冤枉啊大人！」我一點都不想！還有麻煩請將你的牙齒收回去好嗎，我不想跟一隻有獠牙的雞面對面說話。

「那還不將證物拿出來！」

「是……」等等！我幹嘛配合起他來？

有時候跟神經病相處久了，自己也會變成神經病，我現在十分認同這個說法。

我把藍色的幻武大豆從口袋拿出來，還是一樣清澈的水藍，不過我覺得上面的圖紋好像變得有點不太一樣的感覺，可是又好像沒變，眞是奇怪了。

「褚，你可以去左商店街買條鍊子將她掛在身上才比較方便，左商店街中有專門賣幻武兵器的懸掛鍊，另外也有賣收納盒，這兩樣東西都可以讓幻武兵器休養，比起隨便放著好很多。」夏碎學長在旁邊對我提出建議，「而且也比較不會磨損。」

收納盒？

「喔，好，謝謝。」我把大豆看一看，想想還是去買一個給她好了。

「漾～快點發動來看看。」五色雞頭發出不耐煩的催促聲。

我看著手中的幻武大豆，突然有那麼一秒忘記要怎麼發動。

「如果實戰你也忘記的話，就等著被敵人殺死吧。」學長很慵懶地趴在沙發的扶手上，丟來如此冷涼且有落井下石嫌疑的一句話。

「欸……那個……」說眞的，我好像眞的忘記了，平常都看別人發動，等到要用時我就突然忘光光了。好像是很短的兩句話之類的東西……

向學長求助絕對會遭到二次冷水一桶，五色雞頭沒在用兵器所以百分之七十大概也不知道，還有就算他知道他也一定會亂講，所以我只好含淚看著一樣好奇湊在旁邊看的夏碎學長。

「不用擔心，有時候也會出現這種狀況，畢竟先前沒有這樣使用過，之後你再多唸幾次就會記得了。」夏碎學長咳了聲，讓我覺得他好像在安慰我，可是我覺得應該沒有一個使用者像我一樣連發動咒語都會忘記的吧。「發動的請求歌謠是『與我簽訂契約之物，請讓□□□見識你的□□□』，中間的消音字視狀況而定，可以更改；有時候個人習慣不同，歌謠裡面的字也會不太一樣，不過大致意思都是相同。另外特殊狀況發動時，例如二次變化歌謠也會隨之不同，那時候就要看你的兵器屬性調整，不過剛開始的一次成形這樣就可以足夠。」

二次變化？

我好像沒有看過有人用過二次變化，還是其實我有看過自己忘記了？

「試試看。」夏碎學長微笑地催促我。

「好。」看著掌心的幻武大豆，我用力地吸了一口氣，「與我簽訂契約之物，請讓……好奇者見識妳的形。」

然後，幻武大豆發出鈴聲。

五色雞頭的眼睛瞪得圓圓的。

「就是這個？」

我瞪回去，「就是這個。」不然你還有哪邊不滿意嗎？

「好普通。」來自於欠扁雞的感想。

「感覺還不錯，挺適合褚使用的。」夏碎學長的感想就中肯很多。

放在我掌心上的是把小槍，俗稱掌心雷那種東西，是銀藍的顏色，在槍柄處有著黑藍色的圖騰花紋。

「你不覺得雷射槍還是大炮、機關槍、霰彈槍那種東西比較帥嗎！」完全瞧扁掌心雷的五色雞頭很不屑地從鼻子裡面哼出氣，然後瞇起眼左右看著我手上的兵器，整個就是百分之九百地瞧不起。「這種連用來丟人都丟不死的小玩具虧你也想得出來。」

對不起我想到的就是丟不死人的小玩具喔。

「丟不死人的小玩具在上一場對明風學院比賽裡面一槍轟掉某個紫袍的腦袋。」學長打了個哈欠，從旁邊拖來靠枕喬好位置就直接躺下去。

五色雞頭馬上轉頭過來看我。

「一切都是美麗的意外。」我乾笑了兩聲。不然我還能說什麼，轟掉別人腦袋也不是我故意要這樣做的嘛。

「王族兵器的威力本來就不是一般兵器可以比擬，會有這種力量也是正常。」夏碎學長繼續幫我註解，感覺上好像馬上變成了使用說明冊的那種功能。「在使用上，褚你可以看情況來調整力量，武器會隨著主人的使用方式與當時心情變得不同。」

這麼說，我當時的心情就是轟掉別人腦袋囉？

我突然打了個冷顫。

原來我也會有這麼恐怖的想法，以後還是注意一點才不會害別人受傷。

「如果掐不準使用方式，多多練習就會知道了。」大約看出我也有點不安，夏碎學長很善良地告訴我這些。

練習……打鋁罐之類的，這個我在電視上有看過了。每個要練成神射手的人必定都要經過的某種奇妙過程之一。

「練習，說走就走，來吧！我們去練習！」五色雞頭行動力很強地直接拉住我的領子往外拖。

我並不想說走就走啊！

「你們要出去的話，下午兩點比賽開始之前要趕回來喔！」完全不阻止的夏碎學長就站在原地朝我們揚揚手。

拜託，來個誰阻止他吧！

只可惜我的願望一直到被拖出去關上門走出選手休息室範圍然後再拖行無數公尺後，還是完全沒有達成。

就在我被拖出休息室大門的同時，一個聲音阻止了五色雞頭的步伐——

「兩位！」

細小到幾乎聽不見的跑步聲快速地靠近我們，「好巧，又見面了，你們要去哪裡呢？」

我抬頭一看，果然是那個很喜歡神出鬼沒的然。

「去幫他作特訓。」五色雞頭指著我，擅自下了決定。

「特訓？」疑惑地看著我，然露出有點不解的神情。

「嗯……因爲我第一次發動幻武兵器，還不習慣所以要去練習。」該死的我還眞不想承認五色雞頭的擅自決定，可是好像也想不到有什麼可以說的了。

「好像很有趣的樣子。」然立即發出高度興趣，「可以跟你們去看看嗎？」

「來啊。」

無視於我的意願，五色雞頭擅加觀眾一枚。

※

我們在一處地勢比較高的地方停了下來。

這次，我完全認得這是哪邊了。

「在這邊練習比較方便。」五色雞頭就站在旁邊，扠著手咧嘴笑著說。

我看著一望無盡的大空地有點傻眼。這個地方就是我剛入學不久時，學長曾帶我追教室的地方，而且我們還在上面衝浪。

因爲是比賽期間的關係，少了教室在這邊奔跑，整片空地看起來更大了一些。不過，如果我沒記錯的話，聽說這塊空地好像連往異世界，會有某些東西……跑出來。

「這個地方也很有趣。」然打量了一會兒大空地，做出以上結論，「西瑞挑的地點都很不錯。」

挑的地點很不錯？

基本上，我覺得他好像都是亂找一個地方。

「漾～我們在這邊練習。」指著大空地，五色雞頭看了我一眼。

「欸？」在這邊練習？

「你只要每槍都打中大池裡面的東西就可以了。」他說得很簡單，可是我完全沒看見大空地裡面有什麼東西。

我看著米納斯幻化成的銀槍，完全不知道從何下手。

五色雞頭拿出一顆黑水晶，然後用力往大空地中央拋去，一點也沒碰到地上，黑水晶在大約三十公分處便好像沉到水底一樣突然消失不見了。不用幾秒鐘，大空地裡傳來奇異的聲音，瞬間一條巨大的章魚腳衝出空間面，然後又迅速地拉回消失不見。

快得那一秒我以為其實應該是我眼抽筋看錯了。

……

那是什麼！

為什麼這裡會有大海怪的章魚腳？

之前不是鯊魚嗎？

誰換了！

「那個是吸引池中物的誘餌，接下來聚集的東西會越來越多，漾你可以放心地慢慢打。」像是應驗五色雞頭的話，不到三十秒，我看到更多的巨大章魚腳在半空中翻騰。

那個畫面就好像是看到某種海怪傾巢而出、正在超級大翻身的感覺。

說眞的，我一點都放不下心慢慢打。

這眞的叫作練習嗎？這個應該叫作「今日史前生物奇觀大賞」才對吧！

就在我天人交戰之際，一旁的然拍拍我的肩膀，「漾漾，你用你的幻武兵器試著打我看看。」他指著自己，露出無害的微笑。

「打你？」你是不是要說打五色雞頭講錯了？如果是打五色雞頭，我絕對不會猶豫、一秒打爆他。

「嗯。」然點點頭，完全打破我的想法。「放心，不會有事的。」他往後站開了一段距離，拍拍自己的胸口。

瞇著眼看了他一會兒，五色雞頭突然轉過來看我，「漾~開槍打他！」

「欸？」真的可以嗎！

「安心吧，我們學校裡面死不了人，你就算打爛他他還是死不了，開槍轟掉外敵的腦袋讓我們重回自由的懷抱吧！」

什麼時候又變外敵了！

我有點怕怕地看著然。

「沒關係，我也想看看你的幻武兵器。」他還是笑得非常溫和。

說真的，就算是不會死人，可是被打到還是會很痛吧？

還是小心一點不要直接打到他好了。

於是，我故意將槍口稍微偏低，然後小心翼翼地扣下扳機。像是回應我的想法一樣，一顆水泡泡突然從槍口竄出來，像被風吹走的蝴蝶般極慢地往前飄，然後在即將抵達然肩上的那一秒破掉。

陣亡確認。

「……」

「……」

「……」還好沒打到人。

就在我慶幸然後鬆了一口氣的同時，突然有人從後面一把掐住我的脖子，「泡泡球？你以爲這把是小阿弟在玩肥皀泡的水槍嗎！你對付明風是用泡泡球打爆他們的腦嗎？」五色雞頭露出一種吃人的表情，好像是出現的泡泡球曾經是殺了他全家的凶手。「我總算看清楚你的爲人了！你居然打算用泡泡球來掩蓋一切，像你這種負心人遲早會被五雷轟頂！」

一開始的指責還滿恐怖的，可是你搭後面那一段是什麼意思啊……

「那個……明風那時不是泡泡球啦……」我連忙掙脫他的殺人掐，逃遠了好幾步才反駁，「是很正常的子彈。」應該是，那時候我也沒有意識到射出來的是啥，發現時，那個第一高手腦袋已經爆了。

五色雞頭似乎還想說些什麼，一個拍掌的聲音打斷我們兩個。「果然跟我想的一樣，漾漾你可以自由調整兵器射出的東西以及使用。」

被他這麼一說，好像的確是這樣。剛剛不想傷人，子彈就眞的傷不了人。

「可是你的準度不夠喔。」然豎起食指，活像某種解說老師，「剛剛我看你槍頭偏下應該是想打地面，可是你還是打到我肩膀上，看來你瞄準還是要多加練習。」

說也奇怪，剛剛我的確是想打地上，可是米納斯的後座力有點強，手稍微會被彈高。

「如果你再射泡泡球出來，你就乾脆拿著槍去噴水幫園藝班澆花。」五色雞頭拉住我的領子往前拋，「去，打章魚練習。」

我看著眼前增多的章魚腳，突然有點頭暈。

如果我可以自由調整子彈……

將槍首微微偏放，我瞇起眼看著距離最近的章魚腳，這個不是人就沒有什麼好怕的，就把它當成電影裡面的大海怪吧！

一抹銀藍色的線在我眼前像是流星一樣劃過，下一秒，海怪的章魚腳轟然一聲斷裂成兩半。

成功了！

「才成功一次不算成功，你要把章魚腳全打完。」

五色雞頭在我身後這樣說。

我看著滿場出現又消失的章魚腳，突然想眼睛一閉假裝中暑裝死算了。不過可惜的是，今天太陽沒有很大，要中暑裝死也沒有足夠藉口。

那些腳出現得亂七八糟，根本看不出來要怎麼瞄準！不然你是要我隨機掃射像打地鼠一樣亂打一通嗎！

看著大大的空地，我有點茫然。

「你不是開過眼嗎？」熟悉的聲音在我後方出現，我連忙轉頭，不知道在後面看多久的學長冷冷瞪了我一眼，「開過眼了，你還看不出來這裡有什麼嗎！」

這裡有什麼？

我看到的只有無盡的大空地。

「剛開眼的力量沒有那麼強，我們先推他一把吧。」同樣不知道什麼時候來的夏碎學長微微一笑，然後和一旁的然點頭打了招呼。

「眞麻煩！」學長冷哼了一聲，然後才從有段距離的後方走過來，先看了然一眼，「七陵學院的然，這次麻煩你幫忙了。」他伸出手。

「不會，這是應該做的事情。」然也微笑地回握，兩人之間的氣氛和平到一種詭異的地步，感覺他們應該本來就認識了，「而且也有人託我這事了，所以算是我該做的。」

「哼。」

他們兩人這幾段交談我聽不太懂，感覺像在說別的事情。

「夏碎，走吧！」穿過我們，學長與夏碎學長往前走，踏上了空地的範圍，奇異地飄浮在大約三十公分的地方。約莫走了有些距離之後兩人才停下來，接著站開了五步遠，面對面伸出手。

兩人底下立即出現巨大的方形光陣，四周角有著更小一些的方形，於是陣法開始緩慢轉動。

「這是高等法術。」顯然非常有興趣的然張大眼，很專注地看著空地內學長們的一舉一動。

「完全看不懂。」五色雞頭說出了我的心聲。

「這是高等的現形術，可以打破高等法術與結界，暫時讓某些東西顯現出來。」然順口爲我們簡單解釋，「像是我與西瑞可以看見這裡的東西，可是無法讓漾漾或其他人也看見，現形術就可以辦到。」

我大約懂了，反正就是讓我看到結界裡面的東西就對了。

不過學長爲什麼會說開眼就看得到？

空地在陣法出現了幾秒之後開始改變，一顆白色的水泡往上漂浮，再來是兩個、三個，空地中注滿了黑色的水，大約有三十公分高，水下漂浮著不明的黑影。

這裡眞的有水？看不見的水？

不明的黑影逐漸擴大，就在水面高漲的那一秒，一隻海怪章魚腳猛然竄出水面，噴向上方的黑色水珠立即轉成白色的泡泡往天空飄。

這就是我看不見的東西？

我突然覺得我應該還是不要看到會比較好。

「好了！」

走出陣法，學長和夏碎學長一前一後離開黑色水面，光陣還在慢慢轉動。「褚，給我好好練習，再想些亂七八糟的東西我就先轟了你的腦袋！」紅眼狠狠朝我一瞪，然後腳下出現移送陣，人不用半秒就消失了。

眞是來匆匆去匆匆。

他到底是來幹嘛的啊？

「不用介意，他是怕你們練習有障礙才來幫你把水池現形的，這裡至少可以維持現形到下午兩點前，褚你要好好練習喔。」夏碎學長一如往常地拍拍我的肩、和善地說著，然後才跟著學長的腳步離開現場。

有那麼一秒，我突然覺得我應該好好練習不要再扯大家後腿了。

我看著手中的銀槍，下了決定一定要成為電視上那種百發百中的超級神槍手！

「好！既然大家都這麼熱情，我也來幫忙吧！」然不知道為什麼突然變得非常興奮，然後他伸出手，手上盛滿了銀色的不明粉末。「先召喚個兩百隻海怪來助陣再說！」

「……」說幾隻？

「兩百隻才一千六百條腳，不夠打啦！」

五色雞頭發出了置我於死地的抗議。

「那再加兩百條鯊魚。」

剎那間，黑水大空地擠滿了章魚腳和鯊魚嘴，整個地方突然變得極度擁擠。

「……你們別鬧了！」

※

即將兩點的時候，我拖著一雙開槍差點開到廢的手被五色雞頭拎回休息室。

「你們回來了啊。」

休息室內的兩人一看見門開了同時轉過頭，「辛苦了，先休息一下吧。」夏碎學長闔起手中的書本從窗台邊站起來，「練習順利嗎？」

……我有種雙手快斷的感覺，如果這樣叫作順利的話我也認了。

拜託！我這輩子開最多的只有玩具槍，而且還是泡泡槍跟ＢＢ彈槍，誰可以在短短時間內把眞槍運用到收發自如的地步啊！

兩百隻章魚和兩百隻鯊魚耶！當我神嗎！

而且到最後根本分不清楚又被追追加多少隻，反正沒有了一定會再出現，其實那兩個人根本是存心想整死我是吧！

「一點都不順利，前前後後才打了一百隻章魚腳，連一半都不到。」五色雞頭發出嘆氣，「果然，田裡面的蘿蔔不可能在一天中長大。」

被你比喻成蘿蔔我一點都不會覺得高興。

「然呢？」學長從沙發上爬起，隨口問了一句。

「他說他有事情，中途就先走了。」因爲他先走，所以沒人知道怎麼把章魚和鯊魚弄回去，現在空地還是大擁擠的狀況。不知道有沒有好心的路過人可以幫我們恢復原狀……

要是學校裡的什麼什麼負責行政幹部看到大空地變成那樣，大概會腦神經崩潰吧。

「嗯，我們這邊也差不多該出發了。」學長從沙發上站起來，然後拿起黑袍穿上，旁邊的夏碎學長也開始整裝。「第三場比賽有突發狀況所以做了調整，連帶第二場也是，已經和預定的行程不一樣了。」

不一樣？

我有點好奇，不知道是什麼狀況會影響到這些比賽。

「等第三場比賽你就知道了。」學長很率性地丟下這一句之後，地面上直接出現了巨大的移送陣，準備將所有人送至會場休息區。

「第二場比賽不用很多時間，只有我們兩個下場，你們不用準備了、快跟上來。」夏碎學長打斷我想找隊服的動作，推著我的背走入移送陣，五色雞頭不用一秒就跟上了。

第二次比賽不用很多時間？

就在我滿頭疑問的同時，四周突然爆開轟然的歡呼聲響。

「各位觀眾大家好，歡迎大家來到第二次選拔賽的大會會場。」播報員的聲音直接在我頭上響起，巨大的音量壓下了觀眾的聲音。「在比賽開始前先向大家報告一件事情，第三次比賽場地原計在北大區塊的幻海島上，但是因爲臨時出了不可預期的狀況，將改成第三次比賽分爲兩島，也就是說現在隊伍將各分一半前往不同的最終地點。而第二次比賽將底定哪隊往哪個方向，請大家拭目以待！」

底定所有隊伍的目的點？

「據說好像是公會收到從北南兩邊來的求救消息，所以變更了第三次地點，改爲分別派出兩方隊伍在求救點上比賽，在實戰中解決問題以及評分，對雙方來講都算是難得的機會。」站在旁邊的夏碎學長微笑著向我們解釋。

喔，難怪會有變更隊員的通知過來，原來是第三次變成實戰……

實戰？也就是說接下來我要跟著學長他們去解決傳說中要一次動用到這麼多高手的實戰？

媽媽……我想回家……

「放心吧，沒事的。」

恍惚間我好像聽到某種女性的聲音，低低的，很溫柔。

我拿出口袋裡微微發出聲響的幻武大豆，細微的鈴聲很快就不見了。

……應該不是吧？

※

場地震動了起來。

就在所有觀眾的注視下，場地上突然畫出巨大的法陣，一根要數十人圍繞才環得起來的白色超級大柱子直直往上空衝去，同時上方同地點也降下了相同的白柱，兩方在空中接合，不到數秒就出現了通天大柱。

「好久沒看見這玩意了。」學長看著場上出現的大柱子，然後開始活動手部關節。

「這是什麼？」我看來看去，也只覺得它好像眞的就是一根大柱子。

「是柱子沒錯啊，你看不出來嗎？」紅色眼睛看過來，用一種鄙視懷疑的目光瞪我。

基本上，我看不出來的是這玩意的用途。

「各位觀眾請看著場上提供的觀視畫面！」隨著播報員的指示，場上的大螢幕畫面同時轉到了同一個地方，是個白色的地面，上面鑲著十來個五顏六色的盒子。「這裡是通天柱的頂點，目前爲了比賽並沒有完全顯現完整高度，現在標高約莫在一千五百公尺左右，上面的盒子裡面有裝著眞正第三場比賽的地點，但是也有的裝的是陷阱，這是考驗各位選手判斷力以及速度、合作、耐力等等的一關，先到達上方者可以先選盒子，但是請注意，每個人只有三次機會，若三次都沒選到正確的盒子，將取消通往下一關卡的資格，在此會宣布正式喪失最終競賽的資格。」

喪失資格？那這關不就很重要了？

我偷偷瞄了一眼學長跟夏碎學長，稍微有點小擔心了起來。

「第二次競賽限制不得使用任何大型法術、移動型陣法以及咒術也禁止使用，其餘上柱方式由各隊自行斟酌，時間限制兩小時。」很快地將規則解說完畢，場地播報員高高舉起手，「那麼，第二場比賽正式開始！」

最後一字完畢，我看見場上同時出現了各隊的代表，差不多每隊都只派出兩個人、最多三人，再來就沒有了。

在場內，我看見了亞里斯學院出現了雷多和雅多兩人，意外地，伊多居然沒有上場，白袍雙胞胎在場內看起來相當突出，連找也不用找。

一股冰冷的氣息由場上傳來，我下意識地轉過去一看，差點沒整個人發毛起來。

我看見明風代表隊中，那個化身爲滕覺的安地爾果然沒死，整個人還好好地和不知情的黑袍站在一起。

像是也注意到我的視線，他緩慢地轉過來，露出一抹讓我頭皮完全發麻的詭異笑容；我突然有一種被毒蛇還青蛙盯上的感覺。

拜託不要這樣一直看我啊老兄，我並不想要這樣被你盯著看，很恐怖的。

「漾～你在幹嘛？」五色雞頭拍了一下我的肩膀，順便把我的神智給拍回來。「七陵學院來的人還眞神祕，到現在還不拿下帽紗，眞想放把火把他們的神祕帽給燒了！」他發出會被良民報警抓走的危險宣言。

是說，七陵的選手眞的很神祕，我跟著他的視線看過去，不起眼的角落站著兩個穿著祭服的七陵學院選手，兩人不知道在低聲討論什麼。可能是第二場比賽攸關晉級，所以這次比賽隊友間的聲音並沒有被擴大出來，場上也僅只顯現影像。

通天的白柱表面是光滑的，有些人似乎原本嘗試要用繩卻徒勞無功，試過幾次之後便開始短暫地討論起方法。

最先有動作的是學長等人，他們也沒有多做什麼討論就直接走到白柱底下，出現在鏡頭前方的學長組連交談也沒有，夏碎學長伸直了手，瞬間就甩出了他的幻武兵器黑鞭。

「鞭子的長度應該不可能高達一千多公尺吧？」我趴在休息區的圍杆上，滿腦問號。

「誰知道。」五色雞頭也聳聳肩。

幾乎是同個時間，其他隊伍也紛紛開始有了動作。

握著黑鞭鞭首，夏碎學長並未揮出長鞭，而是僅抓出了大約五十公分左右的長度拉緊，一旁的學長躍高身，朝著那一小段鞭身一蹬直接借力往上衝去，大約到了某個高度之後，他手掌上拉出銀線，然後出現的是幻武兵器的銀槍。

某種聲音直接傳來，學長把長槍插入柱身，槍身四周立即蔓延出像是大翅膀一樣的薄冰，然後他彎身拉住夏碎學長甩上的鞭子把隊友一起拉上來。

前後往上的高度大約有百尺左右。

「是用借力的方式往上啊，不過這樣要到柱頂要花好長一段時間耶。」五色雞頭看著場中的動作，皺起眉，好像這個不是什麼好方法。

就在我也這麼覺得的時候，學長的幻武兵器周邊的薄冰起了變化，像是有生命一樣開始往上攀延，不用幾秒的眨眼時間，自他們開始環柱而上，一座薄冰搭成的迴旋梯就這樣攀附在整個白色大柱上面。

藉著冰梯，兩個人動作很快地就消失在高處的另一端。

「這樣不算是大型法術嗎？」我看著旁邊的五色雞頭發出疑問。

五色雞頭看了我一眼，「這個不算，那是控制幻武兵器造出來的冰梯，基本上連法術都不構成。」

原來幻武兵器還有這種用法。

我突然想到如果是米納斯的話，不知道能做啥附加用途，唯一知道的是傳說中的泡泡槍。等等，該不會還可以當作澆花用具使用吧？

根據買一送一的法則，我覺得這個功能可能性非常大。

「漾～你看！」就在我努力思考水槍的附加功能時，五色雞頭突然一把掐住我的脖子，以有殺人嫌疑的方式把我的頭轉過去看另外一邊，「這邊也很有趣！」

沒有袍級的七陵學院兩名選手只是輕輕地用腳尖在地上點了幾下，唱了一小段聽不太見的歌謠，不用多久時間，兩人居然就無重力地飄浮起來。

「這是請大氣精靈幫忙，也不算是法術。」對那種飄浮方式很有興趣的五色雞頭放開差點扭斷我的頭的手，「其他就沒什麼創意了。」

我稍微看了一下別組，大部分都是用一些小法術上了柱面，不過有的因爲柱身太滑了，爬到一半還差點摔下來。

「時間經過五分鐘，現在請大家跟著我們的鏡頭看向通天柱柱頂，首先到達的第一名爲Atlantis學院的第二代表隊選手，緊接在後的是只相差不到幾秒鐘的七陵學院選手。」傳達著場面上的動靜，播報員一下子飛高，四周的螢幕也跟著回到剛剛那鑲著很多小盒子的柱頂。「在兩隊選手將挑選盒子的同時，第三名隊伍也花了七分鐘的時間到達柱頂，是Atlantis學院的第一代表隊選手！」出現在螢幕裡面的是庚學姊和蘭德爾，兩人顯然也是很輕鬆就爬上來，不過時間花得比較多一點就是了。

既然認識的人都已經上去了，我轉頭看著亞里斯學院那邊，只看見雷多站在一旁打量著柱子，不曉得偏頭和雅多講了些什麼之後，就拿出了一個腰包，攤開後裡面是整排的短刀。

選好了短刀，雷多繫上了銀色的繩，接著甩動了短刀猛然往上疾射，瞬間乒地一聲就嵌在柱上。就在刀嵌上柱子同時，類似剛剛學長他們一般，短刀長出了奇怪的銀色線往柱上攀爬，雷多兩人一前一後就沿著線索急速地消失在頂上的一端。

就在他們之後，陸續在十分鐘內，其他隊伍也各自用各自的方法爬上去。

我有一種袍級果然個個都不是人的感想。

一般人應該很難在短短時間裡爬上千多公尺的大柱吧……

鬼！

他們是鬼！

這裡有一堆鬼！

我再次體認到身爲異次元生物的我果然是最正常不過的人了。

第七話　不善者

地點：Atlantis

時間：下午兩點二十一分

每個畫面牆都停在一個隊伍身上。

我找到了學長他們的那個螢幕，他們正好從柱頂上拔起來一個白色的盒子，上面有著小小的藤花紋路，看起來比其他盒子樸素很多。

「Atlantis學院第二代表隊已經取得盒子，現在正是打開的關鍵……欸？」原本以爲他們會直接在柱頂打開盒子的播報員愣了一下，然後繼續，「出乎意料之外，Atlantis學院的第二代表隊選手們並沒有打開盒子確認，而是直接拿著盒子跳下通天柱！」

不用多久時間，我看見學長與夏碎學長同時著地。

沒有在上面打開確認就下來，如果拿錯了不就還要再爬一次？還是他們眞的那麼有把握絕對會拿到正確的東西？

著地之後，夏碎學長打開手上的白色盒子，裡面鋪著雪白的軟毛，然後中間有一把銀色的鑰匙，再多就沒有了。

這樣算是中獎嗎？得到傳說中的門一扇之類的？

……不可能吧。

「Atlantis第二代表隊成功取得通往第三關的鑰匙，通往湖之鎮的證明！」播報員一出聲，四周立即響起了熱烈的鼓掌。「七陵學院的選手們在柱頂上打開了盒子，請各位一同看看，嗯……居然也是湖之鎮的證明！」螢幕裡，兩名七陵選手手中的盒子也擺放著銀色的鑰匙。

拿著盒子直接走回休息區，學長兩人真的就如他們所說，在短短時間就把第二場比完了。只是我對於他們怎麼那麼自信有著天大的疑問。

如果真的拿錯該怎麼辦啊？

「我們絕對不會拿錯。」接過夏碎學長遞來的水，學長十足十把握地丟過來這句話，「你忘記當初淘汰賽時夏碎是怎樣贏對手的嗎。」

淘汰賽？夏碎學長是怎樣贏對手的？

不知道為什麼，我突然想起來那個答錯問題會被N把刀劈的那場，那場比賽夏碎學長之所以會贏是因為……「透視！」

難怪他們會這麼有把握！

這麼說起來，同樣很快選到鑰匙的七陵學院一定也是同一個方法吧？

「應該是，因為七陵的是等我們選完之後才開始挑。」看著第二組下場的人馬，學長瞇起紅色的眼睛，若有所思地哼了聲。

「學長。」一直沒有出聲到差點被遺忘存在的五色雞頭猛然打斷我的思考，我抬起頭，剛好看見他一臉莫名奇妙地在看學長，「之前就有點想問了，你每次都會自言自語，是在跟誰說話啊？」

「我？」學長明顯地錯愕了一下。

旁邊的夏碎學長哧了聲偷笑出來。

看吧，我早說過了，每次我在想你在接話，總有一天絕對會被當成自言自語碎碎唸專家！畢竟根本沒幾個人知道你幾乎都在竊聽我的心聲，會被當成自言自語人是你自找的，跟我一點關係也沒有。

「褚，你是欠人幫你抓癢嗎！」狠戾的眼神瞪過來，我連忙倒退一步。

「難不成你是在跟什麼有趣的東西做『交流』嗎？」完全沒有感覺到衝著我來的殺人凶火，五色雞頭興致勃勃地用一種閃亮的眼睛看著學長，「所以才要每次都自言自語嗎？可不可以說一下訣竅也教我們玩……」

有時候話太多的人死得很快。

兩秒鐘之後，五色雞頭被某人的暴力打掛在牆上。

拍拍手掌將灰塵拍去，無視於把隊友打在牆上是件不好事情的學長拿出手機撥了幾個號碼，然後連等待聲響也沒有就直接被接通了。「嗯，我要湖之鎮所有的資料，馬上給我查出來。」三句話之後，電話就被掛斷了。

有夠我行我素的……

「一個地點是湖之鎮的話，第二個地點不曉得是哪邊。」注意著場地上的夏碎學長偏著頭說道，「最近有三級以上的警戒地點……」

「第二個一定就是黑柳嶺。」環著手非常肯定地說著，學長冷哼了一聲，「那個地方有個問題一直沒有解決，大概是想趁這次一併整理掉。」

「嗯，不過湖之鎮最近並沒有什麼警戒風聲，難不成是這幾天才發生事情？」

「不然你以爲大會幹嘛更改第三次比賽。」瞄了夏碎學長一眼，學長隨便回應了一句。

就在兩人對話之間，第三組也跳下來了。

「明風學院的第二代表隊選中的是前往第二地點，黑柳嶺！」和學長說的地點一模一樣，第三組下來的盒子中裝的是金色的鑰匙。

就在他們之後，接著下來的是混入鬼王高手的明風第一代表隊，他們手上同樣也是開過的盒子。

「喔？明風第一代表隊抽到的也是湖之鎮，現在湖之鎮已經有三組底定，只剩下最後兩組的機率，不曉得即將是哪兩組能底定一切呢？」播報員的聲音突然變得很高昂。

有那麼一秒，我有種冷到冰庫去的感覺。

「學、學長……」

「幹嘛？」紅眼看過來。

「那個……變臉人跟我們同地點耶……」我有種極度不好的預感，整個人毛到最高點，現在我覺得我應該在比賽那天先朝自己太陽穴開一槍，就可以光明正大退場休養，不用跟那個詭異的變臉人到同一個地區了。

「有什麼好意外的，根本是預料中的事情，如果他的地點是在另外一個你才該害怕，那就表示鬼王派出的高手不只他一個。」學長勾起冷笑，那種有意圖的冷笑，「而且如果眞的對上，你再往他腦袋開一槍不就行了，這次比賽地點不在學校，他絕對穩死的！」

這位老大……請不要把殺人凶行說得這麼理所當然好嗎……

「大會沒有規定不能攻擊別的選手，反正到最後他一定會主動來攻擊我們，到時候你再讓他腦袋開一次花就可以了。」感覺上好像已經把整個殺人行程都給策劃好的學長露出邪惡的微笑，讓我感到有史以來特強烈的恐怖不安。

「這是不錯的主意。」旁邊有人贊成了。

夏碎學長……請不要認同好嗎？

「爲了順利讓他的腦袋開花，漾～我們再去練習打章魚腳吧！」對於開花一詞感到非常興奮的五色雞頭做出了可怕的決定，然後手一伸就拖住我的後領，「今晚不打完就不讓你回去睡覺！」

救命啊———！

你們這些腦袋開花凶手！

我不幹了！

「你不幹也得幹了，不然這次不是他死就是我們死。」學長睨了我一眼，哼了聲。

嗚……

我招誰惹誰啊我，我到現在連他爲什麼盯上我我都不曉得啊，還是他根本眞的就是找錯家，其實這個學院還有另外一個也姓褚的跟我很像。

沒錯！搞不好眞的有這個可能！

※

場上起了轟然的爆炸聲。

幾乎整個地面都跟著震動，巨大的柱子搖晃了一下，震下許多粉塵，整個連結畫面上全部都是煙霧，一時看不出來發生什麼事情。

「場內狀況，剛剛似乎有代表隊誤觸陷阱引起了大爆炸，不曉得有多少隊伍會受到爆破的影響，請各位觀眾仔細看我們的螢幕，千萬別錯過畫面。」播報員的聲音迴盪在整個場內，觀眾席靜寂無聲，所有人都屏氣凝神等著煙霧消散的那一瞬間。

煙霧散開的那一秒，出現的是奇雅學院的隊伍。

「奇雅學院誤觸了匣機關。」學長環著手，瞇起眼，「看來會被扣不少辨別分數。」

好可怕喔，如果是我上去找大概已經連三炸了。

「這次的匣機關做得很精巧，如果沒有仔細分辨，就連我剛剛也差點看錯。」夏碎學長同樣盯著畫面看，然後這樣說道，「要是剛剛我選錯了，你會怎樣？」他看了一眼學長，然後勾起微笑。

紅眼瞥過去，冷哼了聲：「你不可能選錯。」

夏碎學長笑了笑，沒有答腔，我想他大概是已經聽到想聽見的答案了。

那是一種無條件的信任，就連我這個局外人都可以感覺出來。

柱上的爆炸漸漸平息，隱約可以看見幾個被牽連進去的隊伍四周都有亮亮的光圈隔開了爆炸，應該是在同時間也祭出了保護結界一類的東西。

爆炸影響過去之後，紛紛解除結界的隊伍們重新開始動作。

等等，我記得剛剛播報員不是才說過不能夠用大型法術嗎？

「所以那些隊伍並沒有使用大型結界。」學長看了我一眼，又看回畫面。

畫面上，第一被波及到的奇雅學院其中一人身上明顯有幾個傷痕，看起來不像是完美躲避過。

比較遠的雷多和雅多則是幸運逃過一劫。

幾個翻看後，雷多取出了一個盒子，是個黑色的小盒子，上面有著銀色的紋路。

打開之後，畫面上映出了銀色的鑰匙。

「亞里斯學院同樣取得通往湖之鎮鑰匙！」

幾乎是在同時，最後一把鑰匙在庚學姊的手上被開出來。

「湖之鎮的五支隊伍全都底定了！」播報員的聲音迴盪在場內，引起了不小的騷動。

就在雷多兩人取得鑰匙跳下柱子之後著地沒多久，其餘的隊伍也紛紛取得正確鑰匙落地。

「十支隊伍十把鑰匙，第二場比賽全部結束。」巨大的聲響宣告著比賽告一段落，通天的柱子也在同時如同出場一般轟轟烈烈地消失。「通往湖之鎮隊伍：Atlantis學院第一以及第二代表隊、七陵學院代表隊、明風學院第一代表隊以及亞里斯學院代表隊。而通往黑柳嶺的隊伍有：明風學院第二代表隊、惡靈學院代表隊、奇雅學院代表隊、巴布雷斯學院代表隊以及禔亞學院代表隊。以上一共十支隊伍，第三場比賽大賽地點將轉移到兩邊場地，屆時我們將會同樣在此處做第一時間報導並邀請專人講解，請各位關心的觀眾們切勿錯過。」

就在播報員說完的同時，不曉得從哪邊猛地射出一道金光，天空四周馬上炸出華麗的大型瀑布煙火，閃閃發亮的，美到不行。

「那麼同時在此宣布，第二場競賽就此告一段落！」

煙火瀑布整個蔓延了整個會場，伴隨著鼓掌的聲音，然後落定。

在播報員深深一鞠躬之後，觀眾席也開始散場了。

「褚，走吧。」學長拍了我一下，然後往離開的方向移動。

我連忙跟上去，既然第二場比賽已經結束了，是不是代表現在開始都是自由活動時間了啊？

「漾～」五色雞頭突然從後面搭過來，「讓我們現在往美食之旅前進吧。」

「我、我還有事情，改天吧。」我根本不想跟你一起去進行美食之旅啊老大，那個美食之旅怎麼想都會變成暴飲暴食之旅，我還不想被路人當作異世界食客觀賞。「不好意思，你先自己去吧。」

「嘖，不懂得享受生活的傢伙。」

我的生活並不想用來享受暴飲暴食啊老大！

「褚，待會我們要直接往醫療班過去，接下來時間就可以自己離開了。」夏碎學長轉過頭這樣告訴我。

醫療班？爲什麼他們會突然要去醫療班？第二場比賽當中明明沒有人受傷啊？

我偷偷瞄了一下學長，有時候還是不要亂想會比較好。

「那本大爺先去找東西吃，閃了。」行動力十足的五色雞頭很快就消失在出口另外一端。

「我們時間也差不多了，那、褚我們明天一早在選手室集合，討論第三場比賽的事情喔。」拍拍我的肩膀，夏碎學長很客氣地這樣說著，沒過多久就跟學長一起離開了。

現在，出口就剩下我一個人。

走出通道之後，外面就是學院的造景花園。

因爲才剛剛比賽完畢，所以人還很多，來來往往的好幾成團正在有趣地相互討論著下一場競賽是怎樣開始之類的。

我現在很慶幸還好這次我沒有穿選手代表服，不然一出來一定會被一群人用異樣的眼光目送。我可還不想當街被人圍起來要問要打的，尤其還是全都不認識的陌生人。

下午兩點多的時間，整片天空都還很亮，離晚餐時間還有一點距離。那好，現在我要去哪邊打發時間，還是乾脆回黑館去打網路遊戲好了？

大賽時，安因好像也很忙碌，我不太好意思再去找他騰出時間來教我符咒等功課，撥了千冬歲的電話也是關機中，可能他們那組還在忙，現在沒空接聽之類的，那萊恩一定也是一樣的狀況了。

既然千冬歲他們都沒空，我也不好意思只單獨找喵喵出來，而且醫療班聽說應該也很忙。

想來想去，我覺得我還是回黑館去打電動比較實際。

「嘿！這位同學！」

就在我想要滾回黑館玩遊戲時，猛然有人從後面拍了一下我的肩膀，差點沒嚇到我，幸好本人已經被一堆喜歡嚇人的傢伙嚇習慣了，意外地，居然沒有任何尖叫、往前逃走的特別反應。

轉過頭，我身後站著一個不認識的人。那人穿著便服，感覺上似乎不太像是我們學校的學生。因爲大賽期間我們學校的學生除了研究所、大學部之外，幾乎都還是穿制服，可是眼前的人沒有，重點是，我瞄到他佩戴一枚不像我們學校校徽的徽章在身上。

那枚徽章很眼熟。

「請問你是哪位？」

除了然之外，我應該和外校的不會有任何交集吧。

那個人笑得好像和我很熟稔。

「先自我介紹一下，我是惡靈學院的學生。」

惡靈學院……不就是傳說最惡名昭彰的那個學校嗎？我個人認爲我現在應該要做的事情就是趕快拔腿逃離現場，根據之前聽來的各方說法，跟惡靈學院扯上關係一定會很衰。

「喔、好，我知道了，謝謝、再見。」直接把所有招呼詞都說完，我連忙移動腳步要離開這個聽說是風評最不好學院的學生。

就在我轉頭那一秒，那個惡靈學院的學生已經繞路出現在我眼前。「欸，我又沒做什麼事情，不用這麼緊張，我們學院裡面的人也不全然都會想著害人啊。」

我就是很怕你現在沒做等等就會做了你知不知道啊老兄，「不好意思……因爲我有點事情所以沒時間，抱歉喔麻煩你找別人。」我用上了在路上被推銷人員攔下來的說辭，想加快腳步逃逸。不曉得爲什麼，這個人給我一種毛毛的感覺，讓人有點渾身不自在，不太想多和他交流。也很有可能是我自己的錯覺啦，畢竟我對於他們學院代表隊的印象也不是那麼地好。

「代表隊的人下午應該都沒事了吧。」那名學生還是沒打算讓路，然後扯出一抹奇異的笑，「對吧，褚同學。」

我嚇到了，我真的嚇到了。我長得那麼像是路人甲，隨手到處抓都可以抓到一大把，居然還有人可以認出我！

看到鬼！

「那個、我們代表隊裡面還有一點私事，抱歉我很忙，先失陪了。」隨便扯了一個藉口，我繞開他想直接離開。

這個人想要幹什麼啊！有夠詭異的，他下一秒該不會扯開衣服說他要蹓鳥吧！最近我看新聞上很多怪叔叔都這樣，可是我又不是小妹妹，就算他要蹓給我看我也不會尖叫向後轉然後逃跑啊！

「等等。」那個人一把從後面扣住我的肩膀，然後往幾乎沒有人的地方把我拖過去。

那瞬間，我的肩膀整個麻掉，感覺使不上任何力氣，頭也有點昏昏的不太舒服，注意到的時候已經被扯到偏僻地方了。

「代表隊的人都這麼難親近嗎？」我聽見那個人陰森森的笑聲，讓我整個頭皮發麻，「還有，我還真沒想到代表隊的選手會這麼大搖大擺單獨一個人逛出來，這簡直是告訴所有想要動手的人朝你動手，不是嗎？」

我現在後悔我應該用移動陣回宿舍了。我遇到一個變態啊誰要來救我！

他也不說來意就是扯一些有的沒有的又攔路，該不會真的是想要蹓鳥還是蹓別的地方吧！拜託你，我們學校那麼大不要只找上我啊！

「我在先前的比賽就有注意到你了。」那個人發出跟蹤變態都會講的話，「記得嗎，在奇雅學院那場，你似乎與亞里斯學院的雙胞胎很熟，對吧？」

奇雅？他指的是雷多跟雅多嗎？

「你應該還記得亞里斯學院對上惡靈學院那一戰，他們做了什麼事情吧。」不用等我開口，對方又開始自得其樂地發言起來。

對上惡靈學院那一戰我記得很清楚，因為是雷多跟雅多暴走的一戰，也可以稱得上是十八禁、兒童不宜的血淋淋一戰。

「被亞里斯學院殺死的第一個選手，是我的女朋友。」

我整個人馬上毛起來，「等等、你搞錯了吧……那個人沒死啊……」

「是沒死，但是因為傷得太嚴重了，所以現在有後遺症，經常身體會有毛病，這筆帳我應該來找亞里斯學院的人算，但是他們太難找了，不過現在先對你動手也算是給他們的警告。」

干我屁事啊！

而且最好會有後遺症啦！騙人沒去過醫療班嗎！你們這些路邊勒索的混混！

「明明就是你們先打傷伊多！」不然雅多會腦炸到抓狂嗎！

「但是不是我女朋友動的手。」

他在狡辯！他真的在狡辯！那跟你女朋友有沒有動手還不是一樣嗎！

「大賽上受傷是正常的事情，不然你幹嘛不叫你女朋友不要參加？」我也有點火氣了，果然惡靈學院的人都很難溝通，明明就是他們的錯，現在倒是要正大光明找雅多他們算帳是怎樣，伊多才是真的受害人好不好！

我的肩膀整個猛地被抓緊，有種好像骨頭被扭動的痛整個傳過來，我還聽到喀喀的聲音，整個人都跟著發寒。肩膀被折斷好像很痛，我之前都是斷手斷腳，根本沒有這樣被人家扭斷肩膀過，整個就是很怕。

我後悔了，我剛剛應該跟著五色雞頭去進行他的暴飲暴食之旅，至少那樣頂多就是回去拉肚子拉到死而已，總好過現在被一個莫名其妙的變態抓著，整個人動不了又要被威脅。

「不用狡辯那麼多，我現在處理掉你，把屍體送去亞里斯學院代表隊休息區，想來他們的表情一定會很精采。」明明狡辯的就是他的那個人，發出讓我起雞皮疙瘩的冷笑聲，我知道我這次完蛋定了，被救醒之後絕對會被學長K到天邊去懺悔。

我太大意了，連反抗都來不及。

肩膀猛然傳來劇痛，我用力閉上眼。

阿嬤，妳的乖孫要乖乖短暫過去報到了。

※

「你在對我們班的同學幹什麼！」

就在我默默思念阿嬤同時，一個聲音猛地傳來，接著是幾個怪怪、好像某種風聲傳來，肩膀後的劇痛不用幾秒鐘就瞬間消失。

「插什麼手！」我聽見那個狡辯的人發出不悅的低吼。

偷偷瞇開眼睛一點點，我看見一個很熟悉的人影，目前在實力上不曉得是不是救星還是跟我一樣會變成捱打的衰星。

不曉得爲什麼會逛到這麼偏僻地方來的班長歐蘿妲環著手，站在不遠處，「你動的是我管轄班上的學生，要動人先問過班長我。」一般不會有班長說同學是自己管轄的吧這位班長同學。

「哼，小女生想逞什麼英雄，滾到一邊去！」用鼻孔冷哼出聲，完全瞧不起會洗黑錢還會打賭的班長，那個人不屑地往我這邊走過來。

我突然想起一件事情，包括五色雞頭在內，爲什麼我們班這麼不合群外加叛逆難以管教還會這麼敬畏班長，就連反抗都不敢？

還來不及反應，正要走過來的那個人突然好像被什麼揪住一樣，整個人被巨大的力道猛然往後摔，摔開了好一大段距離，砰地一聲掉在地上，灰頭土臉地狼狽至極。

「動手之前，先打聽看看你對上的小女生名字與來歷。」完全沒動手的班長勾起微笑，那種班上沒半個人敢反抗的優雅笑容，「歐蘿妲·蘇·凱文，要是不服氣的話，繼續再來吧。」

那個人從地上爬起，本來憤怒得想撲上來攻擊，卻在聽見班長名字的那一秒整個愣住，「妳是約里士的誰！」

「我是他的後孫輩囉。」班長聳聳肩，好像那不過是種很普通的事情。

聽見回答，那個人的臉色一下青一下白，考慮很久之後才甩下幾句話，「算了！你們給我記住！」語畢，他不用幾秒就消失在我們面前了。

來意不善的惡靈學院學生離開之後，歐蘿妲才晃過來我這邊，「漾漾，沒受傷吧？」

「喔……還好。」除了肩膀還有點痛之外，倒是沒有什麼地方有問題了。「謝謝，不然我剛剛一定死定了。」還好班長出現得及時，不然我可能眞的會變成屍體去找雅多他們，嚇死我了。

「不用客氣，舉手之勞而已。現在大賽期間，這種人還會出現很多，你自己要小心注意一點，最好出入盡量不要步行的，用移動符取代，減少像這樣子的風險。」班長將臉旁的髮絲撥到後頭去，好心地這樣告訴我，「防人之心不可無，尤其是在最後一場比賽之前。」

「嗯，我知道了。」我會乖乖地用陣法出入，畢竟有這次經驗就已經夠恐怖了，我不想再被人家當砲灰第二次。

左右看了一會兒之後，歐蘿妲點點頭。

「對了，剛剛他說的那個人是誰啊？」我剛剛好像有聽見某個名字，不過不是班長的名字，感覺上好像是另外一個人。

「喔，那個是……」

「約里士．蘇．凱文，曾經並列爲七大妖精王之一的名人，六百多年前安息之後，子孫們自行發展爲妖精族中最大的望族，成就一連串的超級大事業，到現在擁有蘇．凱文之姓的後代子孫都還有著巨太神保護，就連鬼族都不敢輕易動手的一族。」某個聲音直接截斷了班長的話，涼涼地插進來。「這一族眞的很可怕，後代子孫裡面十個有八、九個都會變成當代名人，所以大家都很敬畏他們。」

我轉頭，看到那個聽說也很敬畏班長的老師出現在後面。

「多謝誇獎。」歐蘿妲也應答得很乾脆直接。

「不會不會，應該的應該的。」班導還拱手回敬，然後才往我們這邊走過來。「同學，你還眞不是普通倒楣，找別學院算帳的也會找到你頭上。」

我也知道我倒楣，又不是我想這麼倒楣，我會這麼倒楣我自己也沒有辦法啊。「我會盡量小心一點啦……」不然我還能怎麼說，他要找上我我還能拿他怎麼樣，人家左看右看就是比我強，我當然只能待宰隨他。

「既然這件事是因爲亞里斯學院而起，稍晚一點我會去通報他們，順便找惡靈學院的負責人好好討論一下他們學院打傷我們班同學的代價要怎麼算。」班長撫撫下巴，那瞬間我好像看見某種謎之計算機在她的腦袋裡疾速打出了好幾個加減乘除的天文數字。「漾漾，你要不要補貼醫藥費用？」

「呃、我免了，謝謝。」我只是肩膀還有點痛而已，應該是過一下子就好了，沒必要到跟人家要求醫藥費用吧。

「精神補貼咧？」班導補上這一句。

「我想應該也不用了……」我不敢跟惡靈學院要精神費用……

「那好吧，既然漾漾這麼大方，那包括我去交涉的手續費都一起轉到班費吧。」班長聳聳肩，非常理所當然地這樣說。

……手續費是怎樣？

我突然有種知道我們班那個鉅額班費是怎麼出現的了的感覺。

原來是跟各界挖來的是嗎！

妳應該真的是高一生吧？

「反正都已經在這邊了，小班長跟同學，我們一起去喝個下午茶再順便送你回宿舍吧。」很爽快的班導一手搭在班長肩上一手搭在我肩上，然後把我們兩個人搭著往前走，「現在大賽中，也沒那種難改的死學生作業，走吧走吧，老師請客去外面吃好料的。」

不是聽說你很窮嗎？

「真的要吃好料的是嗎？」歐蘿妲勾起一抹詭異的笑容。

「呃、稍微好料。」

我可以看到班導的腦袋後面出現了黑線跟陰影，「請體諒老師我的荷包不是很滿，手下留情啊小班長。」

我現在懷疑，會不會大賽完之後，班導就被班長洗劫一空了啊？

「手下留情也要看老師你的誠意囉。」

班長笑得異常燦爛。

※

結果出乎班導意料之外，班長只跟他敲了一大杯的冰雪聖代。

在付帳的時候我看見班導鬆了好大一口氣，可見他這陣子真的被洗劫得很慘。

「漾漾，給你。」我的桌前被放上了一大杯應該是水果冰沙的東西，花花彩彩的整杯都是漂亮的顏色，感覺上也不怎麼便宜。

領著我們到左商店街這間飲料屋的歐蘿妲在對面的位子坐了下來。「這家店在左商店街是數一數二有名的冰飲專賣店，我和老師在討論學校班上事情的時候也都會來這邊喝。」

有免費的餐廳不用，來這邊讓老師付帳是吧……我突然覺得其實我們班的班長一直都很有種，把老師當凱子玩。

「同學，要不要說說參賽代表隊有什麼特別心得嗎。」一樣端來大杯聖代，老師砰地一聲坐在我旁邊，讓我一瞬間整個有頭皮發麻的感覺。

「呃、沒有什麼特別感覺。」除了想要包袱捲一捲落跑以外，其他倒是都還好。

「欸，怎麼可能會沒有特別感覺，老師我看過每一屆那麼多校內審核，被選上的都爽翻天了，你居然一點感覺也沒有，同學你是不是腦袋斷神經要維修一下啊？」班導一手搭在我肩膀上，然後開始挖他的冰。

我腦神經已經斷很久了……被嚇斷的。

等等，比賽之前有校內審核？我怎麼都不知道這件事情？我還以為是學校自己選出來的。

「學校的校內審核是從什麼時候開始啊？」看著對面的班長，我實在是不敢正面跟導師交談。

「大概很早就開始囉，一開始學校會把函單寄發給校內有袍級的學生，有興趣的會去行政中心遞單子，然後學校會經過統整與實際現場演練，從裡面選出隊長；接著隊長再從學院派發名單中去尋找幾名可以搭檔的人，不一定限制袍級，經過實力比對之後，從裡面挑出一到兩名，這樣就是基本隊了。」歐蘿妲用簡單的意思解釋給我聽，可是我聽起來，這樣好像不是很公平的選人法。「雖然在某程度上會有點不公平，但是與其與四處挑選的陌生人一起搭檔，還不如讓隊長去尋找熟稔的搭檔，這樣獲勝的機率才會提高。」

喔，其實這樣說也是啦……

「至於候補的替選方式，我想漾漾應該就很清楚了。」班長微微衝著我笑。

我當然很清楚，萊恩他們都有經過挑選，不曉得為什麼我就是用那個靈異的方式進去。現在我應該感謝辛菈還是回去紮個草人詛咒她？畢竟是因為她的飲料我才進去的。

「嗯嗯，那我懂了，謝謝妳。」

歐蘿妲很有禮貌地微微一笑然後點頭，「不用客氣。」

「欸、同學，你現在在代表隊裡面混得如何？」班導終於收回他的手，然後這樣問我。

「呃、應該算還好吧。」不然我還能怎麼說，基本上我在代表隊眞的是算還不錯了，除了買過一、兩次飲料跟開門之外，也沒做過什麼大打雜的事情，整體上待遇其實都不錯，還獲得寶衣一件。

「趁著年輕多累積一些經驗是好事情，加油吧。」班導猛然往我背後一拍，差點沒把我的內臟從嘴巴拍出來。

是說被他拍完我才注意到肩膀不曉得什麼時候好了，已經沒有什麼痛感。

「喔、嗯，我知道了。」只是這個經驗眞的太可怕了，我想我未來一輩子應該都不會想要再去體驗了。畢竟我是個只適合公務員生活的平凡人啊！

「如果漾漾有問題的話，還是隨時可以來問我們。」歐蘿妲衝著我微笑，「畢竟班長跟導師就是要讓同學詢問用的，不用客氣喔。」

看著對面和旁邊的兩個人，我小心翼翼地點頭。

「小子，不用這麼畏縮。」啪地一聲，班導的大手直接拍上我的腦袋還用力搓，「就算你們這班很難帶、很不配合，班導我也不會吝嗇不講的。」

連忙按住差點被搓下頭皮的腦袋，我用力點頭，「我知道了啦。」

歐蘿妲拿起手中的大杯子，「那麼就在這邊預祝漾漾還有我們學院的所有代表隊能在這次獲得勝利。」

「嘿，就這樣。」班導也拿起杯子做了一樣的動作。

我連忙也跟著捧好杯子，玻璃的杯緣碰撞在一起發出清脆的聲響。

「乾杯！加油！」

第八話　消失的小鎮

地點：Atlantis

時間：上午十一點零六分

「湖之鎮，根據情報看來，創鎮大約是七十年前的事情，是個山中小鎮。」

翌日，我們全部集合在選手休息室當中，動作很快、已經拿到了最後一次比賽地點情報的學長把手上的資料給我們輪流傳閱，檔案上還蓋著機密之類的印子，這讓我懷疑他到底是怎麼弄到這些東西的，「這是一個算是很新的人類城鎮，地點位於荒谷中十八里處，大約一星期前公會收到求救訊號，後來派遣了一組情報班前往探查，不過奇怪的是，鎮中連一個人都沒有，彷彿全都蒸發一樣。」

怎麼這個情節好像某種電玩……？而且還是我最近不久才玩過的那種。

啊，該不會其實第三次比賽是某某某虛擬遊戲立體大戰之類的吧，連設定都設定得如此眞實……可見這次主辦單位多麼用心良苦啊。

我想，如果眞的可以這樣就眞的太好了。

紅眼瞪了我一下，然後才轉頭回去繼續說著：「接著就在前天，原本還會做定時回報的情報班同樣突然消失了，公會再怎樣都聯絡不上派出的情報班，好像他們也跟著蒸發一樣。因爲事出突然，按照緊急分辨類別，湖之鎮已經進入三級防護區，禁止一般人進入。」

等等，基本上我應該是一般人吧。

「早在你踏進這間學校開始你就不是一般人了，覺悟吧！」學長突然轉過來衝著我撂下這句話，害我嚇得差點心臟抽筋。

我明明就是一般人啊……

別讓我捨棄普通人類這個身分，求求你啊老大。

「什麼不是一般人？」還在翻資料的五色雞頭發出好奇的疑問。

「沒有、沒事。」爲了預防他太多話又被學長揍，我早一步先開口應付，「看你的資料去。」

「嘖，字這麼多看起來眞麻煩，看來看去眼睛都花了，下次可不可以配圖解啊。」看著手上密密麻麻的資料檔案，五色雞頭皺眉接著抱怨。

還圖解勒！我打賭百分之百學長不可能提供這麼好的服務，如果他肯，除了天要下紅雨之外，還有可能世界即將毀滅、海嘯來臨、火山爆發。

「可以啊。」意外地，學長居然浮現了和藹可親的笑容，一秒就成功地讓我頭皮發麻。「我可以用咒封把你封進去書裡面，然後你想要什麼圖解就自己演，是不是很方便。」說出來的話跟他的表情差了十萬八千里遠，旁邊還起了冷颼颼的白霧。

有時候話太多眞的叫作找死。

「不、不用了。」五色雞頭很有自知之明地埋頭回去讀資料。

「第一批情報班消失之前應該有傳回來些什麼影像吧？有一起拿到手嗎？」稍早用很快速度全讀完的夏碎學長先問了另件事情。

「當然有。」坐在桌邊，學長用食指敲敲桌面，一個約莫三十公分左右的法陣直接出現在上頭，跟上回千冬歲追蹤的那玩意有點像，可是又不同。「在消失之前他們本來是在做影像記錄，大約十五秒左右就中斷了。」

我們立即聚到桌邊。

法陣慢慢地轉動起來，同時上面也出現小小的景色，看起來是座小城鎮，出現的大部分都是像國外小鎮般的小房子，就是那種外國片裡面都會看見的那種感覺，遠一點可以看見有比較高、可能是旅館還是什麼商業建築之類的東西。小鎮裡面一個人也沒有，到處都是空蕩的景色，給人感覺有點詭異。

通常在電影上面看到這種場景大部分都是驚悚片，所以我覺得這個湖之鎮搞不好也是那方面的東西在作祟之類的。

前幾秒景色還是一動也不動的，幾秒過後，整個畫面突然模糊起來，霧霧的畫面中還有照到情報班的紅色衣服。

「這個是……」

「快點回報，知道湖之鎮的祕密……」

下一秒，整個影像就直接消失變成一片黑暗。

「最後傳來的影像只有這些。」跳下桌面，上頭的法陣也跟著消失，學長環起了手，「根據情報班的分析與推測，最後開始模糊時應該是他們掉入某種咒術陷阱之類的，因爲沒有映入影像當中，所以無從知道是哪類型的法術，不過如果是情報班當場可以發現的祕密的話，對於黑袍來說應該很容易就可以解開了。」

所以我說黑袍都不是人，是鬼！

「兩邊任務起碼都有三個以上的黑袍加入，沒想到公會會這麼看重這兩邊的事件，還動用到聯合競技賽來幫忙。」微微皺起眉，夏碎學長開始左右思考了最後比賽的可能規劃。「到湖之鎮的五支隊伍除了我們之外，另外就是蘭德爾的隊伍，還有亞里斯學院、七陵學院和明風學院第一代表隊，不知道該說幸還是不幸，有一半都可以算是自己人，合作起來難度就沒那麼高了。」

「是這樣沒錯，不過明風裡面那個傢伙很難應付，我總覺得他一定會在這次機會裡動手腳，看來得先跟其他同路線的人打過招呼。」拿出手機很快地傳了幾封簡訊出去之後，學長又收下。

明風裡面那個鬼王第一高手……

「那個……跟大會報告有人混入沒用嗎？」我從那天開始之後就一直思考這個問題，再怎麼說，一個紫袍被鬼王的手下抹除後被使用身分混入大賽，這種事情一定會鬧得很大吧？

學長轉過頭看我，「講過了，大會方面已經派人針對滕覺調查，可是完全找不出什麼疑點，

所以沒有辦法證實他究竟是不是本人。我想，這應該跟他完全吞噬了那名紫袍靈魂有很大的關係，連公會也很難辨別，可能也需要高階的人員出面協助。」頓了頓，他微微皺起眉，「另外，我也向學校方面報告過這件事情，學校已經派人出發前往明風學院做進一步的接洽與調查，明風學院方面已經全力配合，調查結果出來前這段期間我們得自己小心。」

哈哈……自己小心啊……眞是一個非常好的結論……

不知道爲什麼，我覺得我的右眼皮已經跳到快抽筋了。

「對了，忘記告訴你們，因爲這算是正式任務，所以在配給上每個比賽地點都會有三隊醫療班隨時待命，只要注意別死到灰飛煙滅、屍骨無存，都應該還能得救。」

學長這段話好像是專門講給我聽的……反正我就是很容易屍骨無存的那個啦我知道……

說到醫療班，我好像想起某個很久不見的人。

算了，應該不會這麼巧吧。

就在學長講解完一個段落之後，休息室的門響起了幾個聲音。

「褚，找你的。」他看也不看，直接就是對我拋出這樣一句話。

「找我？」疑惑地看著學長，我半信半疑地走到門邊，一打開門，果然是熟面孔。

「打擾了。」門外的是那個好像很喜歡到處亂逛的然。「今天沒有比賽，沒想到你們還是聚集在這邊啊。」

「有事嗎？」訝異他居然找到這邊來了，我把門稍微打開。

「有，你現在有空嗎？」他點點頭，然後先跟休息室裡所有人都打過招呼才又轉回來，「可不可以借一點時間，我們到外面的交誼廳說話。」

交誼廳！

慘了，我和投幣式飲料機有仇。現在被飲料機看到不知道會不會被怎樣，那台飲料機怎麼看怎麼像是那種會記恨的東西。

「飲料機前幾天被不明人士砸了一個洞，現在送修，所以交誼廳裡面的改成另外一台了。」學長打了一個哈欠，然後拋了某樣東西給我，「回來時候順便買點飲料回來。」接住了之後我才看見那是個零錢包。

又要買飲料！

不知道新的飲料機會不會咬人……糟糕，該不會一場競技賽下來，我就這樣跟一堆飲料機結仇，然後以後都不能買飲料了吧？

「那就跟你們借一下人，十分鐘後歸還喔。」然搭了我的肩膀，快快樂樂地拖了我就往交誼廳跑。

其實我有時候會覺得，我身邊好像都是一些不管我意願的自我派行動者啊……

然的腳程很快，一下子就把我一起拖進交誼廳裡，果然如學長說的，飲料機已經換一台了。

「你找我有什麼事？」左右看了一下，我在交誼廳的沙發上坐下來，然也坐在我對面。四周挺安靜的，只有外面偶爾會傳來一點鳥叫聲什麼的。

「上次忘記拿給你了，要恭喜你啓動幻武兵器的賀禮。」從口袋裡拿出一個白色的盒子，然笑笑地把東西遞給我，「你一定用得到這東西。」

我用得到？

接過了盒子左右看了一下，沒有什麼特別的，就是很平常的小盒子、那種裝戒指還是裝項鍊的小型禮物盒，有點重量，可能裝了什麼飾品之類的東西。

小心翼翼地打開，裡面只有一個很像釦子的黑色東西。「這是？」不是要給我縫衣服用的吧？

「這是用來裝幻武兵器的殼，一般都會放在項鍊或者盒子中使用，能有效讓幻武兵器休息且提供靈氣保護的東西。」然笑笑地這樣解釋著。

說到這個，我又忘記要去買了，明明早上還記得說，可是事情一多就又全忘光了。

可是一個殼？

等等，一個殼爲什麼會有重量！

這該不會又是那種佩戴久了之後會進化還是變化成某某某玩意的鬼東西吧！

「這是附著型的殼，我上次有看到你戴著手環，所以才去找殼給你。」然招招手，示意我把戴著老頭公的左手伸出來，「與其買盒子和收納鍊，不如直接把殼放在你身上既有的東西裡面還要更方便。」

我看著他把那個殼按在手環上面，然後兩樣東西的中間微微發出光芒，當他手再拿開時，手環上已經多了一個很像底座的小圓圈。

「跟我想的一樣，老頭公可以相容殼。」然拍了拍手，一臉猜中的愉悅表情。「喏，你把幻武兵器放進去看看吧。」

「嗯。」拿出米納斯大豆，我把她小心地放上那個底座。就在大豆接觸到底座同時，四周立即湧上了黑金屬將大豆包圍起來壓進去手環中，不用半晌，手環就恢復原狀，連大豆的樣子都不見了。

「隱藏式的活動殼，這樣你要用兵器時只要拍拍手環她就會掉出來了。」旁邊的使用解說員馬上幫我解開疑惑。

「明白了，謝謝。」感覺好像真的比項鍊或盒子好用。我把手環舉高看了看，一點痕跡也沒有，幻武大豆整個就藏在裡面。

然站起身，我也連忙跟他站起來，「這樣，你試試看取出跟發動吧。」

「好。」

舉起了手，我拍了一下手環，幻武大豆真的從裡面掉出來在我掌心上，那個底座也同時浮現，「與我簽訂契約之物，請讓好奇者見識妳的形態。」不過眨眼瞬間，小小的掌心雷重新出現在我手上。

「好，用你的槍指這邊。」

然比了一個方位，我不疑有他地把槍口對準旁邊。

可是，指那邊幹嘛？

我轉過去看，槍口的目標點居然是那台剛換上沒多久的飲料機，然就站在一旁，露出我第一次看見、居然會出現在他臉上的詭笑。「那邊那個飲料機，交出飲料就饒你一命，不然就斃了你。」

你是學長附身嗎！

那句不法威脅的話是從你的嘴巴裡面出來的嗎？

我倒退一步，不敢相信我居然成了匪徒甲的幫凶！

幾步遠的飲料機居然開始顫抖，不用幾秒鐘時間就聽到好幾個匡匡聲，然後掉出五、六瓶左右的飲料。

然走過去，用一種非常理所當然的態度把裡面的飲料全部拿出來。

這樣眞的可以嗎……？

我有一種正在犯罪的感覺。

「錢給你吧。」然從口袋拿出幾枚硬幣投給飲料機之後才走過來，然後把飲料放在我手上。

我有一種感覺，如果今天站在這邊的是學長還是五色雞頭，他們絕對沒有那麼好心去投錢，不知道爲什麼，直覺好像就是會這樣。

「謝謝，我也差不多要回去休息室了。」抱著一堆飲料，我看了一下時間，出來正好十分鐘，「那個零錢……」我想拿錢給他。

「那個不用了，不是什麼大金額。對了，這個讓你一起帶回去吧。」然拿出一塊黃水晶塞到我上衣口袋裡面，「對你們應該很有幫助喔。」

有幫助？

是什麼東西呢？

※

「交出來。」

一回到休息室，學長馬上朝我伸手。

這麼快就要喝飲料啊……還眞是罕見，我還以爲第一個衝過來搶的一定會是五色雞頭咧，沒想到學長也會這麼喜歡飲料。

邊想著，我把印著蘋果圖案的果汁放到他手上。

下一秒，果汁瓶子直接飛過來砸在我的腦袋上，劇痛和黑暗過後，我有一秒好像看見極樂世界的花園還有某種奇異的花香。

「誰說要飲料了！你找死嗎！」用罐裝飲料砸人的凶手學長發出凶惡的口氣，明明被砸發火

的應該是我，然後他完全無視這種定律比我還要快發火，「剛剛然給你的東西拿出來。」

你又知道他給我東西了！

其實你一直都躲在後面偷窺是吧！

一語不發的學長開始活動指關節，發出可怕的喀喀聲。

「呃、在這裡。」我馬上把飲料丟到旁邊桌上，然後把黃水晶交出來。

「褚，辛苦了。」幫忙把桌上的飲料整理好，夏碎學長拍拍我的肩膀，接著遞過來一塊有著藥味的手帕，「你最好擦一下剛剛被砸的地方，不然很快就腫了。」

我含著感動的一泡淚接過手帕。

「那個是什麼東西？」已經湊到學長身邊看水晶的五色雞頭發出疑問句。

將黃水晶直立在桌上，學長做了幾個結印，「這是七陵學院那邊的情報。」然後，水晶微微發出了小小的光芒，光芒逐漸往上爬升，接著裡面出現了很像景色的東西。

那個景色很眼熟、異常眼熟，眼熟到好像我十幾分鐘之前才看過。

不過不同的是，這次景色裡面有人。

「這是湖之鎮居民消失前一日的影像記錄，也就是他們對公會發出求救最後一晚的自行記錄。」看著裡面的小景色，學長冷冷地說著，「據說公會情報班到達現場本來要調出來看，可是沒找到留下的資料記錄，沒想到七陵學院居然已經快一步拿到了。」

快一步？

照這麼說，應該是很重要的東西，怎麼會變成然拿給我？而且還是那種很順便隨手拿給我的是怎樣？

「噓，有聲音。」注意到景色裡面有細微的聲響，夏碎學長立即讓我們噤聲。

景色微微晃動了一下，像是起風了。

「這裡是湖之鎮，就在今日晨我們發出求救訊號，可是入侵者遠遠超過我們想像。」是個女人的聲音，然後景色開始四處探照。「如果傍晚時得不到幫助，希望這次最後的影像可以讓來援的人知道這裡究竟發生什麼事情。」那種說法好像是在錄某種死亡遺書之類的東西，給人不太好的感覺。

景色中不時有人在裡面來來去去，還有人像是在打包行李。我所看見的大部分都是一般人，應該是小鎮裡面的居民，有大人也有小孩，穿著都很尋常，有的是人類，有的不曉得是什麼種族，所有人都忙忙碌碌的，像是在趕時間。

「我們的鎮口被封住，其餘往外的路線也都無法使用。村中的白袍羅茲亞在大廣場上畫了移送陣要將村中的人分批送出。」然後，我們看見景色往裡面走，走了好一段距離之後在一個中央大空地那邊看見一個穿著白袍的人，不是人類，感覺好像是某一個種族，他耳朵有點尖，讓我想起伊多他們。「直接送傳到公會求救……」

聲音乍然停止。

不是那個正在講話的人消失，而是包括她眼前、我們所看見的景色中出現了恐怖的畫面。

「這是、這是……」

顫抖的聲音引領我們看著眼前不可思議的一幕。原本正在畫大型陣法的白袍直起身好像想向她打招呼，就在他直起身那一瞬間，有某種白色的濃霧出現在他腳下。接著濃霧突然迅速擴大，那個白袍瞬間就淹沒在白霧中；眨眼，濃霧散去，人已經不見了。

四周幾名原本散落在一邊整理東西的人同時發出尖叫聲，然後各自抓了東西倉皇地逃開，像是不趕快逃離，下一秒就會輪到他們。

「消、消失了……跟其他人一樣，連白袍都消失了……」正在拍下影像的女子聲音不斷顫抖，然後開始往後退，「截至目前爲止……已經有三十三人消失……如果救援再不來……」

她停止說話，影像裡出現了一個小女孩，大約五、六歲左右，穿著粉紅色童裝的女孩就站在下方仰頭看著她。

「姊姊，我要找媽媽……」女孩朝著影像伸出手。

「好，先、先去找妳媽媽。」有一隻手進入影像當中，牽起那個小女孩。

小孩突然抬起頭，灰白色的眼睛睜得大大的，一點感情也沒有。「可是，我媽媽已經死掉了。」

「咦？」

那是影像裡最後的聲音，然後原本還映著畫面的影像唰一下變得全黑，什麼也沒有了。

有好一下子，整間休息室連一點聲音也沒有。

我的腦袋中想的都是剛剛那個小女孩。

那雙眼睛跟我記憶中那堆恐怖的活屍重疊。

「剛剛那個白袍已經死了，恐怕其他消失的居民也都一樣。」拿起停止放映的黃水晶拋玩著，學長的口氣依舊平平淡淡的沒有什麼特別的起伏。「看來這個不是什麼消失意外，是有什麼東西侵入湖之鎮裡面。」

「欸？」我疑惑地看著學長，才這麼短短的影像記錄他就知道有什麼東西？太神了吧！

「我曾經看過一個和這個非常相似的影像，發生的時間大概在千年之前，那一場最大的精靈戰爭時所發生的事情。」放下手上的黃水晶，學長好像一時間陷入某種回憶中，「你們應該也都知道這件事情，最大精靈聯盟戰爭，最後勝利於鬼王塚。」

鬼王塚？

我想起了那次恐怖的戶外教學。那個、沉屍在水底的鬼王。

「沒錯，就是那個。」學長的紅眼直直對上我的，深沉得像一灘濃濃的血水。「一千多年前，耶呂鬼王引起的最大戰役，就在發生的那段時間中，有許多村鎮開始不明消失。前一日還是人聲鼎沸的熱鬧地區，只隔了一晚，就變成鬼域般空曠，而且都在耶呂鬼王佔居之處那範圍中，到今日這個謎還沒被解開，一千多年來，消失的人再也沒有出現過，當時的推斷是應該已經全部死絕無法找尋。」

怎麼會這樣？

沒想到這種事情居然會被我們碰上。

我有一種我即將帶衰的感覺。

「一千年前連精靈族都解不開的謎，一千年後我們就解給他們看！」五色雞頭突然變得非常熱血，全身都在熊熊燃燒著，「啊哈哈——！」

好恐怖……

「嗯，必定得找出真相。」夏碎學長接過學長拋來的黃水晶，點點頭。

「那好！用我們所有人爺爺名義發誓，沒找到真相就不准回來！」燃燒到最高點的五色雞頭一腳踩上桌面，朝著外面的大太陽開始拿別人家的阿公亂發誓。

……

等等……

你這句又是從哪裡學來的！

第九話　資格

地點：Atlantis

時間：上午五點四十七分

最終比賽當天我一大清早就醒了。

清晨的風竄進室內，將陽台邊的窗簾吹得不停翻捲。

「還這麼早喔……」看著外面還沒亮的天色，我又倒回床上。

其實應該說我幾乎整晚都緊張到睡不著，快天亮時才矇矇矓矓地入睡，可是馬上又清醒了。這種感覺就跟國小要出去畢業旅行那時候一樣，緊張到最高點，不過國中之後就沒有了，因爲我知道自己帶衰，就沒有再跟班上同學一起出去旅行過。

睡不著、睡不著……怎樣都睡不著！完了，我眞的得失眠症了！

從床上跳起來，算了，睡不著就睡不著，乾脆起來做個晨間運動算了。

我從床上慢慢爬起來之後，從桌底下拿出臉盆和盥洗用具……是說，這麼早學長醒了嗎？如果我隨便跑去敲門把他弄醒會不會被凌遲處死啊？

看著盥洗用具，然後再想一下被處死的可能性，我決定先出門做晨起運動然後在學校廁所洗個臉，等時間晚一點之後再回來跟學長借浴室使用。

嗯，眞是個完美的計畫！

因爲之前有過半夜在宿舍被不明住戶海整的悲慘經驗，我一打開門就直接衝往樓下，然後一拳把擠在大門口把手的人臉揍下去接著往外逃逸，整個過程完全一氣呵成、連半秒滯留時間也沒有。

停個半秒一定會死……我有這種奇妙的感覺……

清晨的學院當中飄著極度清新的空氣。

可能是我很少在清晨和晚上出宿舍，總覺得學院裡面氣溫因爲結界關係很少變化，一直都是那種調整過、很舒服的溫度，現在清晨中出來，反而可以很明顯感覺到些許偏冷的感覺。

空氣有些濕潤，四周有著小小的晨霧。

我立即邁開步伐開始小跑步。

自從被學長拖下水加入隊伍之後，我就開始有事沒事騰出時間練習慢跑，畢竟在那種到處都是鬼的隊伍裡面我還是得自立自強才行，至少得練習跑快一點，要不然哪天要逃走都還逃不掉就完蛋。

是說，其實我覺得我的腳程還滿快的，大概是拜以前經常倒楣所賜，動不動就要逃命之類的，所以跑起步好像還比別人快了一點。可是來到學院之後馬上被推翻，這裡隨便一隻貓跑得都比我快上好幾倍。

走入無人的校舍裡，空蕩蕩的大走廊傳來的只有風聲，與平日人來人往的感覺不一樣，這裡一個人也沒有。

我突然覺得，原來我們學校這麼大。

慢慢地走向一年級教室區，然後走了兩個彎轉入隱藏式廁所中，一踏入黑暗空間，整個廁所立刻大亮了起來，接著有個清淨的香氣傳來。

說眞的，我一直覺得廁所裡面可能住了什麼東西，不過無法證實、我也不想拿自己的性命去證實。

稍微洗過臉之後，整個人馬上清醒起來，然後我才走出廁所，一踏出去後面立刻就暗下來。根據無數血案證實，現在最好不要回頭去看有沒有什麼跟出來，因爲我第一次上廁所時就是記不住前人教訓，腦賤地轉頭回去看，結果被一條大便蟲追了半條走廊。

什麼叫大便蟲呢……反正就是會看見一條跟大便一樣的東西長出牙和眼睛，還有像蟑螂的腳，追著你跑就對了。

現在的時間是六點整，我四周看了一下，整間學校裡還是安靜到連一點聲音都沒有……等等，我好像聽見什麼細細的聲音……

「逃到這邊來了嗎？」有個女孩子的聲音，遠遠的，我連忙隨便找了一間教室躲進去，走廊外傳來細微的腳步聲，像是有人慢慢地走著。「眞討厭，大賽期間還有臭蟲跑來學校，如果不是看在算是任務的份上我才不想來哩。」

我從門上的玻璃看出去，看見了一個感覺上應該比我小一點的女孩子在不遠處，手上拿著很像羅盤的東西不知道在找什麼。然後，那個女孩子穿著白袍，長長的髮在腦側左右豎了兩條尾。

等等，通常白袍會在大清早出現在這個地方、手上還拿著吃飯傢伙在找些什麼的時候……答案好像就只有一種。

我突然覺得身後冷冷涼涼的，整個人有種毛起來的感覺。

「莉莉亞，找到了嗎？」遠遠地又跑過來另外一個人，不過我的角度看不見第二個人長相，只知聲音也是個女孩子。

「沒有，眞討厭，在這種時候偏偏跑個生化元蟲到我們學校，等到抓到的時候我一定要狠狠地向三區研發所求償！」被叫作莉莉亞的女孩子咬牙切齒地說。

「還是先找到再說吧，那個元蟲危險性很高，必須在一般學生進校舍之前找出來，不然這個任務就要立刻交移給紫袍了。」她的同伴聲音聽起來稍微有點緊張。

「交移也沒什麼大不了吧，剛好今天可以去看大賽，不用在這裡忙得團團轉。」莉莉亞哼了哼，「眞搞不懂這次大賽隊伍選人是怎麼選的，明明學院裡面袍級的人那麼多，可是兩支隊伍都選了沒有袍級的人，像那個羅耶伊亞的殺手也入、只有蛇眼的人也入……還有個剛進來根本不會什麼法術的死菜鳥也入，根本是把我們這些報名的人都當灰塵！」

「莉莉亞，不是已經說過這次選人是入選黑袍自己挑選幫手的嗎……」

「就是這樣才不公平啊！那其他人靠關係就可以進去了不是嗎？而我們這麼認眞也有袍級的

人就不能比賽，這樣我不服！」

「噓、噓，別說了，快點把東西找出來吧……」

可能是被同伴捂住嘴巴，莉莉亞發出幾個含糊聲音之後，兩人的腳步聲才逐漸走遠，直到再也聽不到。

可是，剛剛那些話我卻一字不漏都記下來了。

我知道之前背後一直有人在講這些事情，可是大概是懾於學長的關係沒有人敢明說，不過實際聽到還是……有種很難形容的感覺……

在這場大賽裡面，最沒有資格上場的，是我。

※

就在確定那兩個白袍女生離開之後，我小心翼翼地推開教室門往外走。

大約要六點半的時間，如果是平常上課期間的話，現在應該有學生已經到達教室了，不過比賽當日一向是停止上課，今天剛好是最後一場的出發日，所以也停課，學生不會那麼早到校區裡面來，整條走廊上還是安安靜靜一片。

我突然想起剛剛那兩人說的話，好像有什麼不好的蟲跑進來校舍裡面，而且還要在一般學生進來之前找到那玩意。如果我可以找到……

呃、當然不是那種絕對把握的自信。因爲我一直很衰，所以搞不好會先被蟲抓到，這種事情是百分之兩百絕對可能。如果我可以找到，是不是就可以稍微改變別人一點點的觀感？

這樣學長他們應該也不會被人在背後說話吧？

我蹲在地上，把幻武大豆從手環裡拿出來。

……

糟糕，我忘記怎麼把裡面的武器精靈叫出來，上次喵喵是怎麼把她的叫出來給我看的？

「米納斯、米納斯，聽到請回答？」我把豆子放在地上滾來滾去，豆子果然如意料之中般完全沒有反應。既然呼喚不能，那強硬的手段不知道可不可以？豆子泡水好像會發芽……是說這顆本來就是水大豆，泡水好像沒意義吧？

我想了想，然後拿出之前安因教的火符。

水不可以，火攻總行了吧！

我就不信在高度灼熱攻擊下會叫不出來！

「請不要做這種無意義行爲。」米納斯在變成火燒豆的前一秒出現了，半飄浮在空中，不知道是不是我多心，她臉上好像掛著黑線。「請問你用極端手段喚我以靈體方式出現有什麼事嗎？」她彈了一下手指，我才剛點燃的火符馬上被小水柱給沖熄。

「啊哈哈……不好意思，因爲我不知道怎麼找妳出來。」我把灰燼拿進去教室垃圾桶丟掉。灰燼在掉進垃圾桶那秒發出喀喳聲，然後我選擇忽視它。

「召喚我有事嗎？」飄浮在一邊的桌面上坐著，米納斯把玩著自己水做成的長髮，藍色的眼睛眯起來看我，「通常使用者是不會召喚靈體出現，除非有什麼重大要事。」

是說，我不確定我要問的是不是重大要事，因爲我現在在這邊只想到可以找她而已。「那個、不好意思，我是想問說如果我想找個什麼什麼元蟲……有什麼方法可以找？」之前千冬歲的追蹤術太高等，連學校都沒有教，我壓根不知道怎麼去找那條臭蟲。

「找……蟲？」

我覺得現在米納斯的表情好像是覺得自己被我耍的那一種，通常眼前這位如果是學長，一定會狠狠地把我踹飛到宇宙盡頭去。

「咳咳，如果是找東西的話，只要它是存在許可範圍內都能夠大約探測位置。」不曉得是不是錯覺，我覺得她好像自動把蟲字給省略過去。「在簽訂契約時我應該有告訴過你，就算是空氣中的水霧都能夠成爲你的武器，你能夠將水元素藉由我化成自身武器，這樣的話要追蹤什麼應該就很簡單了。」

也就是只要有水就可以了？

說眞的，這種說法還是稍微有點抽象。

「幻武兵器的可能性有很多種，端看你如何想像與發揮。現在你只把我當作一般的槍使用，但是你所使用的能力並未到達我的十分之一……甚至不到百分之一，這其中的差距，必須用時間來補足。」米納斯飄到我面前，伸出手指點點我的額頭，「當百分之百契合之後，你會知道，你擁有的能力有多強大。」

「能力？」又是能力，我連我有啥能力都不知道，更別說什麼什麼發揮了。

「是的，你的能力，或許會爲你帶來災禍、也或許能替你有所轉折。我無法爲你預言你將來會如何，也不曉得你的能力將會影響你多深，或許有一天等你回首之後，才會眞正明白你的能力替你帶來些什麼。而在此之前，你只能慢慢地、隨著時間接受。」眼睛像是看著遠方，米納斯像是說給我聽，也像是唱著歌謠。

有那麼一秒，我覺得米納斯不像是幻武兵器中的靈體。該怎麼說呢……

她看起來像個人。

「米納斯，妳……」

「靈體不能強制分離太久，就閒談到這邊吧。」打斷我想問的問題，米納斯收回視線，然後淡淡地微笑，「下次麻煩請用正常的方式召喚我出來，謝謝。」

下一秒，米納斯在我眼前化成水霧散去消失。

我的幻武兵器就躺在桌面上，靜靜地折射了清晨美麗的微光。

※

若是可以，我想跨越的是那個以前的我。

「與我簽訂契約之物，請讓隱藏者見識妳的追蹤。」我拿起了米納斯，然後放在掌心上吟出咒文。

如果是所有的水元素都能透過米納斯讓我使用，那只要空氣能到達的地方一定都不會有疏漏。

銀藍色的槍出現在我的掌上，我握緊了槍柄，然後對地面扣了扳機。一枚細小如針的子彈轟然穿進去地面，有種小小淡藍色的光慢慢地從地板下蔓延出來，然後擴散至教室外、整條走廊，散出樓梯往上攀延。

四周響起了小小的鈴聲。

大約過了幾秒鐘之後，我聽到很奇怪的聲音用一種超高速往我這邊靠近。

那個……是說我想起一件事情，追蹤歸追蹤，實際上眞的抓到之後要怎麼辦，我好像還沒個底耶……所以不用那麼快速……

就在我有一種很不妙感覺的同時，教室門突然從外面發出了巨大的聲響，我連尖叫的時間都沒有，一個大黑影直接被一堆藍光撞破教室門拖了進來。

請你們效率別這麼高行不行啊！

有個大圓黑色物體重重地給摔在地上，然後開始顫動。

這個我很明白，當某種不明物體開始發抖時，這時候我有一個選擇，就是趕快尋找逃生口逃走！

就在猶豫的半秒鐘，那個聽說應該是元蟲的黑色東西突然以一種迅雷不及掩耳的速度立刻往上竄，接著整個變成大約一層樓高、長條型的還附帶兩顆像蒼蠅的複眼。

好、我想牠已經證實牠是條蟲了……問題在這嗎！現在的我應該是想著馬上逃走還要逃到哪裡才對吧！

猶豫驚愕之際，複眼強烈地轉動了幾圈，接著，視線固定在我身上。

我現在知道為什麼要在學生來學校之前解決掉牠了……

「快點……束手就擒……不然開槍打你喔……」我用銀槍指著眼前的大黑蟲，本來想說的是威脅加恐嚇的話，不過話一出口整個變成顫抖音，一點魄力也沒有。

黑蟲就這樣看著我，然後我可以從牠身上感覺到有種叫作不屑的氣息。就好像是一隻狗在看衝著牠吐口水的螞蟻那種感覺。

「別、別以為我不敢開槍！」

我的身體幾乎是跟腦袋同時動作，就在恐嚇說出口的同時，我連扳機也一併扣下去了，轟一聲，我還來不及看到是啥子彈打出來，那條蟲已經整個翻過去了，像是蜈蚣的一大堆黑腳在空中舞動，掙扎半天爬不起來。

呃、效果不錯。

俗話說要趁勝追擊，有一有二才會贏，我連忙又補了一槍，直接把大蟲轟地一聲打飛。黑蟲被震力整個震往窗戶那邊，肥大的身體重重摔上去，整間教室的玻璃很有震撼性地整排都破，玻璃碎片飛得到處都是。

糟了，一定又會被求償了。

那條蟲撞出窗外之後，我聽到好幾個連帶的乒乒乓乓聲音，可能是又撞壞了好幾種東西……我知道了，那根本是我錢包在破碎的聲音……綜合起來大概又要被扣不少錢了。

外面傳來某種聲響，等我意識到時，那兩顆複眼已經湊到了窗框的附近，與剛剛的顏色不一樣，整個都反紅起來。

這個經驗我有，當牠變成這樣的時候，代表我應該拔腿逃命了，因爲牠現在正在極度的狂怒中，不跑會死。

等等，既然槍可以打翻牠的話，我還怕什麼？

就像學長他們之前說的，我都可以對付了，我還怕什麼？

不曉得是因爲有米納斯幫我壯膽還是稍微有點對付異生物的經驗，我抬起手直接補了第三槍給那條大黑蟲，那條蟲整個往後翻去，摔了好遠的一段距離。

這樣應該可以了吧？

我看著滿目瘡痍的教室，等等也不知道應該如何跟別人解釋。

還有，那條蟲要怎麼辦？我注意到牠被打飛歸打飛，可是好像起不了什麼太大影響的樣子，那個什麼什麼元蟲該怎麼處理啊？

就在亂七八糟思考同時，外面的黑蟲又開始蠢蠢欲動起來，我連忙又一槍把牠打翻。

總不能這樣一直下去吧！

拜託，我等等還要回宿舍跟學長借廁所盥洗然後去選手休息室待命耶！如果晚到一秒我會被處死刑耶！

別再玩我了好不好！

「元蟲屬於五級任務型，弱點是眼睛，只要準確無誤地攻擊眼睛就可以壓制元蟲進行回收。」

就在我天人交戰到最高點時，後面突然傳來很輕的聲音。

攻擊眼睛？

我看見那條不死心的大黑蟲有繼續爬起來令人喝采的不屈不撓精神與動作，我又開了一槍，因爲牠的眼睛說眞的還滿大顆的，不太需要瞄準就可以打中。

那條蟲在被子彈打到眼睛的同時發出了很靈異的聲音，接著整條蟲馬上捲起來變成一團，就如剛剛我看見牠被丟進來時一樣。

「元蟲進行回收轉移，接收地點：第三區研發所，轉移起點、Atlantis學院。」剛剛提示我的聲音開始唸起了長長一串的東西。接著，捲蟲的底下出現了我沒看過的綠色光陣，光陣最外圈冒出了很多綠色的線將蟲緊緊地捆起，接著發出光芒，下一秒，連蟲帶陣整個消失得無影無蹤。

是誰？

我轉過頭，看見一個不認識的人。

※

「這樣元蟲任務就完成了。」

那個不認識的人呼了一口氣，像是工作完畢開始放鬆，然後他拿出一支手機撥了號，「這裡是校舍中，剛剛轉移任務完成，已經將元蟲送回三區研發所。」大致交代完事情之後，他才掛掉電話，「眞是的，最近年輕的白袍經常做不好事情。」

他到底是誰啊……

稍微打量了一下，是個應該比我大一點的青年，銀紫色的長髮與紫色的眼睛，給人的感覺還滿溫和的，應該頗好相處。不過他從剛剛開始就一直沒看我，感覺好像在看其他地方，大概是在看教室被打爛到什麼程度吧？

「多虧你了，褚同學。」

他居然認識我！

「不好意思，因爲剛剛有兩個白袍把任務轉移，結果紫袍的人手還來不及趕來，才會讓你幫忙。」謎樣的人物微笑地說。

「呃……我也只是試看看……」說眞的，我只有一直打飛那條蟲，要是這個人不來的話，接手的紫袍大概會看到我一邊開槍一邊哭吧。

他轉過來，紫色的眼睛好像在看我也好像沒有，給我一種怪怪的感覺。「您的處理方式很正確，先驅趕出校舍才不會造成更多損傷，接著抑制動作讓元蟲無法逃走，幫了我們很大的忙。」

我應該告訴他這個叫作瞎貓碰上死耗子嗎？

「那個……只是運氣好……」難得的運氣好。

「您挺有趣的，看來冰炎與夏碎的眼光都很不錯，這次大賽你們應該能夠取得好成績。」完全無視於我一臉緊張的表情，謎樣人物還是自顧自繼續說，「一般元蟲都要兩名白袍或者一名紫袍才能制止，您可以一人壓制已經算很厲害的了。」

是這樣嗎？真的是這樣嗎！

我突然有一種剛剛我應該真的已經陷入生命危險、自己卻沒感覺的心理驚悚中。

「我……」

「剛剛會計部已經把此次的任務金發派到你的帳戶中，有時間再去清點看看吧。」謎樣人物偏過頭，不知道在聽什麼聲音。

「那個，教室被我砸爛了，應該會從裡面扣掉吧？」我有一種可能要賠很多的感覺。

他抬起頭，然後微笑，「不用的，教室在維修範圍中，不會扣你的錢。」接著，他輕輕地彈了一下手指。

神奇的事情發生了，我居然看見剛剛被我砸爛的東西用一種詭異的速度開始自動修補，短短十幾秒錯愕當中，整間教室已經自我恢復到跟被砸爛之前一模一樣的樣子，分毫不差。

我有種撞鬼的感覺。

「這樣就可以了。」

謎樣人物拍拍掌，「謝謝您的協助，時間好像也不早了，您要不要先回去準備比賽事宜了呢？聽說今日好像是第三次比賽的出發日。」

不是好像，是眞的要出發。

「那個，謝謝你！」我連忙朝那個不明人士鞠了躬感謝他幫我修砸爛的教室，然後匆匆忙忙地跑出教室。

跑了三步之後我才想起一件事情。

那個人是誰啊？

※

「如果沒有錯的話，你遇到的應該是校舍管理人之一。」

大清早等我折回宿舍之時，學長已經清醒坐在一樓大廳喝他的咖啡，然後看著可能是報紙的東西，一看見我入門，就放下手上的飲料、報紙。

偷偷瞄了眼，我只覺得那個疑似報紙上的內容都應該打上馬賽克。

然後在我將剛剛碰上的事情告訴他之後，他滿肯定地這樣回答我。

「校舍管理人？」校工嗎？可是我還是第一次看見校工長這樣，在我印象裡，校工應該長得要像萊恩那種的比較對吧。

是說，我知道有宿舍管理人，管理著整座學院宿舍的精靈賽塔是總管理者，聽說下面還有幾個可以使喚的部門的樣子，與會計部夏卡斯一樣的位置。我想，就名字上看起來該不會也是跟那種差不多的吧？

「不是校工！」學長不知道從哪裡拿出橡皮筋射我，幸虧我已經很熟練了，險險地躲開，橡皮筋落在地上無聲地陣亡。「他們是整座學院中所有校舍的管理人，管理者一共有三個部門，分別有三名主事者，你遇到的是其中一個。」

校舍管理人啊……是說，我們校舍到底有多少？這些到今日都還是一個無解的謎。因爲聽說我們學校不只高中部，從小孩到大人都有，可是到目前爲止我也只看過高中部的校舍，其他的都沒見過。

「校舍管理人一共有三個人，帝、后、臣。」

三個人我知道了……等等，剛剛那個是什麼，「你剛剛說的是誰的名字？」怎麼聽起來好像某種商品？

紅眼瞪過來，「全部都說了。」

「欸？」全部嗎？眞的全部都說了嗎？爲什麼我好像沒有聽到三個人的感覺，學長你說話好快喔，整個都神速了起來。

「帝、后、臣，全部三個人，一個人一個字。」學長很難得好心地強調給我聽，只是我知道他好心應該沒第二次了，他臉上已經變成再沒聽見就會踹飛我的表情。

「原來是三個單名，那我早上遇到的……」銀紫色的長毛應該很少見吧？那個滿特別的，至少我還沒看過那種毛色，連學長都是白銀毛一撮紅。說到一撮紅，有時候因爲光影的關係，還會錯覺學長的頭髮有點粉紅，整個馬上夢幻到不行。

啪一聲，我的後腦馬上被報紙砸下去。

「銀紫色的話就是帝，他平常很少出現，看到他的機會很難得，算你幸運吧。」把手上疑似報紙的東西整理整理，還順手摺疊好放回公用櫃，學長才站起身，「平常校舍問題全部都是后和臣一手打理的，除非重大事故或者他心情好想出來逛逛，否則帝是不會主動出現。」

很少出現？

可是早上我遇到他的時候，怎麼有一種這個人應該是「吃飽閒閒到處逛街」的那個感覺啊。

「管他有沒有吃飽太閒，你不是還沒盥洗！快給我去做準備，接下來會整整好幾天都待在湖之鎮裡面，你的行李是整理好沒有！還敢在這邊跟我閒話家常！」我連注意都沒注意到，不知道什麼時候已經繞到我身後的學長往我屁股踹下去，害我整個人狼狽地往前摔，跑了幾步才站穩。

「再過不久就滿一個月了，你在出門之前記得把光影村的祭品放好，不然到時候被斷電，你就後悔莫及了！」

光影村……

我記得我好像怕自己忘記放祭品，所以從那天以後就把餅乾放在那張紙上面，等他們時間到自己來收了，所以那個應該是沒問題。

拖著腳爬上樓去，我開始想有沒有什麼東西沒帶。換洗衣物、乾糧、水、衛生紙什麼的我在前一天晚上都準備好了，另外就是那些爆符、風符基本符咒也都塞得差不多，所以好像也沒什麼好準備的了。

走回房間拿盥洗臉盆之後，我突然想起來另外一件事情。如果我們學校兩隊都在湖之鎮的話，千冬歲和萊恩也一樣都會在那邊碰到囉？

就在我想這件事情的同時，那支萬年不響的手機突然爆出很大的聲音，害我嚇了一大跳，以爲手機哪邊故障了。

「漾漾嗎？」接起來的手機那端傳來很久不見的某人問話。

「千冬歲？」說眞的，對於他會打電話過來，我有一種驚訝到見鬼的感覺，我一直以爲他應該是那種會飛鴿還是飛箭傳書的人。

「嗯，等等出發前我們會先在你們的休息室集合，你應該會過去吧？」

去我們的休息室集合？這不是應該要跟學長說嗎？還是他沒有學長的電話才打給我啊？

「會啊，有事嗎？」

「沒有，說一下，我怕你不去。」

我不去？

啊，是說我眞的稍微不太想去，與其說不想，倒不如說不敢。因爲一進去那個奇怪的鎭也不知道會發生什麼事情，尤其是安地爾那個變臉人也會跟著一起去，隱約總覺得這次的湖之鎭之行好像會發生什麼大事情……

我覺得很恐怖。

被千冬歲這麼一提，我終於想起來我應該極度害怕才對。

「那個……其實你不用太擔心，我跟萊恩會和你一起行動，另外鎭裡面會有醫療班據點，所以不會發生什麼事情。」千冬歲講話的語氣有點怪。

然後，他想告訴我什麼？去湖之鎭不會出事嗎？

不知道爲什麼，我突然有心情笑出來了。

「你笑屁啊！」很顯然地，電話另一端的同學也有聽到，口氣馬上變得很臭。

「沒有啦，你繼續。」難怪千冬歲要用電話講，我終於明白了。

「沒繼續了！你不要遲到了！」

不用半秒，電話立即被掛斷線，一點聲音也沒有了。

其實，沒問題的，一定沒問題的。

我放下手機，哼著歌往學長的房間走去。

因爲不是只有我一個人。

第十話　缺少的隊友

地點：Atlantis
時間：上午七點四十分

稍微和學長在大廳一起吃過宿舍提供的早餐之後，我們到達休息室的時間是七點四十，距離出發還有好一段時間。

夏碎學長已經先行到達，我猜他搞不好一大早六點多就已經到了，因爲進門時他正在看一本厚重的大書，而且已經翻了差不多有一半之多，旁邊擱著一個茶杯，裡面的飲料已經涼透了不曉得有多久了。這讓我突然想到一件事情，其實搞不好剛剛我應該來這邊盥洗才對，因爲這裡也有配備浴室廁所，而且也沒什麼危險性。

失策、眞是失策。

不過話說回來，這樣就不會遇到那個叫作帝的人了。

跟他道別之後就如他說的一樣，手機簡訊傳來一筆不小金額入帳的通知，而且神奇地完全沒有扣到一毛錢。

左右看了一下，五色雞頭還沒到，根據之前的種種情報來推測，他應該是那種最後一秒才會出現的人。

「早。」收下書本，夏碎學長站起身。

我注意到他們今天都已經換了正式袍級衣服，然後帶的行李比往常多一點點……真的只有一點點，就是平常的小背包多一點厚度而已，跟我的大背包比起來像是小巫見大巫了……

該不會只有我一個人帶超多東西吧！

回頭看了一下我的旅行大包，其實裡面佔最多空間的是兩套換洗衣物跟外套，其餘倒都還好，不過體積真的很大。

學長，你們都不用帶換洗衣物嗎？

「蘭德爾還沒來嗎？」無視於我的心聲，四周張望了一下，顯然也知道他們要來的學長隨口問了一句。

「時間應該差不多了。」

就在夏碎學長說了這句話之後，我身後的門馬上出現敲門聲，距離最近的我當然是乖乖地去開了門。不過，門外不是我們原本想的那一票人，而是另一票人——

「漾漾！好久不見！」笑臉神經病雷多衝進來，極度熱情地一把勾住我的肩膀，「聽說你的幻武兵器已經成形了啊，有空也給我們看一下是什麼東西啊！」

後面跟著的是他的雙胞胎兄弟跟老大伊多。

「呃、好。」我想以後可能還很多時間可以讓他看到吐吧。

伊多向學長微微行了個禮，「多日不見，我們返回族裡做些準備事宜，接下來有段時間會在同地處理任務，請多指教了。」

他還是很有禮貌。

「彼此彼此。」學長也回點了一下頭。

雷多在東張西望，「奇怪，西瑞人勒？」

「還沒來。」我拋了句話給他，反正他要找的只有那顆鋼刷頭，一定沒有什麼大事重要事。

「難得我回去族裡時做了個跟他很像的藝術品要送他說。」雷多一臉遺憾地搖搖手上的小盒子，裡面傳出一點點聲響。

藝術品？

聽說妖精都喜歡漂亮的工藝品，看來應該是個很不錯的東西。

「你看，我花了一整天做的。」把盒子遞給我，有一秒我覺得雷多好像搖起尾巴等人誇獎他那種樣子。我看了看那個盒子，雖說是普通木盒子，不過外面刻了一些花紋，整個很樸素優雅，如果在外面手藝店買可能就價值不菲了。

「漾漾，建議你最好不要看。」默不吭聲的雅多突然殺出來這一句話讓我的手震了一下。

我突然有種一秒退避三舍的想法，因爲雅多的警告。

可是礙於雷多的熾熱視線，我還是硬著頭皮慢慢地將盒子打開……

有那麼一秒，我很想將手上的盒子給摔出去。

打開盒子的同時有個很像刺蝟的東西猛然彈出來，如果我不是常常被驚嚇到習慣的話，可能會當場叫出來，因爲那團東西該死地差點打中我的鼻子。從盒子裡面飛出來的東西彈了兩彈，才不動了。我仔細地看了一下，那是一個驚嚇盒……裡面塞著一隻雕工很好的刺蝟，然後刺蝟上面的刺有很多靈異的顏色。

其實我覺得五色雞頭收到的那一瞬間應該會把你揍成肉餅。

「好看吧！這是用西瑞的形象做出來的東西喔。」七月半鴨子雷多完全不知道可能會被殺死地自我陷入陶醉之中。

我無言，默默地把東西還他。我終於知道雅多給我的是善意建議了，因爲現在我有點後悔打開那個盒子，相信雅多一定也跟我一樣經歷過。

你用五色雞頭的形象做出一隻五色刺蝟？

很好，我現在開始懷疑妖精的眼光到底是怎麼一回事了。

「門口那個行李是誰的？」熟悉的聲音傳來，我們紛紛把視線往門邊移，果然進來的是千冬歲一行人，包括庚和萊恩、蘭德爾一共四個。

四個？

我記得他們家應該還有其他隊員吧？應該還有一個紫袍的人才對。

「我的！」雷多聞言立刻跑出去，接著我聽到一個沉重的聲音，然後他拖了一個巨大的行李箱走進來。

一看見他拖進來的東西我馬上呼了口氣。幸好，原來我的行李是算少的那一邊。

「嗯……？你們只有四個人要去？」看來學長也和我有一樣的疑問，直接開口就問領隊的蘭德爾。

「就四個，太多人只會造成麻煩。」蘭德爾回答得很簡單俐落。

學長點點頭，也沒有多問什麼，好像這樣就完全意會了對方的回應。

不過要是說人少的話，伊多他們應該才是最少人的吧？他們學院好像連候補也沒有，就剛好三個人，感覺頗貧乏。而且這三個還是臨時換過來的，本來的代表隊還有紫袍，可是被剝奪袍級了，在這次大會眞的是相當不利。

夏碎學長跟千冬歲還是一句話也沒說，兩人各站一邊，其中千冬歲不知道跟萊恩低聲在說什麼，討論了好一陣子。夏碎學長見沒有特別的事情就坐回去翻剛剛的書本。

我隨便找了個位子坐下來，室內塞了一堆人在各自講事情，感覺挺熱鬧的，整個就很像那種旅行團要出遊等遊覽車的那種畫面。

還滿新鮮的。

大約在要出發到會場的前五分鐘，五色雞頭才從外面悠悠哉哉地晃進來，手上還抱著一個炸雞桶，讓我們完全明白他剛剛到哪邊去了。

「哈囉，要出發了沒？」他叼著根骨頭，喀喳喀喳地咬著。

「差不多了。」看了下時間，學長點點頭，原本還在討論的幾人立即停下來，然後拿了準備好的背包往身上放。

「西瑞～～」

雷多看見他的目標物出現，非常興奮地跑過去。

我大概已經預料到他的下場會怎樣了。

就在五色雞頭接過盒子打開的那一瞬間，久違的獸爪重出江湖！

「去死吧渾蛋！」

有個笨蛋被打掛在牆上。

※

最後一次出發聚集地還是在那個大會場上面。

不知道為什麼，我看了一下覺得今天的人好像比較多，整個觀眾席被擠到超級爆滿，連之前會出現的路邊攤都消失了，到處站滿了不同學院的人。

「各位觀眾久等了！今天是最終比賽前的出發大集合，讓我們看看場面上十支隊伍全齊的場面，各學院挑選的高手們再次群聚於此地！眼前就是最高警戒區的兩種任務等待著他們破解，最終賽程開始之後，大會將派出各定點追蹤儀器將影像回傳到此地播放，各位觀眾們也可以即時知曉遠程任務的狀況，請隨時期待！」高飛的播報員一如往常高聲亢奮地說著，四周立即響起觀眾

巨大的聲響，大多是叫著自家學院的名字或選手的名字，一時之間整個場地都轟然起來，地面在震動、天空不斷迴盪著聲音。

「最終賽程，我們將十支隊伍拆成兩路，每邊各有五支隊伍分別進行不同的賽程任務，這其中充滿了許多未知的危險，即將考驗著各位選手的能力。」待觀眾區安靜一些之後，播報員又開始重新解說，「第一區域黑柳嶺，超過數十位袍級統一認定的高危險地區。黑柳嶺中充斥著許多毒氣與異世界生物，一踏入此地即會遭到各種攻擊；而傳說在其中有一項古代寶物能夠鎮守黑柳嶺的邪氣，本次比賽第一區選手們的任務就是尋找出古代抑制邪物的寶物，重新將黑柳嶺封印起來。切勿小看此任務，至今已經有數位袍級高手在此地喪命。本次任務可以合作也可以單獨處理，我們將派出三組醫療班隨時候命，大會方面會絕對提供協助。」

「第二區域湖之鎮，相信應該很多人不曉得此處爲何會被標爲危險區域。約莫在數週前，湖之鎮開始了『消失』，短短一晚全鎮人消失無形，動用了數位高手毫無所獲，消失的人之中包括了駐鎮的袍級數人以及先後派出探查的袍級全都杳無音訊，情報沒有、處理方式沒有，只能等待本次隊伍們能夠解開這消失之謎。就分析來說，危險性能夠與黑柳嶺並齊、甚至偏高。任務與第一線相同可以合作也可以單獨解開，我們將派出三組醫療班隨時候命，若有任何需求或者是最新情報，大會方面會絕對提供。」

播報員用很快的方式將兩個地點大略介紹了一下，四周又響起了低低的討論聲。

我偷偷瞄了一眼學長，他看起來好像很專心在聽播報員說話，不過也很有可能自己在發呆。

然後，紅眼轉過來衝著我露出殺氣一瞪。

不好意思，我說錯話了。

小心翼翼地看了一下，我發現東張西望的好像不只我一個。隨著播報員開始短暫的安全講解，有幾個人已經不耐煩地在亂看，尤其是排在前面的五色雞頭最明顯。

就在我想再次專注聽播報員說話時，有種冰冷的感覺從後面傳來，我整個人馬上起了雞皮疙瘩。

有人在看我，而且是用某種恐怖的眼神在看我。

雖然我很不想轉頭，不過有一種叫作該死好奇心的東西戰勝了理智，我幾乎是下意識地回過頭，然後對上不遠處另外一個人的視線。

那個變臉人用一種很像蛇在盯青蛙的眼神在看我。被我抓包之後，他更囂張地露出冷冷的笑容，完全連點閃避的動作也沒有，接著伸出手指輕輕在自己的脖子一畫，標準切頭姿勢。

……

媽啊……我不應該看的。

我從腳底冷到頭頂、全身都發麻，整個人僵硬地慢慢轉回頭。

俗話說好奇心會讓你死無全屍，我又重新體會了一遍。然後我發現我可能是一個不太會記取教訓的笨蛋，因爲我大概已經體會了無數次了，不過每次還是腦賤地去看，自己才跟著被嚇得半死。

「漾漾，怎麼了？」並肩站在我旁邊的萊恩好心地發出小聲疑問，接著後面的千冬歲也聽見，投來關懷的注目。

「沒、沒事。」我小聲地回答他。

不然我應該說後面有個變態變臉人正在發出邪惡氣息嗎？

「別緊張。」萊恩好心地拍拍我的肩膀。

不，我很緊張，尤其是剛剛看見安地爾之後，我連寒毛都豎起來了。

「好的，解說完畢之後，我們不再佔用各位選手的時間，場上即將把各位傳送到不同地點，請各位選手不要走錯喔！」播報員一結束她的話，大會場上一左一右出現了兩個大型立起來的陣法，一個是金色一個是銀色，然後陣法的開口那一端是傳說中看不見終點的黑洞。

周圍立即響起巨大的鼓掌聲，然後觀眾們的加油聲再度震動了整個大場地。

嗯，出發了。

「褚，不要走失了。」學長轉過來，然後一把拖住我的領子往銀色大陣那邊走去，旁邊的夏碎學長立即跟上。

「走了走了！」五色雞頭發出終於解放的大歡呼，第一個往傳送陣法衝，一下子就不見人影了。那個感覺就好像某種小學生要去郊遊，一下車的那瞬間就直直往前向著太陽奔跑一樣。

「眞是羨慕笨蛋。」拿下眼鏡，千冬歲整理了紅袍、戴上面具與萊恩並肩走過去，「希望他最好出口不要有個什麼，不然死第一個就很好笑了。」

呃、應該不會有什麼吧……應該是……

我看著越來越大的陣法就在眼前，踏入的最後一秒我用力閉上眼睛。有一股淡淡的清風拂過臉頰，整個人都輕鬆了起來。

「褚同學，加油喔。」

最後那一秒，我好像聽到某人在跟我講話，然後立即被其他人的聲音取代。

於是，我們出發了。

最終任務賽程，湖之鎮就在眼前。

※

加油。

不會有事情的。

有個聲音好像在我的腦袋裡面迴盪，輕柔的、像唱歌。

其實我發現，好像經常有奇怪的聲音在我身邊，然後我永遠也找不出來那些聲音是怎麼來的，就好像他們本來應該就是在那裡一樣，讓人匪夷所思。

「漾漾！」

就在恍神時，猛然旁邊有人用力地一把抓住我的肩膀，我整個人馬上回過神，嚇了一大跳，「怎麼了？」我看見有張臉直接在我面前放大，貼得有點近，害我不敢太用力呼吸。

瞇著淡褐色的眼靠近我盯著看了半晌的雅多放開手，「沒事。」

沒事？

我突然有種他可能覺得解釋太麻煩所以直接略過的感覺。

等等！站在我旁邊的是雅多？

我記得剛剛站在旁邊的應該是學長，而且他還拎著我的領子不是嗎？

「人好像散了。」被雅多這樣一說，我才發現四周眞的沒有其他人。眼前，我所看見的是和之前立體投影一樣的地方，一個像是國外驚悚片常常會出現的小鎭。唯一不同的就是它現在眞實地出現在我的身邊，不是前兩天看的那種縮小場景。

一陣風吹過，地上滾開了一些小垃圾，整個呈現很蕭索的感覺。

「爲什麼其他人會散掉？」張望著四周，我連忙追問本來話就不多的雅多。基本上，每種驚悚片一定一開始都會設定只有一個或兩個人，接著被鬼還是爬屍追到死，這個定律大家都知道。所以按照爛到不能再爛的設定來說，我應該隨時小心有什麼屍體殺出來……

雅多看了我一下，沉默了三秒，像是在思考要怎麼簡單解釋，然後才開口，「有人在大型空間轉移時出手干擾，造成空間波動，所以各自傳到不同地方。」

誰出手我心裡有底……

應該只有那個變臉人，百分之八百絕對是他，連想都不用想。

「那為什麼我會跟你傳在一起？」我看著旁邊的雅多，再怎麼說應該要傳也是跟學長傳在一起吧？而且我印象中在轉移時候雅多明明和我離了有好一段距離才對。

雅多看了我半天，慢慢地啓唇：「……誰知道。」

好答案。

「那我們要先找到其他的人對吧？」我看著面無表情的雅多，有種是不是應該自己先自力救濟的想法，「湖之鎭好像滿大的，不先找到其他人，萬一有事情的話就慘了。」

雅多點點頭，算是同意，「先找最簡單的吧。」然後，他抬起左手掌，「劃一刀就會找到一個人了。」

「啊？」

劃一刀？

眼前的雅多繼續面無表情，然後從隨身背包裡面抽出一把有點像匕首的小刀，迅速地在掌心上劃下一道口子，血馬上在我面前噴出來。

我倒退一步。

這位老大……你找人非得用這種震撼手法嗎？還是其實你是被虐狂，要先來個一刀才會精神抖擻？

就在我想跟雅多說我們可以不用這麼汗血勞累找人的同時，驚天動地的吼聲馬上從遠遠的另外一端傳來，而且還挾著最高級的凶猛氣勢——

「雅、多！」

有個笨蛋跑過來了。

按著另外一隻正在噴血的手，不知道怎麼找來的雷多一邊奔跑一邊狂吼，「渾蛋渾蛋渾蛋！跟你說過幾十萬次了不要隨便亂受傷你是聽不懂是不是！我才剛要把地圖拿出來看你就害我噴血！你知不知道血噴到地圖上現在什麼都看不到了！」他揚著另一隻手，上面有張地圖，地圖已經整個血淋淋地糊掉沒辦法辨認。

啊，對喔，聽說這對雙胞胎有無敵感應。

我突然了解剛剛雅多說劃一刀會找到一個人的意思了。

「喔。」雅多一邊拿出藥布包紮，然後隨便應了一個字給他的雙胞胎兄弟。

「喔你的死人頭！」雷多把他手上的藥布啪一聲搶過來，接著才發現我的存在，「漾漾，原來你也在這邊啊？」

我應該沒這麼低存在感吧……

「你只有一個人嗎？」看雷多後面好像沒有別人跟來，我看了一下正在包紮掌心的兩枚雙胞胎然後問道。

「沒有，剛剛跟西瑞在一起，不過他好像沒有跟過來。」雷多也發現後面沒有人跟過來，聳聳肩。

「你跟西瑞在一起？」五色雞頭跟他掉在一起？

「對啊，被沖散時他正在扁我，所以我們兩個掉到兩條街外面那個地方。」雷多比劃了一下大約的位置，就是他剛剛衝過來的方向。

「他在扁你？」你們兩個剛剛究竟在幹什麼！

雷多點點頭，一臉認真地看著我，「剛剛傳送時我想到他好像不喜歡刺蝟，所以我就問他說河豚如何，他就突然出手扁我。」他拉高袍子的袖子，果然手臂上面有幾個瘀青，看起來就是被海扁一頓的樣子。

我覺得你被扁是活該……等等，你被扁？

旁邊的雅多也拉高袖子，果然出現一模一樣的被扁瘀青。「跟你說過幾十萬次不要隨便亂受傷，你聽不懂人話是嗎？」然後，他把剛剛那句話奉還給雷多。

「啊哈哈，意外嘛……」雷多連忙打哈哈地混過去。

「這個鎮上有一個奇怪的感覺，得先找到伊多。」一秒打斷他的話並且回歸正題的雅多從衣服口袋拿出一個白水晶，「嗯……？」他的動作突然停止了。

「追蹤術不管用對吧，我剛剛就試過了。」雷多搖搖頭，然後望了一下周圍，「感覺上有什麼東西在阻攔，可是又查不出來。」

既然白袍都這樣講了，看來依照我們的程度應該很難馬上找到其他人。

「總之，先到處走看看吧，反正來的人這麼多，絕對會碰上面的。」樂觀主義的雷多抱持著船到橋頭自然直的想法。

「嗯。」雅多跟著點點頭。

有那麼一秒，我突然覺得我的前途好像一片黑暗。

應該……沒問題吧。

大概是。

※

眼前頗大的小鎮規模出乎我意料之外。

怎麼說呢……我一直以爲它應該是不大、從頭跑到尾只要十分鐘就夠的那一種，結果我們三個人陸續走了十來分鐘還沒走到那時候影像裡面、白袍正在畫法陣的中心廣場。看來果然看片子時會看不準，自己實際體驗才會知道。

糟糕，該不會這裡也是那種傳說中走不出去的城鎮吧？

依照電玩遊戲定律，我們要找的應該是活口之類的東西，不然就要去找牆啊、門板有沒有什麼遺留下來的血字進行下一關。

……我發現我自己越來越無聊了，妄想到天邊去了。

「照先前的情報來看，湖之鎮在入夜之後就沒辦法繼續行走。」翻著手上記錄線索資訊的本子，感覺上比較沉穩的雅多這樣說著。

「入夜之後沒辦法行走？」這個鎮果然很怪，非常奇怪！

「嗯，入夜之後附近的河流會滿漲，然後湧入鎮中，地上會開始積水，整座城鎮到處都會漲高近一百公分左右的水位，高高看下來就像是大湖泊，所以才叫作湖之鎮。」把手上的本子遞給我，雅多環著手繼續說，「原本這邊在平原時期並不會這樣，不過因爲城鎮過度開發才引起河水逆流。你看，這邊的建築都會挑高處理，而且一樓大部分都是空曠的，就連商家都是建在二樓處。」

被雅多這樣一講，我才注意到這邊建築物樓下的高度眞的都比平常高幾十公分，有的房子開了門、不過裡面什麼也沒有。我還以爲是居民因爲要撤出所以才整理乾淨了，原來是預防水災。

看著手上的本子，有一秒我覺得腦後充滿了黑線。

本子裡面的文字全部都是外星文字，我連一個都看不懂，只好隨便翻了一下還給雅多。

「這樣半夜游泳一定很好玩。」雷多發出沒有人想搭話的結論。

大約五分鐘之後，我們才慢慢地找到影像中顯示的那個大廣場，場上還遺留有那時候畫到一半的陣法，不過可能是因爲曾被水沖刷過，看起來有些模糊。

「這是大型移送陣法沒錯，與情報上的一樣。」雅多和雷多蹲在旁邊研究了好一會兒，點點頭，「只差一點點就畫完了，看來那時候一定很緊急、突然到完全沒有防備。」

「這裡也有打包好的行李，可是好像泡過水又曝曬，已經有點壞了。」注意到旁邊一堆一堆已經看不出原本顏色的髒包袱，雷多這樣說著，「可見來得很突然。」

被他們這樣說，我又想起來那片白霧之後人就消失的事情。

是說……不會連我們都遇到吧……

我突然有種極度毛骨悚然的感覺。像這樣消失的話，應該連醫療班都無能爲力了吧。

就在他們繼續勘查四周時，我無聊在附近稍微晃了一下，有那麼一瞬間，好像有某個很像影子的東西消失在我眼角。

有人嗎？

我轉過去看剛剛那個疑似晃動的地方，看見了一間大房子，空蕩的一樓是敞開的，二樓外面吊著牌子，就算看不懂字也知道應該是賣什麼東西的店。

剛剛有個影子從二樓的窗戶那邊晃過去，因爲晃太快了，所以我也沒有很仔細看清楚那到底是什麼東西。

依照慣例來講，現在恐怖遊戲的角色應該追過去看，然後在裡面發現了某某某線索，這樣遊戲才可以進行下一關。

「雅多，我去一下那邊喔？」那兩個人好像在研究附近到處都有的小陣，我不好意思拉一個陪我過去，不過只是去看一下而已，應該不會有事吧？

而且，現在可以使用米納斯，我想應該稍微可以……自己行動一下。

「要陪你過去嗎？」雅多抬起頭，放下手邊的東西要跟上來。

「不用了，又不是小孩子。」而且，好像他們越跟，我就會越有一種自己什麼都做不好的感覺。

雅多停下腳步，「那你自己小心，有事情馬上叫，我們會立刻過去。」

我點點頭，然後用力深呼吸一下，就硬著頭皮往那棟建築物走進去。既然都已經說要去了，就不可以退縮。

雖然我很想一秒尖叫逃走。

走入建築物一樓，裡面整個都是黑暗的，外面的陽光照不進來，風穿過窗戶在室內吹出靈異的呼呼聲響，讓我更想向後轉回到人間了。嗯，這個時候要放輕鬆、放輕鬆……

看了一下，屋子旁邊有個大樓梯，踏上一步，腳步聲立即在空蕩的空間裡面迴響，我繼續硬著發麻的頭皮沿著樓梯往上走，上面就光亮很多了。一上到二樓，第一個看見的就是一個很像大雜貨店的地方，樓梯口不遠處有收銀台，後面就是擺放一些日常用具，還有飲料、餅乾和調味料、廚房用品什麼的。

這裡是鎮上雜貨店，在入口處我看見了像是價錢的牌子，上面還有一些日期用紅筆圈上。

「那個……有人在嗎？」我貼在樓梯旁邊小聲地喊了一下，如果真的衝出來什麼我才可以在第一時間逃命。「喲呵，有人在家嗎？」

四周除了我自己的回音以外一點聲音也沒有，窗戶外面傳來了風聲，聽起來真的有恐怖片裡要冒出東西的眞實感覺。

我想我應該找個什麼東西來壯膽。

有那麼一瞬間我想到了下面的雷多跟雅多。

可是我又覺得，我不應該下去再找他們上來，畢竟這裡什麼也沒有。那其他的……

米納斯？不行，她上次已經說過沒事情不要隨便讓她靈體現身。

老頭公？

不要，他出來會讓這裡更像鬼屋。

而鬼娃都是自己來的，我根本不知道怎樣找他。

想了一下，好像沒有啥可以馬上出現陪我的，我只好用力再深呼吸一次，提起渺小到像米一樣大的勇氣離開樓梯邊，小心翼翼地往裡面走。

其實說眞的，這家雜貨店一點也不大，兩圈就可以把裡面都繞完，算是家庭式的小店。擺放在盡頭的飲料櫃和小冷凍櫃還在運轉，就好像老闆還在這邊一樣，隨時都可以將物品販賣出去。

基於好奇心，我打開了小冷凍櫃，裡面擺放了冰品和一些有的沒有的，因爲沒人除霜，所以裡面積了一層厚厚的冰霜。吸引我目光的不是冰霜，是冰霜下面有個紅紅的東西，因爲冷藏，所以一直沒有改變顏色。

呃……不會是我想的那個東西吧……

我看了一下，在販賣區找了一把新的鉗子出來，然後用力地打破那層厚厚的冰霜，果然下面黏了一層薄薄的……血。

跟我老媽冷凍那些魚肉都會有的東西一樣，就是血，而且靠近聞還有淡淡的腥味。

我想這個應該不會是……咳咳……人血吧……畢竟怎麼可能隨便一家雜貨店冷凍庫會有莫名其妙的人血，又不是被冰箱咬到說；我看有可能是魚血啊豬血啊之類的，東西沒裝好都會流出來是正常的啊。

就在我如此天眞地想著的同時，旁邊的冰霜因爲也裂掉，喀地一聲自動碎開，然後我看見不該看的東西出現在我眼前。

……

一截人的手指，因爲冷凍的關係，看起來還頗像惡作劇玩具。

應該沒有人會把惡作劇玩具放冷凍吧……

我很冷靜地關上冷凍櫃，然後開始往後走。

這個地方果然有什麼東西！

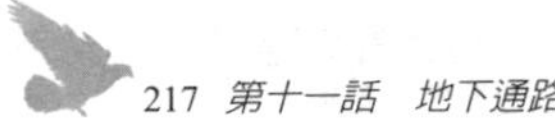

第十一話　地下通路

地點：湖之鎮
時間：上午十點

「褚！」

「哇啊啊啊啊啊啊啊啊啊啊——」

有鬼有鬼有鬼有鬼！這地方有鬼！

「閉嘴！」突然有個很熟悉的巴掌一巴往我後腦勺打下去。

眼花之後我立刻回過神，接著熱淚盈眶，有種看到救星降臨的感覺一秒撲過去，「學長……」我這輩子第一次這麼感動。

「吵死了。」皺著眉、不知道爲什麼會出現在雜貨店的學長一把推開我，冷淡得完全沒有什麼正常人應該有的重逢後感動。「你來這裡幹什麼？」

你不是也來這裡了？

紅眼瞪了我一下，「因爲太近了聽到你吵人的聲音，我才找過來的。」

喔喔！無線雷達眞好用！

我突然有種被偷窺心聲是種好事的感覺，如果不要常常被打的話。「那個，我剛剛好像看到有影子晃過去才上來，本來我跟雅多他們在一起，他們在下面觀察地面。」

「雅多他們在下面？」學長瞇起眼睛，用一種懷疑的表情看我，「我來的時候，外面什麼人都沒有。」

耶？

我連忙衝到窗戶旁邊，果然左看右看，一個人都沒有，剛剛明明還在研究小陣法的雅多、雷多完全不見蹤影。「怎麼會這樣？」

消失了？

「這地方有問題，追蹤術全部不能使用，有心人幾乎是把這座城鎮與世隔絕了，看來會很有趣。」學長打開了剛剛的冷凍櫃，從裡面拿出那根手指，「跟我想的一樣，這個鎮裡面的人應該已經全部死光了。」

光看一根手指你就知道？太神了吧？

把手指丟回去冷凍櫃然後關起來，學長一把抓住我的領子往旁邊向上的樓梯走去，「不要走丟。」

他把四個字丟給我，我立即就跟緊不敢漏掉一步。

不知道為啥，看到學長過來我好像放心很多，就連雅多、雷多不見我都有種應該可以解決的感覺，而且這個地方好像也沒剛剛那麼陰森了。

或許這就是程度上的不同吧。

整棟屋子就只有一條樓梯貫穿，我們爬上樓梯到一半時中間有道門鎖起來，應該是為了與店面隔開的居家門，旁邊還有幾雙鞋子擺放，幾雙大鞋是不同的幾人所有，看起來應該是有人在上面的感覺。

「開！」學長手按在鎖上，不用一秒就把鎖起來的門給震開。一種奇異的空蕩氣味馬上迎面撲來。

是說，這個好像叫作入侵民宅……

「少囉唆。」橫瞪了我一眼，學長繼續拖著我往上走。可能是因為居家的關係，樓上感覺又比二樓微暗了一些。上樓之後看見的是間客廳，一個人都沒有的普通家庭小客廳，窗簾緊閉著，剛剛的味道就是這種緊窒的空氣。

放開手，接著學長走過去將窗簾全部打開，整個室內馬上明亮了起來。「裡面沒有人的氣息，看來什麼都沒留下了。」他左右看了一下，瞥過放在桌上的簡單行李，沒多說些什麼。

我看了一下，客廳之後有廚房與兩扇房間門，再來往上的樓梯就變小了，明顯是倉庫或者閣樓一類的地方。

好像沒有恐怖片那種牆上、門上有血字的跡象耶……這樣要怎麼找線索通往下一關啊？

陸續又打開房間和廚房、廁所，學長轉了一圈回來仍然什麼收穫也沒有。「再往上看看吧。」他看著上面的小門，一點也不怕地就往上走。

通常驚悚片有鬼出來都在閣樓……

我硬著頭皮連忙跟上去。

上面的小門沒有上鎖，學長輕輕一推就開了。裡面整個都是陰暗的，擺滿了雜物還有箱子，箱子上面有一些圖示，大概是雜貨店補貨用的備品。

有一種味道、一種很臭的味道。

「好像有什麼爛掉……」我捂著鼻子，那個味道有點噁心，害我差點吐出來。

學長彈了一下手指，整間閣樓立即大亮了起來。「那個吧。」他抬了抬下巴，跟著看過去，我看到盡頭比較空的地方有隻已經爛掉不知道多久的死老鼠。

「噁……」我想吐。

「眞有趣，死物沒有長蛆蟲，就這樣慢慢腐爛。」靠在旁邊的雜物上，學長踢了一下那個爛到連骨頭都看得見的老鼠屍體，臭味馬上更濃。被他這樣一說，我才注意到老鼠上面眞的什麼蟲啊、蛆啊都沒有，就是靜靜地在這裡爛掉。

一般倉庫、尤其還有放零食儲備品的地方不是很容易長蟲長螞蟻什麼的嗎？

「大概是……」

正想說什麼的學長突然被一個聲音打斷。

樓下猛然出現了一個譁然的歡呼聲音，接著沙沙了幾聲，又有動物的聲響傳來，聲音很大，完全無法忽視。

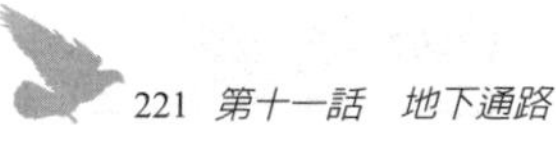

轉身離開倉庫，學長沉著一張臉跑下樓，我也不敢多待，立刻跟著跑下去。

然後，我愣住了。

有個人悠悠哉哉地坐在客廳沙發上背對著我們，然後拿起遙控器轉開了客廳的電視換選頻道，所有的聲音都是從電視裡面出來的。

居然連學長都沒有察覺有人進來？

聽見了我們的腳步聲，那個人慢慢地按了遙控器按鈕，電視啪地一聲關上。「參觀得還愉快嗎？兩位。」

他轉過頭，是我們完全不想看見的那個人。

變臉的安地爾。

※

爲什麼他會在這裡？

剛剛明明這裡沒有半個人的不是嗎？

這裡又不是什麼旅館飯店，幹嘛大家都要往這邊擠過來，不曉得這樣子根本是私闖民宅、違法的嗎你們這些沒有道德感的人。

我有一種萬事休矣的感覺。

「對了，上次的事情你還沒給我一個答覆喔。」緩緩站起身，已經恢復眞面目的安地爾相當優雅地衝著我就這樣說，「我呢，可是很期待聽見你們的回答。」

我有啊！就說了我不想去還不是回覆嗎？

你是有自行省略不想要聽的話的先天性或者後天性聽力障礙嗎！

學長冷眼看了我一下，接著往前走一步。「你還想再試試腦袋開花的滋味嗎？」接著，勾起了冰冷的笑容，讓人從背脊開始感覺發寒，「這次不是在學校中，沒可能再讓你復活。」

「喔，的確，被王族兵器打到的感覺挺痛的，讓人懷念，畢竟我也已經很久沒有受過重創了。」安地爾微笑地揉揉腦袋，暗藍色的長髮也跟著起伏波動，藍色帶著略微金光的銳利眼神直盯著我，「不過，那種程度還不至於置我於死地，尤其是使用的人搖擺不定，威力可是會大打折扣。」

搖擺不定？說我嗎？

的確啦，我眞的好像就是常常會搖擺不定……畢竟我只是個很平凡的人，不像學長他們那麼高強……有很多時候我連要做什麼都不懂……

「褚，不要跟他的話起舞。」冷冷的聲音從我頭上傳來，突然把我從思考裡驚醒。「鬼王第一高手安地爾最擅長的就是動搖人心，接著趁虛而入，如果你跟著他的話思考就會被他拖下。」

耶？是這樣嗎？

「冰炎閣下，你說錯了。」環著手，靠坐在沙發椅背的安地爾不怒反笑，像是學長說的話完全對他造成不了什麼影響。「這只是我其中拿手的一個項目，另外還有很多種你們想也想不到的，若是有興趣，可以另擇一日切磋切磋。」

「免了，我對跟毒蟲打交道沒有興趣。」學長皺起眉，氣勢凌人地回敬了一句。

基本上，我覺得我眼前好像在上演毒蟲和毒蛇的對決，兩方恐怖得讓這間鬼屋已經不像鬼屋，反而像隨時會瓦斯氣爆的案發現場。

啪一聲，我的後腦被砸了一拳，我眼前馬上出現金光閃閃的小星星，有幾秒沒聽到他們在對話些啥。

當我回過神時，他們已經對了兩、三句話過去了。

「總之，奉鬼王的命令，我必須將他帶走。」安地爾的表情還是笑笑的，不過已經逐漸開始給人不明的壓迫感，連站在旁邊的我都感覺到一股沉重的壓力，冷汗不停在背後淌下。「你也很明白現在你還對付不了我。無殿出來的人都很厲害，但是如果不是三位者親自出馬，光你一人我可以告訴你，你只有百分之十的勝算。」

學長也冷笑著回看他，「你也知道我是無殿出身者，那、你認為我當真對付不了你嗎？」

我有種世紀之戰即將開打的感覺，瞄好逃生路徑，苗頭如果不對先拉了學長逃跑再說。

「我認爲你必定還沒將實力完整展現。」非常肯定，像是老早就捉摸到對方底細一般，安地爾站起身，走了兩步往前，就站在學長面前不遠微微瞇起了眼，「若不是我的第一要務是將他帶回去，對於冰炎閣下您的出身我也很有興趣，最好的方式就是兩位都與我一同去面見鬼王，否則動手勞累也是種麻煩。」

「不可能。」

就在氣氛冷凝的那一瞬間，我看見有個黑色的東西畫出一條線，然後就停在學長的眼前。靜止之後，我才看清楚那是安地爾的黑針。

不閃不避，甚至連眼睛也沒眨一下，學長直直地看著眼前的鬼王高手，黑色的針在他的眼睛上映出了影子，「你別忘記了，這是一場比賽，我身上有著即時影像回報物品，你若動手，我便會立刻發出最高警戒，到時候這地方出現的會是更多黑袍高手，你有把握順利離開嗎？」

果然，安地爾收回了黑針。「我是沒把握，那就算了，反正機會不差這一次。」他聳聳肩，馬上就放棄，「不過，兩位我都不會放棄，可小心千萬別落單了啊。」然後他才轉過身，轉爲滕覺的外貌，緩緩往樓下離去。

就在安地爾離開的同時，我突然整個人有種虛脫的感覺，腳一軟就直接跌坐在地上。剛剛還沒有發現，現在整個人一放鬆才知道自己抖得亂七八糟。

很難得的，學長沒有再補我一腳讓我滾到旁邊去。

「褚，這個拿去。」他從大衣口袋裡拿了顆圓圓大約直徑五公分左右的小球給我，那是一個看起來像是玩具眼睛的小球，上面有一個我看不懂的字。「在湖之鎮的時候，無論如何都不能落單，除了我們自己人之外，就算是遇到七陵學院的人也要死跟著不放，如果有個萬一什麼的，就朝球上的字用力掐下去，懂嗎？」

我連忙把球收起來，「懂了懂了。」總之大概又是我的保命符之類的東西，有鑑於剛剛才被威脅過，這次我一點都不懷疑眼球的用途。

稍後，等腳比較不會抖之後我從地上爬起來，然後等了有一陣子的學長立即轉頭往樓下走去。快步跟上後，我們通過二樓雜貨店，很快地就走出房子。

一下樓，剛剛某兩個我以為可能已經追加進消失名單的人正在不遠處向我招手。

「漾漾、冰炎殿下，我們找到有趣的東西！」

※

雅多和雷多在不遠處跟我們揮手。

我大概是第一次這麼高興看見他們，馬上拔腿狂奔過去。「你們兩個沒事嗎？」我還以為他們這次掛定了！

「沒事？」雷多用一臉問號看我，完全不曉得為什麼我會突然這樣問的感覺，「有發生什麼事情嗎？看你怎麼緊張成這樣。」他直接伸出手指戳我額頭，馬上就被我拍掉。

「你們剛剛去哪了？」轉頭直接詢問雅多，學長難得疑惑地問著。

雅多指指地上，我們目前站著的地方有個排水道，不遠處有個地下水溝的蓋子。「下面，因為下面有風聲，所以沿著排水道往下找看看有什麼東西，結果發現有通路。」他走過去，一把將水溝蓋拉起來放在旁邊，底下是暗黑無比、看了就完全不想下去的那種地方。

「通路？」彎身看著排水道，學長思索了半晌。

「對啊，所以我剛剛就和雅多下去走了一陣子，發現那條路還挺長的，怕漾漾出事所以就折返了。」雷多點點頭。

基本上，我剛剛才出完事，要是沒有跟著學長的話，大概現在就已經再見掰掰了。

「你在那邊有什麼問題嗎？」雅多靠過來，把我左右看了一圈，這樣問著。

呃……被變臉妖怪警告算不算，「我想，應該沒什麼特別的……問題吧。」我不曉得要怎麼跟雅多解釋起，他們知道有變臉人是一回事，實際狀況又是一回事，我想還是不要太麻煩別人比較好。

雅多又看了我一會兒，然後點點頭，「嗯。」

看著排水道，站在一旁的學長又思考了半晌，「底下應該有什麼東西，看來這個排水道應該頗長，在還沒找到其他人之前先不要輕舉妄動……」

話還沒說完，遠遠的地方先傳來一個轟然巨響。

看來已經有別人開始輕舉妄動了……

「有人在那個方向。」相互點了下頭，瞬間學長與雅多立即就消失在我們眼前。

喂喂……不用陣法的話，麻煩也顧慮一下跑不快的人好嗎……我可以承認我自己腿短，麻煩你們也不要那麼有效率好不好。

看著地上掀起的煙塵，我突然有種無力的感覺。

「漾漾，我們慢慢走過去吧。」顯然是留下來等我的雷多一把拉住我的手，嘿嘿地笑了兩聲。

說眞的，我有種非常不好的感覺。

就在我想掙脫逃逸的下一秒，雷多拉著我，用一種完全不是慢慢走的速度狂奔了起來。

「讓我用走的——！」

我看到四周的風景在倒退！

你根本是在用百里速度競走是吧！這個叫作慢慢走？

我發現我跟雷多的基本認知可能有非常大的差異，他的慢是怎樣，時速一百開始起跳是吧！

在極限競走十幾秒之後，我回過神，雷多一把放開手，我才注意到四周的景色已經全都不同了，好像是變成另外一條街道上，眼前出現了一棟半毀的建築物。凶手還沒逃走，就站在建築物不遠的地方。

最容易辨認的某人，就算他戴著面具，那身特別的紅袍還是明顯得幾乎刺眼。

「千冬歲？」我還以爲他肯定會跟萊恩在一起！不過四周好像沒有別人，除了比我們早到一步的學長和雅多之外。

「發生什麼事了？」學長看了下四周滿目瘡痍，然後沉穩地問。

千冬歲拿下面具，他的手上還有幾張黑色的符紙，顯然剛剛就是拿這些東西炸了別人的鎮上建築，而且還一點悔意什麼的都沒有。「原本我想使用雪野家的追蹤術，不過在發動同時突然被不明的生物攻擊，在反擊同時，他竄逃進入建築物裡面才誤毀了些房子。」很快地將自己的狀況描述一遍，然後他才收起手上的東西。

「被什麼攻擊？」雷多連忙隨後追問。

「不曉得，感覺像是霧，不過有實體，在炸毀屋舍時往地下排水道逃走了。」千冬歲拍去了面具上的細小灰塵，然後指指旁邊那個和我們剛剛看見的很像的排水道。「那個霧有些像湖之鎮短暫影像裡面拍攝到的東西，不過顏色不太一樣，我遇到的是米黃色，不是白色。」

米黃色？

不會是發霉了吧……哈哈……

學長轉頭過來狠瞪了我一眼。

不好意思，你們請繼續。

「我們剛剛也懷疑排水道有問題，看來必定得下去一趟探查。」踢開排水道的蓋子，匡啷的聲音不久就平息下來，學長看著下面漆黑一片，然後轉回過頭，「你們繼續去找其他人，我先下去探查。」

這樣會不會太危險？

下面有黃霧耶！

「學長，還是等其他人吧？」千冬歲第一個阻止，非常反對地表態：「現在下面的狀況完全不明，就算是情報班也不會如此草率。」

「不然我們跟你一起下去？」雷多和雅多搶著要跟。

你們兩個是搶著下去湊熱鬧的嗎？我有種直覺這兩個人、尤其是雷多跟下去，一定會發生很多意料之外的事情。

「不用了，探查還難不倒我。」學長立即拒絕，另兩人馬上一臉失望，「千冬歲，你剛剛是打算使用追蹤術時被攻擊？」

「是的，才剛發動就被攻擊了。」一臉莫名其妙，千冬歲聳聳肩。

「你再試一次看看。」像是想到什麼，學長開口。

「好。」千冬歲彈了一下手指，四周立即出現了青白色的火焰。我記得這個，上回在鬼王塚實習時，千冬歲就是用這個追蹤其他人還附帶地圖的。

接著，他抽出了白符，「降神、歸一咒、西之虎鬼馳奔之路。」話語一畢，白符立即燃起了白色的火焰，就在千冬歲像是要繼續往下唸同時，符上突然發出奇異的聲響，接著白色火焰突然出現好幾個火花，馬上變成黑色的火。

看見這種狀況，千冬歲立即將符紙拋下地面踩熄。「怪了？怎麼會發動失敗？」看著地上的黑色灰燼，他又抬頭看著學長，「剛剛明明還好好的……」

「看來是有人計畫性地阻止我們所有人碰在一起。」肯定地如此說，學長看了一眼那個排水道，「方才我實驗過，包括追蹤術在內，移動陣法、返咒陣法、通聯法術等等全部不能使用，但是一般不相關的法術還稍微可用，另外就是大會的定點報告影像追蹤也還能使用。」

移動陣不能用？

我有種恍然大悟的感覺，難怪剛剛學長他們會用跑的過來。現在想想好像也是，剛剛遇到雷多、後來碰到學長他們都是用走的。

變臉人安地爾不在範圍內。

其實我還懷疑搞不好這個地方會變成這樣根本是他的傑作勒。

「既然如此，也就證明這地方果然有一定的危險性。」千冬歲的表情跟著也變得嚴肅，「越是如此，我們越是要及早找到其他人。」

「千冬歲，如果是你的話，應該能夠很快地找到夏碎，雷多和雅多也能找到伊多，在我下去探查的這段時間裡面，你們儘可能地將人都找齊。記得，千萬不要獨自行動！」一邊仔細愼重地交代其他三人，然後紅眼又轉回來盯我，「尤其是你，褚！」

「我知道。」我非常知道，就算你不用說我也知道。因爲就在不久之前有個就叫作安地爾的變臉人才警告過我，我不會那麼找死地去挑戰他。

「注意那些霧，如果出現了，就快跑。」

學長在最後下去排水道之前，留下了這句話。

※

「好了，現在我們該往哪邊走呢？」

把排水道的蓋子放回去原位，雷多打破所有人的沉默，「天黑之前要先找到人，天黑之後這裡會淹水，比較難行動。」

對喔，湖之鎮晚上會開始淹水。

一想到這件事情，我就覺得我們應該先找看看有沒有登山用品店，搞不好可以弄條橡膠船什麼之類的東西，萬一晚上有啥東西跑出來，才可以立刻逃生。

我想在這種小鎮應該會有，因爲電影不是常常都有演嗎，每當到了最後關頭，總會有些神奇用具出現。人總是要有備無患嘛，就在我想告訴大家要不要先去找條小船之類的時候，那邊已經開始討論了。

「你要怎麼找夏碎？」很快地就問到重點，雅多繼續他一張臭臉問道。

重新戴上面具，千冬歲從面具底下眨了眨眼睛看著他，「血緣關係的找法……你們應該也是一樣吧。」

血緣關係？

我的視線被千冬歲的面具吸引，之前因爲都是遠遠看沒注意，今天才仔細看清楚面具的樣式。感覺很像日本能劇的面具，和夏碎學長的完全相反，夏碎學長的比較偏西方樣式，就像經常在電視上看見的嘉年華的那種面具，感覺陰柔卻又帶著點詭異；千冬歲的就是不折不扣的鬼面具，看起來煞氣騰騰的有點恐怖，尤其在近距離下看，感覺還有點震撼。

我只能說……做面具的師傅手藝太好了，如果在精品店還是什麼紀念館販賣，搞不好一堆人搶著要。

「漾漾，你在發什麼呆？」面具轉過來，底下傳來千冬歲疑問的聲音。

「沒有、沒事。」我連忙嘿嘿地回答，總不能說我在計算你面具可以賣多少銀子吧。

「沒事就好。」從帶來的背包裡面拿出一個銀色的小鈴鐺，千冬歲將東西放在地上，「先從伊多開始找起吧。」然後他退開兩步，讓給旁邊的雙胞胎。

我總覺得他和夏碎學長有種溝通不清的問題，就是現在也很明顯。一般人……我想一般人應該都會先找自己的兄弟吧。

「謝啦。」雷多往前踏一步，旁邊的雙生兄弟也一樣動作，兩人同時伸出手掌將剛剛的藥布扯開，底下有著剛剛畫過一刀因爲藥力而逐漸轉好的淡淡疤痕。雅多俐落地抽出短刀，重新在那條疤上畫了口子，赤紅的血液隨即跟著滴落。

相同的鮮血同時從兩人手上迸流，一點一滴地落在鈴鐺上面。

千冬歲蹲在地面上，用指尖敲著鈴鐺，紅色的印子染上他的手指，然後吟出像是歌謠般的低低聲音，「一滴血是走一步、兩人血是行一路、三落血是踏一處、四分血是跑一目，散布歸人再不歸，鈴鈴叮叮追找回。」

那個鈴鐺震了震，在千冬歲手離開的同時突然打起了圈子，然後圈子越畫越大，拉著地上的

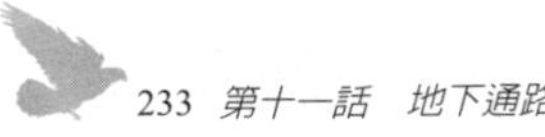

血液開始像畫出什麼東西。

「這也是追蹤術嗎？」我看著地上的鈴鐺畫出斑斑駁駁的東西，好奇地問已經站起身的千冬歲。

他搖搖頭，然後舔去手上的血，「不是，追蹤術都被封鎖了，這個算是預知現形術，也是雪野家的祕傳法術之一，主要都是幫助一些人尋找失散的親人什麼的。現在鈴鐺畫出的地方，就是十分鐘之後伊多會到達的地方。」頓了一下，看著地上逐漸出現的簡圖，千冬歲又轉回看著我，「當然，距離越遠要花的時間也越多，血也要放得越多，不過準確度是絕對準的，不會錯誤、也可以在第一時間找回親人。通常很多客人因爲受不了皮肉痛，寧願選擇比較不用傷己的方法。」

我完全可以理解爲什麼客人會不想用這種方法。如果是我，我也不太想用，光看雷多他們這樣找人就有點頭皮發麻了。

幾秒後，雷多與雅多同時收了手。

地上的圖成形，鈴鐺就躺在地上不動了。

那上面畫著一棟我沒有看過的建築物，不過還算是很有特色，因爲它是座高樓。在這個湖之鎮裡，高樓不多，抬頭就可以算得出來了，尤其是那座高樓底下除了挑空之外，門口還放著一個鷹的石頭雕刻。

「這是莫克大街，離這裡有四條街的距離，現在趕到那邊不用花太多時間。」很快就辨認出地點，這讓我再度對千冬歲的豐富知識感到驚歎。你該不會是在來的前幾晚就已經弄到傳說中的地圖，然後全都背起來了吧？

鬼！你這不是人類的鬼！

「那好，我們馬上出發！」行動力很強的雷多一把拽住我的領子，那種熟悉的動作一秒就讓我膽顫心驚。

等等，你不會又想像剛剛那樣子「帶」我行動吧！

「稍等一會。」拉住雷多的手，雅多從口袋裡拿出一個綠色的水晶。「在這裡做記錄點。」然後，他把水晶丟進去排水道裡頭，用意完全不明。

水晶滾進排水道之後大約發了幾秒的柔光，然後黯淡下來直到完全消失。

「好，可以走了。」

不、等一下，我可不可以自己慢慢走啊!?

就在我想這樣和雷多講的同時，後面的領子馬上被人用力一拖，四周的風景像是人生的跑馬燈一樣在我眼前疾速地消逝。

搞不好……

這次比賽之後，我會得到傳說中的速度恐懼症。

第十二話　白霧、黃霧

地點：湖之鎮
時間：中午十二點十三分

我們找到伊多眞的是在差不多十分鐘左右之後的事，和千冬歲說的一點都不差。跑過幾條街之後，一股砂石的味道飄浮在空氣當中。

莫克大街鷹雕刻的建築物之前，他的腳下躺了滿滿的碎石頭，四周散滿了沙塵，顯然已經做過什麼事情的伊多正在拍著白色的衣襬，看見我們冒出來才站直了身。

「你們……？」他愣了愣，看到千冬歲之後，先浮現一抹瞭然的笑容。

一到定點後，雷多終於鬆了手，我馬上有種頭昏眼花的不好感覺。

「這是什麼東西啊？」在我因爲高速後遺症躲到旁邊水溝去大吐特吐的同時，雷多的聲音就在我附近響起，然後我聽見踢碎石子的聲響，喀喀喀地響個不停。

「石子。」伊多給了他一個相當於廢話的答案。

我吐了一堆酸水之後才站起身，眼前出現了一條手帕，不知道什麼時候走過來的伊多非常親切地遞來一條高級的絲質手帕。

是說，我很感謝你的好意，不過這位老大……

太高級的東西我不敢用啊！

伊多的手懸空了好幾秒，我只好接過來。不知道這個東西要怎麼洗會比較乾淨啊……看起來好像是那種專櫃一條一千元的東西，讓我很猶豫要不要自己找衛生紙出來比較好。

旁邊的千冬歲蹲下身撿起了一顆被打碎的小石翻看了一會兒，「吃人石？」他皺起眉，說出了一個我曾經在漫畫裡面看過的熟悉名字。

「是的，不過看來應該是無人操縱，我剛剛路過時不小心誤觸機關所以被攻擊。」伊多勾起了笑容，給了肯定句，「大概是鎮民遺留下來的物品。」

我看著地上的小石子，碎得到處都是，看起來原本體積好像不小。印象中漫畫裡面有說過吃人石好像是什麼什麼起源，然後會啃人之類的東西。

「應該是安全警衛吧？」抬頭看了一下建築物，千冬歲同意這個說法，「這裡應該是湖之鎮的銀行，會有這種東西是正常的。」

銀行有吃人石是正常的？等等，我有沒有聽錯？

基本上，我覺得這個一點都不正常。

你聽過哪家銀行外面會放吃人石當護衛嗎？沒有吧！真的到處都不會有這種東西吧！

千冬歲四處看了一下，接著從地上撿起了一張燃了一半沒有燒盡的符紙。「伊多。」他的臉色有點沉，翻看了符紙之後才開口，「剛剛是不是還有人跟你在一起。」

他的話是肯定的。

看著那張紙，伊多也勾了微微的笑容，「是的，方才夏碎也和我在一起。」

耶？

我瞪大眼睛，看著千冬歲手上的紙屑。太神了吧！這樣就可以知道誰跟伊多在一起喔？

「那夏碎怎麼不見了啊？」雷多搭在他的兄弟肩上，然後被一把拍開。

「嗯……因爲剛剛吃人石是整群的，夏碎說分兩路引開比較不會造成城鎮二度傷害，所以我們在上個岔路就已經分別走了反方向。」伊多稍稍描述了下給其他人聽，「不過你放心吧，夏碎先生的實力非常強，不會因爲吃人石而受傷的。」或許是看出來千冬歲的神色不對，他隨後補上這段話。

「嗯，我知道。」握緊了手上的符紙，千冬歲應了聲，然後將那半張符收進去背包裡面。

感覺氣氛好像滿尷尬的，尤其是我這個知道點內情的人，整個不自在起來。要在這邊安慰千冬歲好像也怪怪的，所以我還是什麼都不要亂說比較好。

「對了，伊多，我們的行李有掉在你這邊嗎？」雷多打破所有人的沉默，一問就是八竿子打不著的話。

是說，他不講我還沒注意到，他們出發時那個大行李眞的不見了耶……只有剩下每個人隨身的小型包包。

糟糕，如果掉下來砸到人的話，應該不死也半條命了吧？

「沒有，大概是掉在城鎮的某一處吧。」搖搖頭，伊多給了他否定的答案。

「糟糕，裡面裝了糧食跟外宿用具，不見了今晚要怎樣過夜啊！」雷多非常扼腕地說著。

你是在裡面裝了什麼用具啊……

我突然對那一箱東西感到極度好奇。

「這裡物資都還很充裕，暫時住宿應該不成問題。」雅多打斷了他雙胞兄弟的憂慮，很正經地道。

是說，物資真的滿多的，剛剛看到那家商店就知道了。雖然說沒有人，不過大部分東西都很完整地保存下來，幾個人湊合湊合應該還不成問題。

「雅多，你很笨耶！如果那些東西裡面有毒怎麼辦。」揮揮手反對這個意見，雷多撇撇唇，「要吃你自己去吃，毒死活該。」

雅多沉默了一下，像是在思考什麼，接著，用一種很緩慢的速度說出會讓他的雙胞胎兄弟吐血三萬次的話：

「放心，我們會一起死。」

我第一次知道，原來雅多是會搞笑的。

※

離開莫克大街之後，我們沿著街道往市區中心走了好一陣子仍然沒有碰上其他人。

「眞怪，照理來說應該至少會碰上一、兩人……」千冬歲的自言自語剛好是所有人的心中疑問。

沒錯，就算沒碰上人，至少也來點聲音吧。可是從我們剛剛走到現在，啥聲音也沒有。該不會全都消失了吧？

一想到這邊，我就開始覺得有點毛骨悚然。

「這個鎭上的生物好像完全消失了，剛剛一路觀察下來，就連鳥或是昆蟲都沒見到，相當罕見。」搭上了他的話，伊多微微蹙起眉，「在我們所出過的任務當中，還是第一次見過這樣的狀況，情報班方面有類似的記錄嗎？」

千冬歲搖頭，「就像提供給大會的資料一樣，情報班方面所有的也就是這些。」

「感覺還滿神祕的，眞是讓人興奮。」雷多摩拳擦掌像是很期待這次的比賽任務一樣，旁邊的雙生兄弟則是完全不答話。

「雷多，要集體行動。」轉過頭這樣告知自家兄弟，伊多罕見的神情嚴肅不容反駁。

「我知道啦……」搔搔頭，雷多回答著，「你這個應該跟雅多講，每次都是他自己無聲偷跑。」

雅多哼了聲轉開頭。

瞄了一下手錶，時間大約是兩點多左右。

呃……說眞的，我開始覺得有點餓了，而且走很久腳也很痠，不過四周全都是一些非人類的傢伙，完全看不出來有肚餓還是疲倦的樣子，讓我非常不好意思提出休息要求。

「我們先休息一下吧。」

五分鐘之後，有個人說出了解救我兩條腿跟一個肚子的話。

說出那句像是大神降臨解救話的伊多偏著頭看著地上，「看來湖水比我們想像還要快湧入呢。」隨著他的話，所有人都低下頭，不知道什麼時候開始，地上已經開始蔓延著一灘一灘的小水窪；就像是會傳染一樣，開始逐漸地往外擴大。「先探查到這邊吧，接著看看附近有沒有可以落腳的地方；找到之後以落腳地爲據點往外再搜查，水漲高之前要回到原地集合。」他拿出了一塊和雅多拿出的一樣的綠色水晶，然後找到了最近的排水道拋下去。

水晶發了一下亮之後又再度消失不見了。

「我想想……這一帶的話，好像有一間小旅館可以暫住。」腦袋裡面大概充滿路線圖之外還是路線圖的千冬歲指了一個方向，「前面轉角處就是了。」

跟著他的手指看過去，我看見一棟大約五層樓高的房子，房子外面有一塊藍色的招牌，上面看不懂的文字應該就是千冬歲說的旅館之類的地方了。

就在我想問「那個地方眞的安全嗎」的同時，一道拉力突然由後拽住我的領子。

「那麼，就我跟漾漾先去確保住處吧。」完全不顧別人意願的雷多跟某隻該死的雞如出一轍的動作讓我想拍開他，「你們就在四周找看看有沒什麼吃的還是用的東西吧！」

喂喂，我好像沒有說要跟你一起去吧？還有，剛剛不是有某人才說過這邊的東西會被下毒不要吃的嗎，你一秒就轉換態度是怎樣。

「那就這樣決定了，我們在這一帶做出結界，另外就是尋找糧食跟用品。」伊多點點頭，對兵分兩路完全沒有意見，「褚，辛苦你了。」

別人都這麼說了，我還能怎樣。

「那個……不會啦……」其實我真的不怎麼想去，尤其是跟穩定性很差、能與五色雞頭媲美的雷多一起去。不過配合團體分工合作是必要的，就像他們去找東西也很有危險性，相較之下只是確定住處的我們還悠閒多了。

只要住處裡面不要有個叫安地爾的人冒出就完全不危險。

「你們確認地點之後就不要亂跑了，以免安全區被入侵。」千冬歲很慎重地交代著，「我總覺得好像會發生什麼事情……」

喂！不要亂說話！

被他這麼一說，害我也覺得好像會發生什麼事情。

「雷多，有事的話隨時通知。」拍拍兄弟的肩膀，雅多本來就很凝重的表情現在又更凝重了一點。我完全可以體會他的考量，因爲在跟雷多混熟之後，就會發現他少根筋到一種嚇人的地步。

「囉唆，有我在啥事都不會有！」用力勾住我的肩膀，雷多很豪邁地丟了這句話，「漾漾會幫我保證！」

呃……我不敢幫你保證。

「好了，快分頭辦事吧，再折騰下去天就黑了。」看著地上越來越多的水窪，伊多出聲催促了下。

「嗯。」

然後，我們分開兩邊了。

※

千冬歲所指的旅館在雷多的解釋之後，我才知道它叫作湖水旅館。

很詩情畫意又很寫實的名字——被湖水淹掉的旅館。

「看起來應該是沒什麼東西。」雷多第一個走進旅館，旅館內部就和其他住家一樣，一樓是完全挑高淨空的，只有一座往上的樓梯。

我們順著樓梯走上二樓，首先看見的就是櫃台，櫃台後方有堵牆，牆上有一些應該是介紹房間的圖片，就跟我們一般去住小旅館的那種感覺很像；然後旁邊是鎖著鑰匙的玻璃保管櫃，上面都有寫編號，大約有十來間左右的房間，當中雙人房佔了比較多。

「嗯……有三個房間住了人。」看著櫃上缺少的鑰匙，雷多疑似自言自語了一會兒，然後打

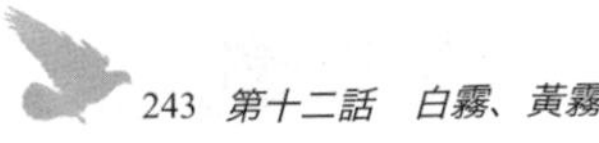

開玻璃櫃，「我看我們就拿最大的房間吧，大家住在一起比較安全。」

眞難得我和他想的居然一樣。

就在我們要按照鑰匙上面的數字找門的同時，一個聲音打破了沉默詭異的安靜，過沒多久又轉而逐漸大聲、接著跳轉變成其他聲音。

「有誰在啊？」雷多很好奇地就要往聲音來源找去。

「不要去！會死掉！」我馬上拉住他的衣角。有上午的驚悚遭遇之後，我完全不想在下午又重新看見那個變臉人一次。

「什麼會死掉？」

「去了就會死掉！」

拜託啊雷多老大，快回頭吧！前面是彼岸在跟你招手！

不過很顯然無法心靈溝通就會出現障礙，完全不覺得會死掉的雷多很堅持地往前走，「如果是什麼東西要盡早清除，居住環境要衛生乾淨才可以。」

他說出某個夏日電視除蟲宣導廣告。

可是基本上，你過去應該是你被清除掉才對！

我抓著雷多的衣角，可是完全無法把他往回拉，相反地，我還被他拖著走，很快地我就被他拖進去聲音來源的旅館大廳裡。

大廳中擺著一台電視，聲音就是從電視傳來的。

不過，這次在按開關的不是那個變臉人。是個臭小鬼拿遙控在玩。

「啊！」拿著遙控玩的某條金眼黑蛇女娃版一看見我們走進來就大叫了一聲，還用礙眼的肥手指指過來，「點心盒！」

我什麼時候變成點心盒了！不要隨便給別人亂改名！

拿著遙控跳下旅館沙發的小亭蹦了兩步跳到我們面前來，眨著大大的金色眼睛，「你們也是來住店的嗎？」她偏著臉，然後開始在雷多身邊轉來轉去，雷多也隨便她看，不阻攔。

對喔，我現在才想起來她好像很少看到雷多他們。

「夏碎學長在這邊嗎？」既然小亭會出現在這種地方，那就代表另外一個可能性——她主人也在。

果然，小亭用力點了點頭，「主人剛剛上樓了，吩咐小亭在這裡等，如果有不認識的壞人進來……嗯……要……」她歪著小小的腦袋開始用力思索，過了半晌才想到應該是滿意的答案，「殺光光！」

我肯定夏碎學長絕對沒有這樣吩咐妳！

「多久之前上去的？」雷多看了一下旁邊往上的樓梯，問道。

小亭伸出手指算了一會兒，「七分鐘之前。」

「漾漾，我上去跟夏碎先生打個招呼順便幫忙探查，你跟這個小女娃在這邊休息。」雷多拍

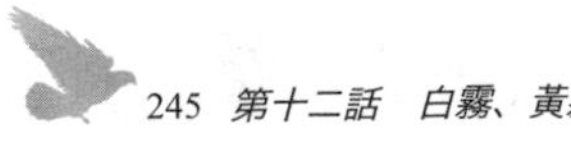

拍我的肩膀，突然又很成熟地說道，「等不累時候再上來，別太勉強自己。」

你突然變正常我會怕。

「漾漾在這邊陪我！」小亭一把抓住我的手，我根本還來不及回話，就被她出乎意料之外的恐怖蠻力一扯，整個人都摔到沙發上面。「剛剛主人帶我拿了很多糖果，一起吃。」她抖開和服的袖子，眞的掉出一大堆包裝得五顏六色的糖果餅乾。

你們居然趁機打劫！難道你們不曉得這是違法行爲嗎！

「這個咒語看起來好像很強。」指著小亭，雷多這樣告訴我，「應該暫時不會發生什麼事情，你安心在這邊休息一下吧。」

「好。」

其實雷多去掉神經病之後，還滿貼心的。

不過可惜神經病去不掉。

※

雷多上樓之後就只剩下我和小亭。

意猶未盡又玩了一下電視跟遙控後，小亭才把手上的東西丟開、跳下沙發，「你要不要喝茶？」她仰高頭看我。

「呃……不用了，謝謝。」這個地方的茶水說眞的我不是很敢喝，黑蛇小妹妹味覺有問題，喝不出個所以然就算了，要是我一喝就暴斃不是賠大了嗎。

「可是要有茶才可以吃點心耶。」看著撒在椅子上的糖果餅乾，小亭很遺憾地說著。

這位僞、小妹妹，基本上不用喝茶也可以吃點心的……

「那好吧，你假裝你要喝茶，我去泡茶，這樣就可以吃點心了。」很快地，她就幫自己找到一個折衷辦法。

「好吧，我假裝我要喝茶，妳去泡茶吧。」我很怕她殷殷期盼的眼睛等等會變成殺氣騰騰的眼睛，所以只好順著她的話做。

「我去泡茶！」

黑蛇小妹妹歡天喜地跑走了。

整個旅館大廳立即空蕩起來，什麼聲音也沒有。

我坐在沙發上仰頭看著天花板，上面是一些花草雕刻，看起來很簡樸，不過也很細緻，完全可以猜到旅館主人的細心。

就像很平常的一座小鎭，鎭上都生活著平凡的人，也應該會有很多和我一樣法術不靈光、只想平平靜靜生活的人。

然後，他們全都消失了。

如果這是發生在我四周，我該怎麼辦？

看著空蕩的大廳，我突然有點害怕。

如果，這是發生在我們身上，該怎麼辦？

我突然驚覺了這個任務不只是任務，它是眞眞實實的一件事情，很有可能馬上就會發生在我們身邊。如果，我身邊有人突然消失不見了，我要怎麼辦？

腦袋亂哄哄一團，一點辦法也想不出來。

如果這時候是學長他們，八成已經想出了幾十種應對的方法了吧。

「呀——」

在我決定不要胡思亂想、閉目養神同時，某個詭異的聲音從後面傳來。

睜眼，我連忙往聲音來源處跑去，因爲那邊是剛剛小亭跑去泡茶的地方。

轉角之後應該是旅館的附設廚房之類的，裡面有瓦斯爐和一些廚房用具，小亭就站在流理台上面，一手抓著大水壺然後直直地盯著洗手槽。

「怎麼了！」我把小亭整隻從台子上面抱下來。

「裡面有泡泡。」小亭指著洗手槽，給我一個很詭異的答案。

泡泡？

順著她說的，我往洗手槽下面看去。

水管傳來細小的轟轟聲響，好像有什麼東西往上逆流的樣子，然後聲音越來越逼近我們。幾秒之後，我跟著瞪大眼睛。

像是霧一樣的白色東西慢慢地從水管裡面冒出來。

等等……霧？

我一秒就知道大事不好了。

「快點找東西把水管塞起來！」會死會死！一定會死！我趕緊拿起旁邊的抹布就往水管口丟下去，白色的霧飄了一下，然後又開始從抹布的細縫裡面飄出來。

「塞起來！」小亭團團轉跑了好幾圈之後，把整間廚房裡的抹布、海綿都給拿過來，努力地往水管塞，還拿不知道從哪冒出來的鍋鏟把抹布往下戳。

「把它塞死，不要讓霧跑出來！」我聽見那個轟轟的聲音越來越大，不過可能因爲水管被塞住，白霧暫時沒有繼續冒出來，只剩下洗手槽那些剛剛冒的還沒消失。想也不想，我直接伸手想把霧揮散。

就在碰到白霧那一秒，某種劇痛立即從我的手指傳來。

「好痛！」瞬間抽回手指，像是被什麼東西腐蝕一樣，我的手指尖被融了一層皮，冒出一堆血水，整個立即傳來不斷的刺痛感。

這個霧不會是強酸還是王水吧？

糟糕，碰到王水時第一件事情要做什麼？先沖水嗎？

「這個不可以碰。」小亭張大嘴巴，將一小片外散的白霧整個吃下去，然後舔唇。

不可以碰可是能吃嗎……？

我有種她的胃可能比強酸還厲害的感覺。

水管的轟轟聲逐漸減退了。

從包包裡面翻了手帕出來先把傷口包紮好，我有種好像不會這麼簡單解決的感覺。

小亭把水壺拿上瓦斯爐然後轉開火開始燒水，可能是水裝得不多，不用一下子就聽見水壺裡面傳來聲音。「主人說霧是壞東西，所以不可以亂碰。」她偏頭看著我的手，非常遲緩地告訴我這個消息。

妳應該早說……

幾分鐘之後，水燒滾了。

接著，那個轟轟的響聲好像在休息過後決定從頭來過，這次不是從洗手槽的水管了，我聽見詭異的聲音直接從腳底下傳出來。

「好像又來了。」小亭爬上台子開始沖茶，完全沒有緊張感。

腳底下的話……

我突然驚覺廚房裡面應該有一個叫作排水口的東西。

轉過頭，果然在不遠處有一個小小的排水口，聲音就是從那個裡面傳來的，隨著聲音逐漸變大，我們同時看見有個小小的黃霧開始蔓延出來。

黃色的？剛剛我們看見的應該是白色的才對吧？

小亭提著滾熱的水壺跳下台子，「把你們煮一煮就不會來了。」

說著，我眼睜睜看著那個黑蛇小妹妹拿著熱水壺，然後壺口朝下，整壺的熱水直接往排水口的水管倒下去。

是說……排水口好像不可以倒熱水吧……水管會變形……

就在熱水下去那一秒，我聽見了從水管裡面傳來非常、非常清晰而且銳利的「唧──」一聲。

應該很痛吧，不是、應該是非常地痛。

黃霧馬上縮回去了，連帶的整個轟轟響也跟著消失不見。

不管那個霧是什麼東西，我突然有點同情那個東西。

黑蛇小妹妹有某種加害方面的強度。

「吃點心了~~」小亭完全沒有剛剛淋熱水燙傷東西的感覺，很高興地把台子上的茶水全部端下來，然後扯住我的衣角往外走。

我回頭看了一下水管，裡面靜悄悄的，啥聲音也沒了。

我想那些霧應該暫時不敢來了吧？

※

第二批人到達旅館時已經是約莫兩小時之後的事情了。

就在雷多和夏碎學長將整個住處都巡察過、確定沒問題後，幾個人才前後不一地走了進來。

一進門，千冬歲看見與我們在一起的夏碎學長明顯地愣了好一會兒，有幾秒，我看見他整個人是錯愕的，大概不曉得要怎麼反應。

「原來你先到一步了。」與夏碎學長打了招呼，伊多友善地點了點頭。

「嗯，我想你們應該會往這邊來，所以先到這邊確定住處。」沒有在意千冬歲盯得死緊的目光，夏碎學長仍然很鎮定自在地與雅多也打過招呼，「我已經在旅館的四周布下結界，相信休息一晚應該不會有什麼事情發生。」

那邊是大人的對話，我跟小亭站在旁邊。

猛然，原本在後面不知道在做什麼的雷多突然整個人往前衝，「雅多～你們找到行李了啊！」被他這樣一講，我才注意到雅多身後多了一個拖行的大行李箱，正好就是出發前雷多拖著走的那一個。

「那個裡面裝了什麼？那麼大一箱？」我看著雷多把大行李拖進來，就好奇地詢問。印象中好像他們是說有乾糧之類的東西和用具，可是到底是什麼用具要佔這麼大一包？

「一些民生用品。」雷多把箱子放到旁邊去，「必要時候還滿有用處的。」

必要時候？

例如把整座城鎮轟了之後沒有物資的時候嗎？

「對了，都沒找到其他人嗎？」看著一行人，夏碎學長突然發話。

「沒有，大概都在另外一邊。早先有遇到冰炎殿下，不過他往排水道下探查去了。」回他話的是雅多，稍早還跟我們同路。

「這個我剛剛聽雷多說過了。」夏碎學長點點頭，然後若有所思地沉默了半晌，「既然今晚在這邊的人還挺多的，我想也往排水道去幫冰炎，單獨他一人我怕會應付不來。」

果然不愧是拍檔啊，馬上就想到要前往支援這些事情。

「這樣也好，否則我們也擔心冰炎殿下不曉得會碰上什麼事情……」伊多跟著沉吟了半晌，然後點頭。

其實我也想說我很擔心學長，不知道能不能跟去看看。不過下去的好像都是高手，加上我這個衰人菜鳥好像會礙事，所以話到嘴邊又讓我吞下去了。

「不行！」

打破所有人的決定，開口的是從剛剛開始就一語不發的千冬歲，他看了看夏碎學長，語氣堅決地說：「下午開始湖水就回潮，現在外面已經積起水，排水道也同樣，我不贊成你在這時候往下深入排水道。」

所有人都看向他，然後又看向夏碎學長。

夏碎學長的表情沒有任何變化，就維持不變的微笑直視著千冬歲，「你說得沒錯，但是僅是排水道的回流並不會對我造成影響。」

「可是現在底下情勢不明，你應該確保沒有額外影響因素的最佳情況下再深入探查，才是正確。」完全不想讓步的千冬歲很固執地如此回答，「眼下排水道沉水，且還有不明的霧氣隨時會出現，接下來就入夜了，不管如何衡量，我認爲現在進入排水道都是最危險的時候。」

其實我覺得千冬歲分析得很有道理，雖然我想他是私心佔了大多數，但是不管怎樣說，晚上進去陌生的地方的確是最危險的，如果有什麼萬一也很難求救。

夏碎學長偏著頭想了好一會兒，「那麼你認爲該何時進去?」

意外地，他居然徵求千冬歲的意見。

很明顯地也愣了好一下，千冬歲才回過神，「我認爲應該在水退之後的白天與其他人一同進入，才能夠彼此照應。」

「那好吧，明日一早我再動身進入排水道。」夏碎學長很乾脆地改變了決定，乾脆到有一瞬間讓本來好像想好應對的千冬歲又愣了好一下才回過神，呆呆地點點頭。

搞不好夏碎學長其實是個很好說話的人。

第十三話　密案

地點：湖之鎮

時間：下午四點三十二分

「那好，決定全部在這邊過夜了，大家就一起來整理房間吧！」

打破了短暫的詭異沉默，裡面年紀最大的伊多拍了拍掌心，大夥兒立即跟著看過去。「爲了預防今夜被個別突擊，我看大家委屈一晚，併了床位全都睡在同一個房間吧。」

剛剛雷多有說過要睡一個房間，可我還在想說是單床，那現在的意思……就是要睡大通鋪？

我長大之後就沒睡過這玩意了，感覺好新鮮。

「打枕頭戰！」已經當成戶外教學的雷多發出歡呼。然後，他旁邊的兄弟直接一把捂住他的嘴巴不讓他廢話，把整個人往旁邊架走。

「我沒意見。」夏碎學長勾起微笑，「在各種考量下，這樣自然是最安全的做法。」

他沒意見，當然千冬歲也不會有意見，天知道他想跟他哥培養好關係有多久了，整個人看起來好像還有點興奮。

「枕頭戰是什麼？」小亭蹦了蹦，巴在夏碎學長腳邊仰起頭，小臉好奇地詢問，「打贏了可以把輸的人吃光嗎？」

「不可以。」用一種很平常的口氣，夏碎學長非常正經地回答她的問題。

「喔。」黑蛇小妹妹喪氣地走開。

確定所有人都接受之後，伊多繼續未竟的話題。「剛剛我們也在外面收集了一些食材，同時確保過食材安全，我看就分成兩組，一組整理房間，另外一組就準備晚餐如何？」

當然，全數通過。

然後，問題就來了。

「誰會煮菜？」

一個問句丟下來，所有人都面面相覷。

「我跟雅多會做簡便的菜色，不過不是很好，不能太過期待。」很有自知之明的雷多第一個跳出來說話，「伊多也一樣，不過他厲害一點。」

我好像沒看過千冬歲做吃的東西過。

但是我知道喵喵很會做飯，因爲每次出遊都是她準備餐盒的，就是可惜現在她不在這邊。

「主人很厲害，主人會做飯！」黑蛇小妹妹整隻黏到她家主人的腿上，很得意地大聲說，「主人還會做飯後點心……」

「好了，夠了。」夏碎學長拍拍她的頭，小亭立即就閉上嘴，「那麼我與伊多去準備晚餐，各位有沒有什麼禁忌的食品不用？」

禁忌的食品？

我第一秒想到的是只要不是亂七八糟會尖叫、會噴血的東西，基本上我都還是可以接受的。

「應該沒有吧。」伊多勾了勾笑容，「千冬歲呢？」

千冬歲立即搖頭，我想只要是他哥做的東西他應該都會滿快樂地接受，大概是……純屬個人猜想。

「那好，就這麼決定了，我們這就去準備晚餐，剩下的人去整理房間吧。」拍了拍掌，伊多很乾脆地終止討論。

「那話不多說馬上動作。」雷多手上掛著剛剛拿下來、最大房間的鑰匙，「各位小的們，跟著雷多大爺來吧！」

我突然覺得他有點像某個人，某個腦袋是調色盤的人。

「誰是小的！」雅多往他後腦一敲，趁他吃痛時劈手奪過鑰匙就往樓梯走去，完全無視於自家兄弟的呼痛。「千冬歲、漾漾，我們走吧。」

千冬歲看了一下他老哥，然後才跟上去，我連忙尾隨在後跑上去。

「喂喂，等我一下！」被拋棄在後的雷多立刻跟上來，超過我們兩個追上他家雙胞兄弟，用力勾住他的頸，「你在搞我的人際分化是嗎！」

「並沒有。」很習慣對付他的雅多將他的手拍掉。

跟著雅多的腳步，我們直直上了第五個樓層。與其他房門密集的樓層不太一樣，五樓之後的房門都隔了好一些距離，也可見房間大小的確差異很大。

綿長寬闊的走廊什麼聲音也沒有。很安靜。

按著門房號碼找到了其中一間房間，雅多輕輕敲叩了兩下，大約等待了數秒鐘之後才拿鑰匙轉開門鎖。

門扉一開，整個室內就自動亮起來了。

小城鎮裡面的旅館不是高級飯店，所以當然沒上次我和學長住的地方那麼好。不過整個房間看起來就是很溫馨，原木貼成的牆壁、地板都給人很舒服的感覺。房裡陳列了好幾張看起來很舒服的彈簧大床，一看就知道應該是給家庭或是小型社團出遊時使用的，旁邊有電視、梳妝鏡之類的東西，櫃上還整整齊齊地擺妥了簡便的盥洗用具，一共有八份。

「大床～」小亭整個人撲跳上去，我現在才注意到原來她也跟上來了。

「好像很不錯的感覺。」雷多四周打量了一下，「把床給併一併吧！」他看起來就是某種一定會在畢業旅行中出現的興奮狂，第一個衝過去開始把床全部推到一起。

「我可不可以自己睡旁邊一張……」看著床鋪全部給連成一條線，千冬歲發出微弱的抗議聲。

雷多轉過來，一臉嚴肅，「你不合群。」他發出指控。

「我沒有！」

我覺得就算是很擅於抗辯的千冬歲遇到這類人可能也都沒轍，他們不是用正常溝通就可以理解的。

「你有，看你一個人與大眾意見不合，想自己一個人睡角落，由此可知你不但不合群，而且還孤僻，這種壞毛病要改喔！」雷多煞有其事地開始說教起來。

說眞的，我有點想笑，可是看到千冬歲一臉想把他拽了丟出窗外的臉色，我連一個聲音都不敢亂吭，只能硬忍下來。

「別管他們，我們先整理吧。」明顯已經很習慣這種場面的雅多拍拍我的肩膀，然後無視於房中兩個快打起來的人，走到旁邊的大木櫃抱出棉被。

我連忙跟過去幫忙拿。

拿出來的棉被整個是軟的，軟得好像要滑手拿不住一樣，上面還有淡淡香氣，整個就是讓人很想撲上去磨蹭一下，尤其是在一天的勞累過後，這種東西向來很容易就能勾起人想要撲上去的絕對慾望。

鋪床和整理棉被很簡單，在雷多和千冬歲準備捉對出去走廊廝殺時我們大致上就全部整理完成。

「好了，別玩了。」

整個弄完之後，雅多走出門外還很自然地一把將他家兄弟拖走。

大概也不想和他有所糾纏，千冬歲走進房間隨便往床鋪上一坐，一聲不吭。

我開始有種要不要幫別人收拾善後的猶豫。

「他沒有在生氣。」

打破一室沉靜的是小亭，她很勇敢地整個人撲貼在千冬歲的背上。「對嘛，沒有生氣。」說著還親暱地蹭了千冬歲兩下，完全沒有一開始被打爛臉那種高度仇恨。

等等，她剛剛說什麼？

斜眼看了背後的小亭一眼，不怒反而勾起淡淡的微笑，千冬歲推了推厚重的眼鏡，「妳又知道我沒生氣了。」

看起來千冬歲好像眞的沒有生氣。

「當然知道，因爲主人……啊！」小亭突然跳開，然後自己捂住嘴巴蹦下床，「小亭什麼都沒說！我要去找主人了！」說完，還沒等到千冬歲叫她，整個人就像一團風般狂速地飈逃走了。

說眞的，通常講話講成這樣才會讓別人起疑心。

我和千冬歲對看了一眼，他沒有意思要追上去，只是坐在原位像是想什麼東西般思考了好一會兒，「漾漾，你有沒有覺得今晚好安靜？」猛然他抬了頭，衝著我就是這麼一句話。

晚？

我瞄了一下手錶，的確有點黃昏了，大約五點多的時間。

「安靜？」沒啥人安靜是正常的吧？一開始進來湖之鎭這裡就已經安靜得不像話了，什麼聲音也沒有。話說回來，你們剛剛並不安靜不是嗎。

「四點開始湖之鎮會大量積水、五點進水，六點開始就會高達膝蓋深度，七點之後就無法出門。現在是進水時間，爲什麼外面會這麼安靜？」把情報刻在腦子裡面的千冬歲發出疑問，當然他也知道我絕對不可能回答他，除非我是神。

「呃……剛剛夏碎學長說有布結界，會不會是那個關係？」不好意思，知識很貧乏的我只想到這個可能。反正一切不屬於我腦袋常識的東西都推給術法，大概有八成的機率都不會錯。

「不是說沒可能。」千冬歲點點頭，算是同意我的話。「你覺得剛剛小亭想說什麼？」他推推眼鏡，若無其事地問著。

我愣了一下。

話題會不會跳太遠？

還是老大你本來就想問這句，前面的只是掩飾話而已？

「呃、我也不曉得。」我又不是黑蛇小鬼的蛔蟲，誰知道她剛剛想說什麼。不過根據常理和所有的小說劇情來推斷，就是遲鈍如我，也覺得她剛剛好像想說夏碎學長還是千冬歲的事情，只是不知道哪件就是。

如果我會想到這層，千冬歲肯定想到的比我更多。

搞不好他已經自我在心中上演了三千種不同的版本哩。

「對了，你的手怎麼了？」終於發現我手上捆了一堆不明紙巾的千冬歲疑惑地湊過來。

「喔，剛剛在樓下時碰到奇怪的東西。」我把白霧、黃霧的事情說了一遍，面前的人越聽臉色越不對。

「你碰了白霧受傷？」劈手把我拉過去，三兩下拆掉紙巾，千冬歲瞇起眼看著那個很像被融過的手指尖。

「這個應該不會得破傷風吧？」說眞的，沒提我還沒想到，現在他臉色凝重，我有種可能會得什麼病的感覺。

千冬歲白了我一眼。

好吧，我知道我說錯話了。

那個傷口還是有點在冒血，隨著暴露在空氣中，又開始刺痛起來了。

「這就奇怪了，剛剛我碰過黃霧，可是黃霧並不會傷人。」從自己的背包裡翻出簡單的醫療用具，千冬歲拖了我的手開始上藥包紮。「可是黃霧會破壞建築物。」他用一種很平常的語氣說著，好像那不是什麼大不了的事情。

黃霧會破壞建築物？

我看著被包起來的手，手是被白霧融傷的。

「方才我就是用追蹤術到一半，突然冒出黃霧把我的東西都融了，後來那片霧就竄逃到建築物裡面，爲了杜絕後患，我乾脆全都一起炸了。」很快包紮完的千冬歲把手還給我，然後環著手走來走去，「白霧的話是傷人，黃霧的話是破壞東西……這不就是……」

他突然停下腳步。

「酸鹼性不同嗎？」我舉手發話。

「……」千冬歲無言了。

「不好意思，當我沒說話。」不過我真的覺得有點那種感覺。

顯然也真的有那種打算的千冬歲在旁邊的床鋪上坐下。「這個好像是……曾經有發生過這類事情……」

「是學長說的那個嗎？」我突然想起學長臨行前說過的話，「以前什麼鬼王出來之前也有村莊發生這些事情。」

「你說的那個是精靈事件，不過還有另外一個，這件事情應該連學長也不知道，是我們雪野家的密案。」抬起頭看了我一眼，千冬歲的語氣變得有點奇怪，「剛剛伊多在問時我還沒注意，現在一想，搞不好也是一條線索。」

密案？

傳說中那種只有自家人能知道、外人知曉則死的那種東西嗎!?

「那個……我可以聽嗎？」我戰戰兢兢地發問，如果他說不可以，我要立刻摀住耳朵逃出房間。

「基本上是不可以，不過我還是可以說給你聽，但是不能告訴第三個人，不然……」

我知道不然之後會接什麼了，因爲他之前也說過一樣的話。

然後後面接的是切脖子。

「在大約十多年前……」

我還來不及捂耳逃出，千冬歲已經開始講古了，「雪野家曾經遇過一個奇怪的事件，由外地送來的是一具已經半腐的殘屍和一瓶裝了白色氣體的瓶子。」

糟糕……我有種大事不妙的感覺。

他這種講古的方式好像是那種被詛咒的傳說，你聽完之後不在幾天之內怎樣怎樣就會一樣被殺害還是受到終極衰到死的詛咒那種感覺。

「據說那具屍首似乎是出了一次任務，但一入現場沒多久立即遭殺害，同行的人親眼見到他觸碰了白霧，便被疾速腐蝕，他的同伴只來得及在屍體被全部融畢之前搶救下來，但是沒辦法保住他的性命。」千冬歲非常認眞地看著我，用一種好像馬上會有鬼爬出來的陰森森語氣繼續說著：「因爲，前後發生僅僅只花了三秒鐘。」

三秒？

三秒鐘！

這位大哥你有沒有少講了一個零？

我突然有種自己剛剛是大難不死的撿到感。果然人還是不要知道太多比較好，現在聽一聽，我已經很確定下次白霧出來時，我一定不是堵水口，而是尖叫著逃走。

畢竟生命安全比勇敢重要很多，我不是那種傳說中的熱血正義主角可以無數次死亡復活，我

個人只有一條命，重點是我也沒膽。

「後來這件事情就不了了之了，時間一久也沒人提，所以我剛剛才會突然想到。」聳聳肩，千冬歲用一種「沒什麼」的語氣這樣說著。

如果可以，你還是不要想到會比較好。

嗯……等等，好像有哪邊不對？

「你說有人送白霧過去？那有沒有人分析那是啥玩意？」我記得千冬歲他家是什麼情報大集地之類的，應該不可能直接把瓶子丟到垃圾車上接著被載去掩埋吧？

「有，不過那時候我只有半個月大，沒有人告訴我，後來也沒記載進述本裡，所以我不知道到底有沒有順利分析出來。」

我看著千冬歲，突然有一種感動。

原來也有他不知道的東西，果然人不是真的完美的，就算是全能的圖書館也會有漏收那麼一本不重要的小漫畫被人抗議的時候。

「對了，搞不好夏碎會知道！」一擊掌，千冬歲猛然喊了一聲。

是說，那時候你半個月，夏碎學長應該也只有一歲半個月左右，應該也不會有人去告訴他這種事吧？這會造成小孩子天真純潔的心靈遭受創傷的。

「漾漾，你去問看看吧。」

我？我去問？

「爲什麼是我去問？」

「你也知道我和夏碎交情不好，還是你去問比較不會尷尬。」千冬歲很認眞地說。

「可是這樣就等於告訴第三個人了！」剛剛不知道是誰說不能告訴第三個人耶！

「他也是雪野家的人，不算在裡面。」直接出手推我催促著，可能比我還想知道的千冬歲不由分說地一直推推推推推，把我推出房間。

最好夏碎學長會知道。

「如果他不告訴我勒？」我覺得有百分之九十他不會告訴我。

「他一定會告訴你的。」

「最好是！」

「眞的會啦，相信我，快去！」千冬歲直接拉了我的手出房間，死拖活拖地把我拖下樓梯，

「而且早點知道也可以早點解決，你去問兩句又不會對你有什麼害處。」

他說的好像也對。

「那我去問，如果他不知道就沒辦法了。」我總不能叫他隨便生一段話給我吧？

「當然。」

我用力地深呼吸一下，「那好，我出發了。」

「加油！」

※

當我走到二樓時，剛剛那處大廳已經瀰漫了飯菜香。

話說回來，走過這條小小路之後，我突然發現一件事情，我幹嘛還眞的乖乖過來問啊？

難不成我眞的這麼好使喚嗎？

「嗯？正想叫你們下來準備準備，差不多可以開飯了喔。」端著一鍋湯水路過的目標物，隨著熱騰騰的蒸氣剛好路過我眼前，一看見我馬上打了招呼，「幸好這邊的水源都還未被污染，大家可以安心地享用熱騰騰的餐點。」

用力深呼吸，不用怕，不過就是問一個很渺小的問題而已，又不會被割一塊肉。

「那個，夏碎學長，我可以問你一個小小的問題嗎？」早死晚死都要死，我直接衝到他面前，開口就問。

「問題？可以啊。」夏碎學長掛著不變的微笑，然後看著我，「有什麼想問的？」

「我想問的是十多年前雪野家收到的一具半爛屍體跟一罐白色霧氣的事情。」我想不出什麼比較好的形容詞跟他拐彎抹角，所以就這樣直接發問。

那一秒，夏碎學長整個人愣了很大一下。

我就知道這個是不能問的問題！

千冬歲啊，如果我因爲這個問題被這樣然後那樣又這樣，結果喀喳一聲回不了家的話，你就等著好好地補償我。

「你是從千冬歲那邊聽來的是嗎？」意外地，夏碎學長沒有我想像中立即把我一刀解決，反而是很優雅地繼續把湯鍋放上桌，然後拿掉隔熱手套放在一旁，整個動作一氣呵成、完美到不行，「讓你來問我是他的意思還是你自己的意思？」

呃……這個有差別嗎？

我有種回答錯好像會有兩種不一樣後果的感覺。

「那個……千冬歲想知道，可是我也很想知道，算起來應該也是我自己的意思。」我吞了吞口水，小心翼翼地回答。

他應該不會直接拿起湯鍋潑我吧？

我會如此懷疑是因為我曾經被人潑過，不過是不認識的路人甲手滑，然後帶衰的我就這樣去醫院躺了三天。

夏碎學長沉思了半晌，「千冬歲不曉得這件事嗎？」他的表情有點困惑，感覺上不像是要刁難我，而是真的不確定。

「不知道，他說他那時候只有半個月大，後來才聽人家講過而已。」我把千冬歲告訴我的話重複了一次給他聽。

偏頭想了半晌，夏碎學長才發出聲音：「嗯……這樣說起來，這件事情大約是我在十三歲之後在藥師寺家那邊聽見的，不是雪野家。」

「耶？這不是雪野家的祕密嗎？」我愣了一下，沒想到他老大是從別的地方聽到的。那剛剛千冬歲威脅我不可以被第三人知道根本是白說的嘛，早就有一堆第三人都知道了。

「是他們的祕密沒錯，不過當年分析那白霧的是藥師寺家，全部分析結果都記錄了，後來因爲某些事情雪野家就沒有來取回分析結果，我想應該是因爲這樣，所以他才會不清楚這件事。」很簡略地大致描述了一下，夏碎學長這樣回答我，像是沒有多餘的隱瞞或什麼。

原來如此，我突然覺得千冬歲說夏碎學長知道，一定是因爲他也清楚分析這事，不然他也不會堅持要我一定要過來問。

「那你知道分析的結果嗎？」我追問了重點部分。

依照我們所想的，夏碎學長果然點了點頭，「知道，藥師寺家的人幾乎都知道這件事情。」他表情變得有一點點的嚴肅，一旁的湯鍋浮起了熱氣，就在旁邊旋繞著。「分析之後，當年的分析者才發現那一罐不是白霧，也不是什麼水氣之類的東西，而是一隻一隻的蟲。」

「蟲？」

有一秒，我整個人都毛起來了。

「你聽過蝗蟲過境嗎？」夏碎學長想了想，打了個比方給我聽，「簡單地說，蝗蟲可以在一瞬間將整片作物都給吃光殆盡，那個白霧大約就是這種情況，不過不同的是，蝗蟲的目標是作物，白霧的目標是有生命的動物。」

這個比方眞教人毛骨悚然。

「有那種蟲嗎？」不是我懷疑，可是這種說法眞的……太恐怖了，讓人有點不太想相信。

「有的，名爲血虺，小到幾乎肉眼看不見，但是整大群時就會像是出現白霧一樣很清楚。」很肯定地這樣告訴我，夏碎學長環起手，「當年分析之後，雪野家擱置了這件事情，後來白霧就沒有再出現過了。因爲這種東西追查不易，所以公會也沒有進一步的記錄可以查詢。」

夏碎學長知道的話……我突然可以理解爲什麼小亭會知道霧不能碰了。

搞不好連學長都知道這件事情，所以看影像時才會那麼肯定地說城鎮的人都已經死光了。

「學長知道這件事？」

「嗯，知道。」一點也不避諱，夏碎學長很誠實地告訴我，「在來之前，他就已經問過關於白霧的事情，也做了不少相關的準備。」

我就知道學長不可能那麼冒失就往排水道跳，原來是早做準備了。

「那個霧……跟這個霧是一樣的東西？」看了看被融的手指，我開始有點擔心那個血X蟲有沒有殘留在裡面了。

「未分析之前不能下定論，不過很可能是同樣的東西。但是，記載中並沒有提到關於黃霧的事情，所以這部分我們也不曉得。且，蟲是哪來、爲什麼而來，一切也都是個謎。」聳聳肩，夏碎學長若有所思地朝我後面的方向看了一眼，「大致上就這樣，你們也應該準備吃晚飯了，伊多那邊也弄得差不多了。」

「喔、好。」

……

等等？

我們？

我連忙回過頭，看到樓梯附近隱約好像有千冬歲的影子。

果然他還是跟來了。

第十四話　過往的交集

地點：湖之鎮

時間：下午五點三十六分

晚餐是很正常的五菜一湯。

這讓我有一種無限懷疑，就是他們到底去哪裡弄來這些菜啊？

該不會是在小鎮的什麼什麼菜園拔過來的吧？我不認爲生鮮超市的魚肉蔬菜可以保存這麼久，除非是冷凍的，可是這些東西也看不太出來是冷凍物。

這讓我深深覺得，我們的晚餐充滿了謎團。

餐點是中式的，有著白米飯和碗筷，不是我想像中的西式餐點。其實我還以爲伊多他們下廚的話，大概會看見西餐或者日式料理，沒想到會這麼跟我貼近到不行。

在伊多的指揮下，我們把大廳裡的小桌子併在一起，幾個人就繞著矮桌圍坐了一圈。

「晚餐是主人跟伊多先生做的喔。」小亭拿著幾個大碗跑來跑去地裝滿飯，然後排了整桌子，「所以你們要充滿感～恩的心情好好吃完！」接著，還威脅性地吐出蛇信。

所以妳這個動作是說沒有感恩地吃完，下一秒就會被妳感恩地吞入肚子是吧？

「知道知道，一定很感恩地吃完，然後接下來喝地龍湯。」雷多一臉不耐煩地掏掏耳朵，「從剛剛在廚房裡到現在講了三百句了，妳嘴巴不累嗎。」

我覺得小亭可能聽不懂什麼叫地龍湯。

「有三百句了嗎？」小亭一臉痴呆地看了他幾秒，然後轉過頭去伸出手指，「一次、兩次……」一邊數一邊走開了。

我再度嚴重懷疑這隻蛇的腦袋。

「先趁熱吃吧，明天就不知道有沒熱的食物可以吃了。」伊多在旁邊坐了下來，雙胞胎就坐在他旁邊，動作非常一致。

呃……他講話挺像明天生死未卜的，不過好像也是這樣。

可能是刻意最晚到的千冬歲左右看了一下，才在我旁邊的空位子坐下，還要是直挺挺地跪坐正姿，看起來還眞想從他背後踹下去，看看會不會撞到桌子。

桌上的菜色不算多，不過量很多，多到我看到有種想反胃的感覺，接著我立刻就想起來在座的每一位食量都比我大了好幾倍。

不知道是不是因爲大家都很有修養，這次吃飯時居然沒有半個人吭聲，就連平常很吵的雷多也很乖地埋頭狂吃。

餐桌上瀰漫了一種難以解釋的沉重氣息。

這時候我才會突然驚覺他們果然跟我是不同次元的人。

吃飽之後，滿桌的空盤、空碗被雅多撤下去，小亭依舊縮在角落算她的手指。

「明日我們決定與夏碎先生一同走排水道。」伊多在飯後發出了第一句打破沉默的話語，「排水道下方似乎有什麼，我們不放心讓夏碎先生獨自下去。」

耶……這樣說起來，差不多一半的人都下排水道了？

那不就只剩下我和千冬歲走上面？

「基於安全性考量，千冬歲跟漾漾你們如何打算？」雅多接了話，然後轉過頭來詢問我們，「在上面有可能還會遇到其餘落單的人、也可能遇不上，而往下走並不能保證絕對安全，兩邊來說都不是絕對保障，你們怎樣打算？」

怎樣打算……

我偷偷瞄了一眼千冬歲。

如果他要走上面，基於道義來說，我好像就應該陪他留上面，畢竟這種時候把千冬歲一個丟著也不太好，就不知道他會怎樣決定。

夏碎學長什麼話都沒講。

我猜，如果夏碎學長開口了，千冬歲絕對會跟去的。沒有爲什麼，就是有這種想法。

千冬歲看起來好像在考慮。

「水鏡的占卜怎麼說？」打破了暫時的安靜，夏碎學長說出不相干的問話。

愣了一下，沒想到他會突然問話的伊多連忙回過神，「出發之前我們用過水鏡，但是因爲最近時常有陰影覆蓋，水鏡幾乎無法預知接下來的前行凶吉。」頓了頓，他繼續接著，「比賽開始之後就一直有不明陰影覆蓋水鏡，像是不讓我們探知未來之事。不知道是哪個有心人所為，所以我們對於此次比賽相當愼重。」

我記得之前伊多好像曾說過類似的話，就是水鏡被人搞鬼之類的。前行不明是嗎？

「我也跟你們一起下排水道吧。」猛地，千冬歲突然開口。

喔喔，這樣就好辦了。

「那漾漾呢？」所有人往我看過來。

廢話，你們都下去了，我怎麼可能還留在上面。「我也一起下去。」學長的交代與安地爾的威脅我還記得清清楚楚哩。

「好，那就決定明天大家一起下排水道探查。」

就在明日行程決定好之後，剛剛縮在旁邊的小亭蹦蹦跳跳地過來了。

「數完了，我才講了五十四次！」

※

吃飽飯後因為外面已經淹起大水，差不多七點左右，我們就已經全部都在房間集合輪流使用浴室。

「漾漾，你要先去洗嗎？」脫去身上紅袍的千冬歲打理著行李，然後將紅袍小心翼翼地摺好放在一旁的小櫃子上。

「喔、好。」本來還想磨蹭一下，被千冬歲這樣一講，我馬上從包包裡拿出換洗衣服，「那我就先用浴室喔？」

其餘的人朝我點頭或揮手，一致通過了。

因為浴室裡面已經有準備好的盥洗用具，所以基本上對於毛巾之類的都還不用太頭痛，且衣櫥裡面也有浴袍，只是那種衣服我不太敢穿。

我注意到其他幾個人正在對看，好像有什麼事情。於是我加快速度直接進去浴室。我想，千冬歲會叫我先進來一定不只隨口這麼簡單。

「為了預防結界被突破，今晚大家輪流守夜，除了褚之外，我們來排定時間吧。」在我進入浴室之後，外面傳來壓低聲音的討論。

我一直知道他們很小心這方面的事情，也不太想要讓我牽扯太多進來。

打開水龍頭，我很仔細地聽著細微的聲響。

有時候，我會希望他們可以當面告訴我、或一起討論。現在不行的話，我衷心期望那一天能夠很快地到來。

「八點開始的話到明日早晨六點，一共十個小時。五個人各自輪值兩個小時，你們想要哪個時間？」主導話題的人好像是伊多，可以想像得出來旁邊的人正在思考時段。

後來誰守哪個時段我就沒聽見了，他們的聲音又壓更低，很難辨識。於是我只好小心翼翼地關上浴室門，脫了衣服開了水，很快地，熱氣就塡滿了整個浴室空間。

水溫不高，正好在溫暖卻不燙人的範圍裡面。

不曉得現在其他人在幹什麼？

學長下了地下水道後也不知道有沒有休息的地方，萊恩和庚學姊他們應該也有找到可以休息的房子吧？還有其他隊伍現在不知道怎麼了？在黑柳嶺的另外那些人不知道解決得怎麼樣了？

看著浴室的霧氣，好像這些思考一點也幫不上忙，徹底地無意義。

暖暖的水沖在我的臉上。

如果，大家可以趕快在一起就好了。希望明天之後事情就會好轉，而且可以趕快順利解決這個任務。

在我快速盥洗完出來之後，所有人已經在各自做各自的事情，好像從來沒有討論過剛剛那個話題一樣。

就在我開口想問夏碎學長時，一顆白軟軟的枕頭突然衝著我的臉飛過來。

完全來不及反應，我眼睜睜地看著某個白色胖軟物體直接在我眼前放大，然後正中紅心地擊中我的臉，力勁之大，讓人瞬間感覺眼前一片黑暗。

我整個人往後退了兩步，腦袋是花花的，差點當場陣亡。

「雅多！你幹嘛躲！害我打到漾漾！」某個凶手傳來惡人先告狀的搶話。

「你幹嘛手賤拿枕頭打到別人。」這是他兄弟給他的回答。

「枕頭戰枕頭戰～～～」唯恐天下不亂的某黑蛇抱著一大筐不知道哪邊摸來的白色枕頭在床鋪上跳來跳去。

「你不懂嗎。」雷多接過小亭抛來的枕頭，在手上甩啊甩的，「這是住旅館必備。」

老兄，你幾歲了啊你！

雅多搖搖頭，「完全不懂。」

一顆枕頭在我眼前飛過去。

「打完你就懂了！」跟某五色雞頭一樣主張行動為先的雷多直接抽了枕頭開始扔人，而且還是無差別亂扔。

啪一聲，我親眼看見第二顆枕頭砸在翻閱書報的千冬歲腦袋上，然後那顆枕頭在無聲的空氣中滑落，掉在床上。

呃，其實我覺得我現在應該躲衣櫃。

「你腦袋在裝什麼啊！」千冬歲一把扯起大枕頭，有仇必報地一把抓著，活像對方殺了他全家的狠勁直接把枕頭摔到雷多臉上。

一個很響亮的聲音傳來。

喔喔，我覺得好像很痛，整個人跟著那個聲音一起麻起來。

「打枕頭戰～～～」小亭把枕頭全都倒到床上，白白的一大堆，看起來好像枕頭山。

大概是受了自家兄弟的挑釁，雅多陰森森地拿起了另外一顆枕頭，啪地第二擊讓雷多直接翻車倒床思過。

將身上兩顆枕頭抓起來，雷多又復活翻身，「你們這兩個人居然一起對付我……」

我有一種應該拔腿逃跑、不然下一秒就會遭受池魚之殃的感覺。

轉頭過去，那個應該跳出來打平鬧場的伊多居然塞著耳塞坐在離床鋪有好一段距離的桌子旁看書，四周空氣整個與這邊完全隔絕開來。

這位大哥，你是打定主意不管是吧。

我看到好幾個白枕頭飛來飛去，到處都有人被打趴然後再爬起來的聲音。

就在我很認眞想要打開旁邊衣櫃躲進去時，我瞄到完全沒有加入戰場的夏碎學長在眾人鬧成一團的時候，無聲無息地走出房門。

這邊跟那邊。

我覺得還是出房間避避風頭比較保險。

※

一走出房間之後，我正好捕捉到早一步出來的夏碎學長的背影。

夏碎學長走到外面走廊之後，不曉得有沒有察覺我跟在他後面，就這樣筆直地走過走廊，然後走進了這個樓層的小型交誼廳裡。

說是交誼廳，還不如說是大陽台，旁邊放了幾張沙發和桌子還有小書櫃之類的東西，感覺像是讓人午後能在這邊曬太陽、稍做歇息的地方。

他走進之後就停在那邊，我不敢貿然上去打招呼，就小心翼翼地躲在轉角，想等一個合適的時間過去。

面對著陽台，夏碎學長好像拿出了某樣東西放在掌心上。

透過陽台落在地面上的月光看起來好像格外地清晰，四周都像是散落銀粉般一點一點地發著亮光。

「這裡是第二隊夏碎，我們與亞里斯學院的選手順利入城之後的第一晚。發現了血飑的活動性，目前懷疑血飑有兩個品種，黃色不在情報當中，可能是新種，情報傳回大會之後請做此物鑑定。」

他的掌心發出幽幽的藍光，然後我才意識到夏碎學長可能在做記錄，就跟我之前在選手室裡面看見的那段影像一樣。

那個幽藍色的東西飛出他的手，然後往陽台外面去，升高之後飛往黑暗的天色當中。

我猜大概是要把周圍環境拍攝過一次之類的，應該有點像小型的飛行攝影機什麼的東西吧。

過了半晌，那個東西又飛回來，因爲面向我穿過陽台，這次我看清楚那是什麼了。是個小小的圓球，渾身都是藍光，上面有個很像咒印的字之類的。小球飛回來後又落在夏碎學長的手上。

「目前旅館周邊爲八級警戒，四周布下結界預防血咃闖入。結界使用時間爲一日，如果數量大的話考慮做二次結界。」

頓了一下，夏碎學長好像在思考記錄言詞，「目前判定黃霧應該爲無生命毀壞血咃種，今日變故有同行的褚被白色血咃所傷，正在觀察情況中。另外冰炎隻身闖入地下排水道，若無問題，明日我們的行走方向也爲排水道，完畢。」

然後，他把那顆小球收起來。

聽完他的記錄，我有種怕怕的感覺，然後又低頭看我受傷的手指。

剛剛被千冬歲重新上藥包紮過後，洗澡時我有用袋子隔離開來，所以沒讓水沾濕，到目前爲止幾乎已經沒有什麼很痛的感覺，只有偶爾碰到東西有刺刺的痛感。

這樣子還需要觀察什麼？

我毛了，我整個人都毛起來。

接著，我想到另外一件事情。

每次我受傷時醫療班給的藥幾乎馬上就可以把傷口治好，可是這次好像不太一樣。剛剛千冬歲幫我重新包紮時傷口還在，而且好像沒有什麼癒合進展、還有一點點在冒血的狀況。

那時候我以爲是要長皮，需要多一點時間就沒放在心上，現在越想反而越覺得不太對了。

糟糕，我的手不會就這樣爛了吧？

我突然想到有種東西叫硫酸，好像沒處理好也是會往下繼續腐蝕的同一系列。現在不知道去大量沖水來不來得及？

唉，現在突然覺得在學校裡面有輔長大人和喵喵實在太好了，有什麼傷口問題找他們解決就對了。

夏碎學長沒有移動的打算，好像就在那邊想什麼。

我覺得還是不要打擾他比較好，所以就小心翼翼地轉身往回走——

「褚，請過來這邊。」

我完全不意外我會被抓包。

如果沒被發現我才會意外，我是說眞的。要是夏碎學長這樣都沒有發現有人跟在他後面的話，我會懷疑紫袍其實也沒有那麼厲害。

夏碎學長回過頭，朝我招招手，我只好認命地收回要往後退的腳步，往前面走過去。

走到窗台附近時，我聽見外面有細小的聲音。

「你跟出來是想問什麼嗎？」

夏碎學長的聲音讓我回過神，「呃……倒不是。」我也沒有一天到晚都有問題吧。

「如果沒有其他特別的事情，早點休息會比較好。」頓了頓，他又轉開視線看著窗台外，視線有些幽遠，像是盯著什麼東西在看。「畢竟現在這種狀況，不先保持好體力……就不好應付外

面那些東西了。」

外面？

我跟著夏碎學長的視線往外看，有一秒整個頭皮都發麻起來。

外面整個突然都變黑的，像是墨汁全部倒在天上地下一樣，黑得像是怎樣都再也清明不回來似地；黑色中還可以聽見水聲和疑似水波的顏色。不過讓我頭麻的全都不是這些，而是，在水波紋的上面我看見很多小小、會移動的不知名東西，看起來就是數量非常大的一群；遠遠地，正在不斷移動當中，而那堆東西就包圍在旅館外有一段距離的地方，倒是沒有直接靠過來。

「現在有結界阻隔霧的侵入，但是白天之後就不知道會變成怎樣，在天亮之前能做的事情就是先好好地休息。」他轉過身，紫色的眼睛在夜晚中看來更幽暗了許多。「褚，這跟之前的競賽完全不一樣，如果眞的辦不到的話，沒有人會對你說什麼。」

我點點頭，自己也很明白自己的斤兩。

說不定對所有人來說，我只是不小心被捲入比賽的路人甲一個，出力什麼完全輪不到我頭上，危險時絕對會被大家叫第一個逃跑、不要插手的那種。

「我並不是說你不適合參加比賽，就我看來，至少到目前爲止，冰炎選擇你當替補算是再正確不過的決定。」像是看穿我的心事，夏碎學長勾了勾唇角，露出一如往常的微笑，「這不是什麼客套話，而是你的確有這個實力能夠參加。當有一日你在學院中走到最高點、回頭觀望以前時，你也會如此覺得，只是現在的你自己還看不出來而已。」

其實我覺得他眞的很像在說客套話，我連能不能讀完學院這件事情都不知道，哪裡還有辦法回頭觀望以前勒。搞不好等我升上去，回頭看到的大概是壓倒所有人之多的死亡次數之類的，還正好創下學院最會死的人第一紀錄。

「我不行的啦……我連爆符什麼都弄不好，參加比賽好像是浪費名額。」不知道是不是因爲天色太晚還是心情作祟，我很自然地跟夏碎學長說出了很像是抱怨的話，「我覺得，我和身邊的人都不一樣，這邊有我……很怪。」

沒錯，有我很怪。

就像在學校走廊上聽見那個名叫莉莉亞女生說過的話，最沒有資格參加這場大賽的人是我，我佔走了其他人原本可以進入的名額，卻一點也幫不上忙。

「褚，大約在好幾年之前，我也想過跟你一樣的問題。」夏碎學長走到旁邊擺放的沙發坐下來，然後指指另邊的空位，示意我也坐下。「那時候我跟你一樣，什麼也不懂。」

「可是不管怎樣，你一定都比我強吧。」想到他們的出身都算是滿厲害的，怎樣都比我這個茫然菜鳥強吧！

「我在雪野家待了六年。」夏碎學長沒有回答我的話，反而開口說了另外的事情，「那六年裡面因爲我不是適任者，所以沒有什麼導師指導，大多都是母親向我講述一些平常小孩上學的課程，像是習字、算數什麼，並沒有提及雪野家的其他事情；大概也是因爲這關係，所以我幾乎不曉得雪野家的工作以及靈能者，更別提學院的存在。」

嗯，聽起來還頗像正常小孩的成長過程。

「六年之後某一日，母親帶著我回藥師寺家，第七日之後死於雪野家家主攻擊者的法術災禍當中，我想這件事情千冬歲應該已經向你說過了。」

我點點頭，基本上千冬歲連你媽是正室被氣走都說了。

「第八日，我身處在一個我不明白的世界。母親的屍體很快便被處理掉，因爲不管是藥師寺或者是雪野，一具屍體都能透露出許多祕密，所以必須在第一時間將屍體銷毀。」像是說著和自己完全不相關的事情，夏碎學長的表情連一點波動都沒有。「那時候我比你小很多，就這樣一腳走進了這個不同的世界，連抽身的機會都沒有，因爲我身上流著的就是這樣的血。」

「我比你，還更加不知道自己的存在應該屬於哪裡。」

或許我是有點震驚的。

我不知道夏碎學長會突然說出這些關於自己出身的話，也完全沒有估算到他們搞不好都有比我更辛苦的時候。

「那時候我沒有雪野家的繼承血統，在母親死去後，我在藥師寺家被強迫開眼，只是短短的一夜醒來之後，我看見的世界已經跟以前完全不同。」

我突然有點同情起夏碎學長，雖然不知道他小時候到底是怎樣，但是現在聽起來，搞不好我可能比他幸運很多，畢竟某些好兄弟我還是從小看到大，一點都不突兀，所以到達學院之後反而比較容易接受一些東西。

這個跟突然看見某些東西有點差別。

「你也可以明白本來學習的東西不再，眼前所知的完全不同那種感覺吧。」看著陽台外面，夏碎學長用的肯定句也是我的答案，「我在藥師寺家中學習了五年之後，就透過祖父的關係知道了學院，也在國中之後踏入學院就讀。」

國中？

那就比我早了很多。

「後來在校園裡面認識冰炎，就和你現在的狀況差不多。」夏碎學長笑了笑，好像一下子想到不少東西。「冰炎眞的很強，不管是現在還是以前，那種強悍會讓人明顯地感覺自己遙遠地被拋在後方，有時候也不明白為什麼自己會身處在一堆強者身邊。」

沒錯，我現在也有這種感覺。

我站在一堆強者的身邊，像是大象群裡面的一隻螞蟻，只要他們高興，就可以一腳踩扁我。

「因爲託冰炎的福我也知道了不少東西，所以在入高中之後就去考了袍級，雖然失敗了幾次，不過總算可以追上他們的腳步。」笑笑地看著我，夏碎學長拍拍我的肩膀，「你的隱藏能力比我好太多了，所以不要這麼看輕自己，你會比我更快就站在所有人身邊。」

我知道夏碎學長說這些全部都是要幫我打氣。

我眞的全都知道。

「不好意思，還讓您說這麼多。」我一直知道我缺乏的東西叫作勇氣跟信心，只是我還是抓不住那兩樣東西，讓身邊很多人拚命幫我打氣。

夏碎學長還是微笑，「沒什麼好不好意思的，自己一個人走實在太辛苦了，我看過這樣一個人，所以不想要你也這樣自己掙扎，如果真的有什麼的話，要好好地說出來讓大家知道，這裡所有的人都會幫你，就算是想大喊救命也沒關係。」

呃……我想我還是不敢大喊救命，因爲有點丟臉。

咚咚的小小腳步聲傳來，我們都打住話題。

啪地一聲，交誼廳的燈給人打開，四周變得明亮無比，我再轉頭去看夏碎學長，他已經像平常一樣給人有種溫和但是稍微有點隔閡的感覺。

如果剛剛是這種情況，我估計我大概什麼也不敢講。

難怪有人會說要和別人談心時最好要找光線好氣氛佳的地方，雖然這裡氣氛不怎麼佳，不過我還是稍微體認到這點。

「你們躲在這裡做什麼？」那個打枕頭戰的小孩終於注意到她家主人不在而追出來了。「房間裡面的人不玩了。」

小亭跳上沙發，蹦蹦了幾下之後才安靜地坐下來，我注意到她腦袋上的辮子全都亂成一堆，裡面還有夾雜羽毛，九成九一定是剛剛不知道誰打枕頭戰打到滿天雪花紛飛來著。

我記得小亭的腦袋一向都是夏碎學長打理的。

也注意到自己頭髮散得亂七八糟，小亭拉著掉下來的辮子睜大眼睛看著夏碎學長，然後開始挪動自己的屁股往主人那邊靠過去。

「過來。」夏碎學長拍拍旁邊的空位，小亭立即很高興地坐過去，還順便把滿腦的髮辮都解開，長長的髮披在她肩上。

很不可思議地，黑蛇小妹妹現在看起來就跟一般地小孩子沒兩樣。

夏碎學長很自然地幫她把長髮綁回原本幾個圓圓的樣式，前後不過才幾分鐘，四周安靜無聲，連一根針掉在地上都可以聽得很清楚。

現在他們看起來就像最正常不過的兄妹。

其實他們應該與我相差不多，雖然也不少就是了。

「好了。」夏碎學長放開手，女娃就很高興地跳下椅子。

「哪，你要去睡覺了。」小亭蹦到我面前，一把抓了我的手把我拖起來，「現在換小亭跟主人要守夜了～」

守夜？

對了，我有聽到他們有說要守夜之類的事，「我也可以幫忙守夜啊。」至少看到東西把所有人都轟起來這種事情我還會做好不好。

「聽著、你！」小亭突然扠手在腰、正經八百地伸出一隻礙眼的手指頭指著我的鼻子，「去、睡、覺。」

她給我非常簡單俐落的三個字。

這讓我興起了非常想整這小鬼的念頭。

然後我也學她伸出手指，戳她的額頭，「現在才是小朋友應該上床睡覺的時間吧，小亭小妹妹。」

有一個故事是這樣說的，某個笨蛋忘記野獸的眞面目，不知死活地去挑釁野獸，到最後被野獸反咬了一口。

我想，那個故事應該是說我沒錯。

「嘎——」

被戳的小亭一秒張開她的血盆大口，那瞬間我看到黑黑的喉嚨還有天堂就在眼前。

「小亭，不可以這樣。」

夏碎學長的聲音從後面傳來。

收口不用半秒，小亭已經閉嘴舉手，「我沒有吃掉他——」

全部過程短短幾秒，我連哀號都來不及就已經在天堂地獄走一圈了。

冷汗後知後覺地從我背上滑下來。

下次，絕對不可以拿自己的生命開玩笑。

第十五話　夜間

地點：湖之鎮

時間：晚上九點一分

就在我準備回房間時，陽台外面隱隱約約起了騷動。

那與剛剛的聲音不太一樣，有一個滴答滴答的聲音，好像是下雨，也很像是有石頭在水波上面打出水漂的感覺。

「好像有什麼聲音……」小亭往陽台那邊走去。

「有人。」

原本坐在沙發上的夏碎學長立即站起身，一把抓住小亭不讓她往前走。「有人靠近結界，不要過去。」

被他這樣一講，連我都緊張起來了。

小亭退後了兩步，站到我旁邊。

等等，有人靠近結界？現在這種時間怎麼會有人靠近結界？下面都是水不是嗎？有人那麼閒游泳來靠近結界嗎!?

夏碎學長拿出那張白色的面具戴上，然後速度有點緩慢地開始整裝。這個我知道，之前在休息室常常看見，這是他準備工作的前置動作；由此可見那個靠近結界的一定不是自己人。

說到不是自己人的傢伙我只想到一個人選，就是那個撂完話之後，不知道自我消失到哪個世界角落去的變臉人。

如果變臉人真的來了，我有點懷疑這間旅館的人不知道有沒辦法擋住他。

不過話說回來，我真的覺得那傢伙有點變態，完全不知道他要幹嘛，就這樣跟在我和學長屁股後面跑，三不五時還說出讓人一頭霧水的話。

我發現我其實不應該又分心亂想，現在的狀況好像挺緊張的。

「風之吟、水與影雙飛麟，參陸探路魚。」夏碎學長環起手指，我聽到很耳熟的某個百句歌，然後一個像是魚一樣的黑色東西從他手指圈裡面竄出來，穿過陽台之後往下掉，一點聲音都沒有發出。

確定魚已經下到水裡之後，夏碎學長立即蹲在地上，然後他翻開手掌，上面有著一片亮亮的、很像是魚鱗一樣的水滴形東西。「將你所見之物傳現我眼前。」他反過手，魚鱗落在地面上，旅館的地毯像是水面般在魚鱗接觸到那秒起了小小的漣漪，接著地面上出現了一個半徑大約三十公分左右的圓圈，幾秒的反光之後，一個黑色的畫面慢慢浮現。

我和小亭分別在圈圈的另外一邊同時蹲下來。

說真的，好奇心這種東西不管什麼時候都會出現，尤其是在最緊張的時刻，會以倍數直接成長。

「那個……直接這樣過去沒關係嗎？」我有點懷疑，那條魚就這樣丟下去，不知道會不會被接近的不明人士發現？

夏碎學長點點頭，聲音從白色的面具後面傳來，「沒問題，精靈百句歌是配合自然所創造出來的術法，不管何時何地都會完美地融入空間當中，在現在這種狀況中使用於探查是最適合不過的選擇。」

喔喔，我又上了一課。

「來了。」

隨著夏碎學長的低聲，畫面上的水波畫出了幾個圓形，然後慢慢地出現了些許畫面。一開始是在黑色的水面底下，有微弱的銀色光線逐漸擴散開來，等清明之後才知道那是水面上的月光，直透而入的銀光將四周照射得微微發亮。

如果不是在這種狀況下，這麼漂亮的月光真讓人想學古代人給他讚歎個幾句。

等等，我突然想到一件事情。

剛剛黑暗覆蓋後我有看到月亮嗎？印象中我剛剛看外面好像是整片全黑的，什麼光也沒有。抬頭看向陽台外，外面依舊是那種黑，更別說有什麼月光。

那麼月光是哪來的？

水面下的景物移動了一會兒，然後視線便緩緩地往上。

我們看見一雙腳。

正確來說，應該是一個人，他的腳踩在水面上，透過魚眼看起來特別大雙。

腳上面的那個人看不太清楚，我們看見黑色的布料飛過水面上，那個不明人士穿著有點像阿公那一輩穿的黑雨衣那種類型的斗篷，從下往上看，只看到那個人就站在原地不知道要幹什麼，往旅館的方向看了好一陣子。

「他似乎原本想打破結界，但是不知道爲什麼放棄了。」夏碎學長點了一下水面，魚眼又往後退了一些，將整個水上人看得更加清楚了些。

那是一個全身上下都用斗篷包得緊緊的怪人，連臉都看不清楚。不過可以肯定的就是，他絕對不是來到鎮上五支隊伍當中的選手，就連安地爾出場都囂囂張張的，算來也沒有人會幹這種把自己弄成黑木乃伊的蠢事。

不過如果不是我們自己人，那他又是誰？

那個人只多待了幾分鐘，然後轉身離開，一下子就消失在街頭的轉角處。他一消失之後，魚眼跟著就閉上，包括畫面在內的圓圈也一併消失。

「看來結界多少對他有威嚇的效果。」確定危機解除之後，夏碎學長彈了下手指，我看見一個亮亮的東西在地上散開，然後消失得無影無蹤。

「威嚇？」不懂，結界有威嚇效果？

「嗯，一般結界都是爲了保護而存在的，不過之前冰炎說有時候這樣會讓敵人更想打破結

界，所以創造出一種壓縮力量的結界，站在外面有敵意的侵入者會感受到巨大力量的壓迫感……不過這個當然是給他的錯覺。在無法進入確定狀況之下，大部分的敵人都會暫時撤退再觀察狀況。」夏碎學長爲我解釋了結界作用。

聽起來的確很像學長會幹的事情。

「那如果那個人眞的闖入勒？」我相信絕對沒有都是笨蛋會被騙過的人。

「有句話叫作聰明反被聰明誤。」夏碎學長取下面具，後面的臉勾起微笑，「太過聰明的對手都會先思考再闖，不思考就立即闖進來的，除非眞的是強勁的高手外，十之八九都是不動腦的笨蛋，這種笨蛋在等級上來說是很好對付、不用浪費心思。」

聽起來好像眞的很有道理……雖然好像有某種歪理的感覺……

「這個也是冰炎說的。」末了，他又補上這句話。

好吧，都是學長說的，也只有他會說出這種話。

「沒事了，你先回去休息吧。」夏碎學長拍拍我的肩膀，然後站起身。

「好。」

就在我起身想轉回房間之時，我突然想起了一個問題。

不是我想問的問題，可是，我就是突然想到，「夏碎學長。」我看著眼前的人，然後想起另一個人。「你……在藥師寺家中的工作也是當人家的替身嗎？」

我知道千冬歲一直很介意這個問題。

夏碎學長的母親是死於做他父親的替身，千冬歲一直要他離開藥師寺家回到雪野家，我想應該也是這個想法作祟。

然後，他笑了。

「你眞的想知道這個回答嗎？」

我用力地點點頭。

「是的，如果可以，請你告訴我。」就算不能告訴千冬歲，我也想替他問個清楚。

「我在藥師寺家中……其實並沒有當過任何替身。」夏碎學長雲淡風輕地說著，像是一個最理所當然不過的回答，「藥師寺的直系血緣家族，一輩子只能成爲一個人的替身，我的母親選擇爲她所愛的人作替身，就算死了，也不會有任何怨言。」

直系血緣家族……

我想起夏碎學長曾經說過他將繼承藥師寺家的這件事情。

「那你呢？你選擇誰？」我知道我不應該探問這種私事，不過等我發現時，我已經追問出口了。

他笑得更深，「很早以前就已經決定好，那個與我相同踏入了學院之人。」

我知道是誰了。

表面上看起來雖然很和善，但是其實誰都不在乎的夏碎學長從以前到現在都只追隨一個人，甚至到後來還當上他的搭檔。

夏碎學長的替身之人，應該是學長吧。

我突然有點鬆了一口氣，至少學長不是會隨隨便便就翹辮子的人，這樣夏碎學長的危險也大幅降低。如果千冬歲知道，肯定就會放心很多了。

「褚，這個問題應該結束了，接下來的事情你就不應該知道。」終止了話題，夏碎學長這樣告訴我，語氣溫和，卻讓我不敢再多問。

我連忙點點頭，識相地不再開口。

目前，知道這樣就已經夠多夠多了，「不好意思，今晚打擾你了，那我就先回去睡覺了。」

我彎身禮貌地一鞠躬，然後後退往房間離去。

「嗯，晚安。」

❀

我回到房間之後，裡面的枕頭大戰大約已經告一段落了。

整個房間裡面飄滿了棉花，幾個被扯碎的枕頭袋悲慘地躺在地上或床上，可見剛剛的戰況究竟有多激烈了。

那一秒，我突然很慶幸還好我快了一步跑出去，不然現在地上除了枕頭的屍體外，肯定還會有我早早就被打掛的屍體倒在上面。

千冬歲等人各自站在不同的地方互瞪，每個人身上都黏了一堆羽毛，看起來有點狼狽、也有點好笑，那種樣子好像是死小孩在泥巴裡面打滾了一圈之後的樣子。

我一進門，所有人都把視線移到我身上。

「呃、你們可以假裝我不存在，請繼續。」我擺了擺手，小心翼翼地跨過地板上的羽毛，往室內唯一的淨土、伊多的書桌旁邊走過去。

伊多放下書本，「別讓他們繼續了，要不然今天得換房間睡了。」他拿下耳塞，優雅地站起身，「你們幾位，麻煩將房間給整理整理吧，這樣子與其說是個房間，還不如說是個大鳥巢，我可不希望今晚睡在滿是羽毛的鳥巢裡面。」

過了半晌，雅多先有了動作。他無言地拍去身上的羽毛，然後彎腰撿起腳邊的枕頭屍體。接著千冬歲和雷多也才開始整理整個房間的凌亂。

說眞的，我覺得可以打成這樣也眞強，被扯壞的枕頭大概有半打之多，到處都噴出白色羽毛，感覺相當壯觀。

「漾漾，你的手剛剛有碰水嗎？」站在旁邊的伊多朝我伸出手。

「欸？沒有，剛剛洗澡時我很小心，有先用袋子包起來。」我也伸出手去搭他的，那種感覺還頗像在狗狗握手之類的。「有問題嗎？」

他的動作會害我想到先前夏碎學長的話，我到現在心裡還是有點毛毛的，希望這個傷口不要有什麼奇怪的變化。

「嗯……應該是沒什麼太大的問題，不過在休息之前，我再幫你換一次藥布如何？」伊多仍舊很溫柔地微笑，「畢竟檢查不嫌多，不是嗎？」

看著他的笑容，我呆呆地點了點頭，「那就麻煩你了。」我好像很難拒絕他的話，不曉得為什麼。

伊多給我的感覺一直都是優雅柔軟，前幾次剛見面還沒有很熟時，我還覺得他有點讓人難以親近，但是逐漸熟稔之後，反而覺得他就像是鄰家的大哥哥一般，隨時都會包容、微笑地待在一旁。

這對我來說，好像是種很難得的……感觸。

在進入學院之前，除了少數人之外，大多數人不會與我站在同一邊，更別說有什麼包容幫忙，那幾乎是一種奢侈。

小心翼翼地拆去我手上的藥布，伊多從背包裡拿出醫療工具，然後開始消毒和重新換藥的工作，整個過程非常流暢順手，這讓我深深地覺得——

果然有兩個經常打架受傷的兄弟就是不一樣，熟練的程度到我認為他也可以去考醫療了。

就在包紮差不多完畢同時，房間也被迅速地整理到差不多恢復原狀，「伊多，你要先用浴室嗎？」抱著一大筐羽毛的雷多探頭過來問。

「請千冬歲先用吧。」回答著，伊多快速地整理醫療用具，「然後再輪你跟雅多，剛剛打成那樣子，不去弄乾淨也不行。」

我跟著轉過去看，雷多幾個人身上還有羽毛，果然是不先弄乾淨不行，整個看起來很是狼狽的模樣。

不然剛剛你們是豁出生命在攻擊對方不成？

「你們先，我沒關係。」千冬歲很快地發出回應，倒是已經沒有剛剛那種對殺的火氣了。他從一邊撿起眼鏡掛回臉上，彈去身上殘留的羽毛片。

「千冬歲先洗吧，我要跟雅多一起洗。」推著千冬歲的肩膀，雷多嘿嘿地笑著。

「並不想跟你一起洗。」大致上也把身上羽毛整理得差不多的雅多冷冷地拋過來這句話。白了他一眼，千冬歲倒是乖乖地聽話了。

「雅多你好過分喔，我們兩個不但是親兄弟還是雙胞胎兄弟耶，你居然這樣排擠我。」直接撲上去的雷多一把抱住自家兄弟，兩個人同時翻倒在後面床上。

「滾開！」

「不滾！」

我愣愣看著在床鋪上已經滾著快打起架的雙生兄弟，突然有那麼一秒覺得伊多眞辛苦，如果我有這種兄弟我大概會腦抽搐。

「不好意思，讓你見笑了。」伊多無奈地嘆口氣，明顯就是習以爲常。

「呃、我沒關係。」只是他們精力還眞不是普通旺盛啊，明明不久之前才打過那個會死人的枕頭大戰，現在又開始自相殘殺。

雷多兩人在床上翻滾踢打了一會兒之後就由雷多勝利，整個人壓在他兄弟背上。「快點說你認輸了，然後說對不起雷多大爺下次我會乖乖聽話。」

一個拳頭直接往後砸在雷多的臉頰上。

然後我看見兩個據說心電感應很強的人同時捂臉陣亡。

痛了幾秒之後，雷多又撲上去把人壓在原位，底下原本正要爬起來的雅多又被壓趴回去床上，「渾蛋，滾開！」

我看見雅多的青筋正在爆開，很可能下一秒就會跟他家兄弟同歸於盡了。

「嘿、不讓，陪我一起洗就讓。」

「不要發神經。」底下的人直接再潑他一桶冷水。

「哼哼，信不信我哈你癢。」雷多騰出右手，開始活動五隻手指。

「你敢我就折斷你的手指。」

我在想，雅多不會怕癢吧……怎麼反應特別激烈……

「要斷一起斷啊，反正我又不吃虧。」完全已經變成那種吸著一管菸的邪惡老鴇臉，雷多很有種地撂下話。

雅多沒有回話，整個臉更臭。

「真的搔你喔。」威脅著把手搭在自家兄弟身上，雷多開始最後通牒。

「好了、雷多，不要玩太過火。」終於開口制止的伊多無奈地一嘆。

「放心，我只是在聯絡兄弟感情。」

我看你是在單方面聯絡兄弟感情吧？下面的雅多看起來完全不樂意跟你一起聯絡，而且有種一起來就會把你痛扁一頓的感覺。

「你再不起來我就折斷自己的手指。」數秒後，雅多陰惻惻地開口，「反正大家一起斷。」

意外地，雷多居然起身了，兩手做投降狀，「好吧，對不起。」

冷哼一聲，翻起身的雅多迅雷不及掩耳地就往自家雙生兄弟臉上一拳打下去。

就在同一秒，浴室的門也給人一把拉開。

剛好洗完澡的千冬歲愣愣地看著眼前那對捂著黑眼圈的雙胞胎兄弟。我相信他現在一定跟我一樣有種滿腦都是黑線的感覺。

「你們在搞什麼鬼啊？」

※

結果，雅多最後還是沒有和他兄弟去浴室增進兄弟之愛。

很孤單的雷多像是被遺棄的老人一樣，捧著衣服悲傷地進去了浴室，然後甩上門。

「漾漾，你要睡哪一邊？」一邊擦著頭髮，一邊尋覓比較偏僻床位的千冬歲這樣問我。

「呃、我都可以啊。」可是你也睡得太遠了一點吧同學。我看見他找了最旁邊的位置，還把床給拉開一點點距離。

原來你最討厭是睡大通鋪嗎？

「你要睡我旁邊嗎？」千冬歲指著有橫溝旁邊的床位。

「都好，還是那邊留給夏碎學長……」我頓了一下，抬頭看見千冬歲整個愣掉。有必要這麼震驚嗎？

「隨、隨你高興。」立刻推了推眼鏡，千冬歲把頭往旁邊轉，然後從自己的背包裡翻出一本小書，「那我就睡這邊了。」語畢，他開始在自己的床位上翻閱起那本小冊。

說眞的，因爲併了床位，整個通鋪很大，再多睡幾個人也不是問題。

整個房間安靜下來之後，我也略略感覺到一點睏意了，畢竟今天走一天的路，還發生了一堆事情，要說不疲憊一定是騙人的。

左右看了看床鋪，我先把自己的背包放到旁邊的櫃子上，然後隨便找了個位置躺下來。我想，千冬歲還是比較想跟他哥睡吧，畢竟機會難得。

不過如果半夜跳上的是黑蛇小妹妹那我也沒辦法了，就請你默哀吧這位同學。

就在我躺上去不用幾分鐘、已經感覺到有點朦朧時，砰地一聲巨大聲響馬上把我驚醒，整個人瞬間爬起來，錯愕地看著巨響來源。

一腳踹開浴室門的雷多就是噪音的來源。「不好意思、不好意思，不小心踢太大力了。」他咧著笑容，完全忽略整房間的人賞給他的白眼，「果然勞累一天洗個熱水澡是最舒服的，雅多、輪你了。」語畢，我立即看見還帶著水珠的某人像是飛鼠一樣直接往床上撲下去。

整個大通鋪被狠狠震動了一下。

「雷多，把頭髮擦乾。」他的雙胞胎兄弟皺起眉，甩了毛巾在他身上。

「喔喔，看到床太興奮了，忘記。」把毛巾從臉上拿起來，雷多還是咧著一樣的神經笑容，然後爬起身、坐在床上開始擦頭髮。「對了，我剛剛好像有看見自動洗衣機在走廊外面，不曉得還能不能用，不然髒衣服也沒辦法傳送回去。」

被他這樣一講，我才想到這個問題。

替換過後的衣服也要趕快處理，不然要是在這裡待上五、六天，我也沒多餘的衣服可以替換啊。

「應該還是可以的，這裡雖然人都消失了，但是電力、水源都還挺充足。」坐在桌邊翻書的伊多輕輕地開了口。

「嘿、那我等等……」

「我洗完之後，一起拿過去吧。」直接截斷他兄弟的發言，雅多這樣說著，「伊多進去之後換了衣服，我一起拿過去。」

你是怕你家兄弟玩壞別人的洗衣機嗎？

「嘖。」雷多哼了聲，倒是也沒多做什麼反應。

在雅多大約跟自家兄弟溝通……應該是有溝通好之後就進了浴室關上門，房間裡面立即安靜了下來。

「那麼，在雅多盥洗這段時間，各位有要洗淨的衣物請拿出來吧。」闔上了書本，伊多微微笑著看著我們。

「我自己拿去就可以了……」千冬歲第一個反應過來，馬上搖頭拒絕。

說眞的我也會覺得很奇怪，把髒衣物給別人拿去洗，怎麼想怎麼覺得詭異。

「我也是，我自己拿過去就好了。」迎著伊多的目光，我吞了吞口水，連忙說道。

「你們不用這麼客氣啦，反正還不是把衣服全都丟進去洗衣機而已，又不是一件一件用手搓。」雷多在床上滾過來又滾過去，幾個水印子出現在床單上面。

「不用了。」很堅持要自己拿的千冬歲偏過臉，沒有更進一步地搭理他。

「別特別介意，這時候大家互相幫忙些，能做什麼就做什麼，能節省時間多休息就多休息一些，畢竟明日還有什麼等著我們，誰也料不定。」伊多仍然勾著溫和的微笑，淡褐色的眼睛直視著千冬歲，「你說對吧。」

我注意到千冬歲愣了一下，不過馬上就恢復沒事的樣子，「不好意思，我明白了。」他這樣說，居然沒有頂嘴，而且還很乖地拿出了摺疊整齊的換下衣物。

千冬歲同學，難不成你轉性了？

我記得這位同學不但愛頂嘴，而且還常常死不合作，沒想到居然會這麼乖聽伊多的話，果然當大哥的人都不一樣，有種讓人自然信服的感覺。

大約二十幾分鐘之後，雅多很快地整洗完畢走出浴室，「伊多，該你了。」簡單地將髮都擦拭之後，雅多看了一下旁邊的兄長。

「嗯。」很乾脆起身的伊多拿了用品進了浴室，沒多久就遞出換洗衣服。

很快地把所有人的衣物整理進去不知道哪裡生出來的大袋子，雅多把最後一件毛巾拋進去之後，就提著袋子往外走。

「雅多，等一下。」我立即跳下床，「我一起去幫忙。」

我想，雅多一個人也會挺麻煩的吧。

看了我一眼，雅多微微地點了頭。

「麻煩你了。」

⁂

再度踏出走廊，走廊外仍舊很安靜，連一點點的聲音都沒有。

「這邊。」雅多指了與夏碎學長所待陽台相反的方向，然後往來時的樓梯走去。我連忙跟上他的腳步。

寂靜的走廊裡只聽見我的腳步聲響，雅多走路則是靜到幾乎連聲音都沒有。

我發現，他們幾個在走路時好像都是這樣子，不管是雅多、雷多也好，像學長、千冬歲、夏碎學長甚至五色雞頭和喵喵他們都一樣，腳步非常的輕，好像是某種好兄弟的感覺。

大約通過樓梯口又走了一小段路之後，我們果然在轉角處找到公用的自動洗衣機。這種感覺很奇妙，因爲我一直以爲我看見的可能會是別種東西……呃、反正就是應該不會是洗衣機的感覺。可是出現在我們面前的，居然是一台最正常不過的洗衣機，就好像我們在自己的世界裡面到處都可以看見的那種東西。

眞是太奇妙了。

原來這個地方居然也有正常的一面。

「嗯……使用上沒有特別需要注意的地方。」雅多打開了洗衣機，把衣服全部倒下去。

等等，全部倒？

「衣服不用分開嗎？」我記得應該是不同花色還有不同衣服要分開洗吧……而且我穿的是便宜的T恤，等等要是褪色染到別人的怎麼辦！

伊多他們都穿高級衣服，我怕賠不起啊！

「沒關係，它自己會分開洗。」雅多看著我，很冷靜地丟下這句話。

你可以告訴我它是怎麼自己分開洗的嗎？

一般的洗衣機應該不會自己分吧！

將衣服都倒好之後，雅多蓋上洗衣機蓋子，投了一枚硬幣進幣孔，「洗完到烘乾差不多要十五分鐘左右的時間，我們在這邊等一會兒好了。」

「我、我都沒關係。」十五分鐘是吧？

我錯了，我不應該以爲這個世界還有正常東西的，現在就算是它洗完自己摺好變成四角方塊出來，我都不會再吃驚了，眞的。

按下開關之後，雅多站在一邊。整條走道變得異常地安靜，就連正在洗衣的機器也一點聲音都沒有。

「雅多。」我看著他的側面，慢慢開了口，「我可以請問一件事情嗎？」

「請。」雅多仍然很靜，就連字句也不多。

「你和雷多是守幾點的夜？」

語畢，我看見雅多轉過來看我，神色卻一點訝異也沒有。「最後兩班。」頓了頓，他偏頭想了一下，才繼續說著：「你不用介意這種問題，就如同伊多說過的，有時候能做什麼就做什麼，自己目前能做到什麼地步，就做到什麼地步就好了。」

「我明白。」稍早，夏碎學長也曾說過類似的話，所以我也知道雅多想表達什麼。「那、我可以問看看雅多和雷多你們是什麼時候拿到白袍的嗎？」

移開話題，我隨便想了個詢問。

「高中的時候，跟雷多、伊多一起取得的。」

「欸？一起考？」他們兄弟感情眞的超好，我再度體會到。

雅多點點頭，「不管如何，伊多都會等我們，所以、他是最特別的人。」

聽著他這樣講，我又想起之前雷多說過的話，他們是禁忌之子，沒有人喜歡他們。可是，現在的我卻很喜歡他們，我所認識的不是什麼禁忌之子，而是很好很好的兩個人。

就算再多人說他們禁忌，在我眼中看起來，他們還是與學長、千冬歲或是五色雞頭都相同，一點分別也沒有。

「真羨慕耶，我老姊就會一腳把我踹開叫我自己去考了。」那個黑魔女的直系傳人，一想到冥玥我就有點打寒，從小被欺壓到大的慘案多到數不清啊……

「你姊姊？」難得雅多居然對這個起了興趣，直接轉過身面向我，「怎樣的人？」

「怎樣喔……」我搔搔頭，一下子突然想不出應該怎樣形容，總不能真的叫我講暗黑女巫的下任接班人吧。「就是很強的女生，跟學長有點像。」我一度懷疑我姊其實和學長搞不好是失散多年的姊弟。

「……」

我看雅多的表情應該是很難想像，「反正就是個性比較強勢的人，不過不是壞人啦。」

低頭看了我一下，雅多微微頷了頷首，「我知道，看你就知道了。」

看我就知道了？有沒有那麼神啊？難道我的臉上有刻著「我姊不是壞人」這幾個大字嗎？

「對了，你姊姊叫什麼名字？」

「欸？」我沒想到雅多會問我這個問題，難不成他對暗黑魔女起了興趣嗎？「我姊喔……我姊全名叫作褚冥玥，對了，你們好像差不多大耶，我姊也大學一年級。」

有那麼幾秒，我覺得雅多好像愣了一下。

有什麼問題嗎？

打破那瞬間沉靜的是洗衣機的聲響，大概是洗潔完畢的一小段音樂聲。聽見了那個聲音，雅多才回過神，「好了。」他轉過頭，打開了洗衣機的蓋子。

爲什麼我會覺得剛剛他好像有什麼事情想說？

一件一件洗乾淨，還眞的也烘乾的衣服被拿出來，不過倒是沒有自行摺好。「這樣就可以了。」很快地把衣服摺疊好，雅多抱起整堆的衣服，「回房間吧。」

「喔、好。」

※

我一直覺得雅多那時候好像有什麼事情沒有說出口。

回到房間之後，雷多已經在床上倒頭呼呼大睡了，還在翻閱書本的伊多與千冬歲同時抬頭起來看著我們兩個，「辛苦你們了。」將書本放下，伊多站起身幫忙將衣物還給原主。

千冬歲在拿到衣服之後很快地道了謝，然後將衣物收好，順便把書本也收進去。「時間也不早了，我先睡了，大家晚安。」拿下眼鏡之後，他拉上被子倒回床上。

「晚安。」

闔上了正在看的書本，伊多勾起微笑，「那我們也差不多該睡了。」

「喔、好。」我馬上脫了室內鞋爬上剛剛的床位。隔了一個大空位，另外一邊睡著雷多，整個人和棉被捲在一起，活像躺死的毛蟲，尖尖的耳朵整個垂下來和平常精神抖擻的樣子完全不同。

過了半晌，雅多才爬上床在我旁邊的空位、他家兄弟的一旁躺下。

「漾漾，晚安。」

「晚安。」

道過晚安之後，雅多很快就入睡了。

同時，房間的四周暗了下來。

說實在的，我有小小嚇到一點，因為沒有人關燈，卻自己暗了，那秒我還以為又有好兄弟要出沒了。不過四周的人都睡著了，看來應該就是旅館自己本身的設施才對。

明天開始，不曉得又會面臨到什麼東西。

還有，希望明天可以找到其他人和學長，我想依照他們的能力，他們應該都沒有事才對。

旁邊傳來平穩的呼吸聲，半晌，我也開始微微有了睡意。

明天大概又會是很勞累的一天，如果事情可以趕快解決完畢就好了。

恍惚朦朧之間，不曉得過了多久，我好像聽見有人起身離開、有人開門進來的細微聲響，旁邊空著的床位微微下沉、然後無聲。

我大概知道那是誰。

即將進入睡眠之前，我聽見很低的嘆息聲音。

「晚安……」

然後，夜深了。

《新版・特殊傳說4》完

番外．任務日記

地點：Atlantis

時間：上午十點零五分

所有的一切都是從那張紙開始的。

直到現在，我還是很不明白，當初爲什麼我要那麼腦殘手賤地去回答那張紙，以致於之後在我的心中留下了難以磨滅的悲慘記憶。

一切一切，都要從罪惡的那張紙開始說起。

事情是這樣開始的，某天我正在上有三分之二點八完全聽不懂的靈學，聽到快睡著的時候突然注意到有個白白的東西在地上走。

它在走不是在滾，我還以爲是我眼抽筋，結果居然不是，眞的有個白色的紙團球在地上走，那種動作就好像是蝸牛揹了殼，只是它揹的是團紙的那種感覺在緩慢移動。

爲什麼紙團會自己走路！

我當然不會天眞到以爲這眞的是蝸牛揹著殼在走，又不是笨蛋，誰會相信世界上會發生這種事情。唯一的解釋就是這張紙絕對又是誰誰誰的傑作。

紙用平均三秒鐘移動一步的速度在走。

等我發現時，我已經很無聊地開始幫那團紙做計時了。

大概在三分鐘之後，那團紙終於順利地抵達兩條街以外、千冬歲的座位旁，注意到有東西靠近的千冬歲抄起地上的紙團攤開，然後推推眼鏡，無視於講台上講到忘我的老師就在紙張上寫下幾個字，又重新揉了紙團丟在地上。

我看見那個奇妙的紙團重新緩慢地開始往回程爬。

這種傳紙條方式會不會太累了一點啊！等你們講完話大概都下課了吧同學。

紙球經過我的座位旁，大概在五分鐘之後抵達了萊恩的座位旁，然後被萊恩撿起來翻開。不曉得是不是我的錯覺，他翻開的那一秒，居然朝我這邊看了一眼，我馬上把頭轉回去，假裝我只是路過不小心瞥到。

他沒事突然看我幹嘛？

就在我假裝我很認眞上課、什麼事情都影響不了我的幾分鐘之後，有個白白的東西進入我的眼角。那個紙團居然在我的椅子旁邊停下來了！

假裝沒看見對我會比較好假裝沒看見對我會比較好……

我翻開書本，幾秒之後，我發現事情不是我假裝沒看見就可以混過去那麼簡單，因爲那個紙團居然沿著我的桌子爬上來了。

你還有附帶壁虎攀牆功能是嗎！

現在好了，紙團都已經爬到我桌面上、停在課本旁邊，就算我想假裝沒有看見也已經來不及了。

我看了看紙團，又看了看萊恩，他居然給我低頭在看書！你有這麼認眞嗎！

不然這團紙來找我幹嘛啊？

小心翼翼地拿起紙團，我攤開一看，上面很簡潔俐落地寫了幾個字：「你要不要回去原世界？」

回去原世界？

意思是指回我家嗎？

爲什麼萊恩會突然問我這個問題？該不會是他們突然想到要去我住的地方來個一日遊之類的事情吧？

考慮了一下，反正我也有好一陣子沒回家了，於是我拿了筆在上面寫了「好啊」的兩個字，然後學了千冬歲剛剛的動作，把紙團揉回去往地上丟，白色的紙團又開始緩慢地爬回去。

幾分鐘之後，紙團爬上萊恩的桌子，他翻開紙條那一秒我突然眼皮跳動了兩下，不曉得爲什麼下意識猛地後悔起答應的事情。

萊恩回覆的速度很快，沒過多久，我就看見紙團出現在我桌上了。

攤開一看，我差點沒昏倒。

上面仍然是很簡單俐落的字跡：「那好，我要去原世界出任務，等等下課一起過去。」

我後悔了，我幹嘛手賤答應他！

偷偷往千冬歲那邊瞄過去，他同時也看過來，然後送我一個意味不明的笑。

你們到底想幹什麼啊！

※

「漾漾，你可以答應眞是太好了。」

一下課，我的桌子馬上被包圍起來，左邊站一個千冬歲、右邊站一個萊恩，雖然萊恩沒什麼存在感，可是一次兩個還是很驚人的。「什、什麼答應……」我有種氣勢整個被壓落谷底的感覺。

「你剛剛不是答應要跟萊恩回原世界嗎？」千冬歲乾脆在我前面的空座位坐下來，「本來今天我要跟萊恩回去一趟，可是臨時有事情所以沒辦法，所以我想說原世界你應該也很熟悉，才讓萊恩問你看看要不要一起過去。」

我猛然瞪向萊恩。

「問了，你也答應了。」後者給了一個讓我想當場掐斷他脖子的話。

你那個叫作有問過嗎！

明明千冬歲講的這麼大一段你省略成簡單幾個字是怎樣！講話省略就算了，你有必要連字都省掉不用嗎！還是你根本寫了米粒大、跟你一樣沒有存在感的字讓我沒注意到看錯了？

如果是這樣，我道歉好不好！

你根本是在整人嘛！

「還是漾漾也不方便過去？」千冬歲可能注意到我不太樂意，於是提出發問，「如果不行的話就算了，我另外再安排別的人過去也行。」

我看見眼前有個厚鏡片跟某個站著的人用某種無法形容的表情在盯著我看，接著兩邊都安靜下來，這讓我開始懷疑如果自己拒絕了是不是會有什麼被報應之類的事情發生。

「我可以請問一下是什麼樣子的任務嗎？」看了兩邊兩個不發言的人，我有點怕怕地開口。

「很簡單，只是去把撈過界的地靈遣送離開原世界而已。」推了推眼鏡，千冬歲這樣告訴我，「一般來說，只是個十來分鐘就可以解決的小事件，不過麻煩就是在開啟送返結界要兩個人……加上萊恩的法術不靈，沒辦法用其他更快更方便的。」說著，他賞了自家搭檔一記白眼。

萊恩把頭轉開，假裝沒聽見。

「你說的那個什麼結界我也不懂啊。」我的術法可能比萊恩還要爛上十幾倍。

「沒關係，萊恩會用。」千冬歲一拍我的肩膀，「重點是啟動陣法要兩個人，你剛剛沒有聽仔細對吧。」

呃……我的確是沒有仔細聽見那一段。

「這樣你方便去嗎？」萊恩開了口。

如果只是去湊人數我想應該還可以吧，第一次認識萊恩時也做過類似的事情，雖然我到現在還搞不懂那時候到底是在幹嘛，「如果不會用到很久的時間應該是沒關係吧……我下午還有課，可以趕得回來嗎？」

「正常來講，如果沒有意外的話，應該是午餐之前可以趕回來。」

千冬歲的話讓我很害怕，因爲每次我都是最不幸那個，會因爲意外趕不回來的人。

「如果午餐之前可以趕回來，那就沒什麼問題。」我硬著頭皮點頭，畢竟剛剛是我先答應人家的，所以我想不管怎麼樣還是要遵守比較好。

「好，那就這樣決定了，時間不多，我先幫你們兩個傳送出去原世界吧，到了那邊之後萊恩會跟你解釋任務的。」千冬歲一擊掌然後站起身，用某種一切都解決、沒問題的語氣這樣說，「至於地靈你就全都交給萊恩就行了。」

我的眼皮跳了兩跳。是說，我好像忘記問地靈是什麼東西喔……

「吶、你跟萊恩出任務時一定要記住一件事情。」千冬歲突然把我往旁邊扯一段距離，然後壓低聲音在我耳朵旁邊說著，「千萬不要讓萊恩看到飯糰、飯糰店、飯糰路邊攤這類東西，不然你下午的課程大概也回不來了。」

我懂，我完全了解。

可是問題來了，「如果他看到我來不及阻止怎麼辦？」我又不是神人可以先知道哪邊有那種東西，萬一萊恩動作比我快，我哪有辦法制止咧。

「那就一切都是命，你好好安息了。」千冬歲很遺憾地拍了拍我的肩膀。

安息你個頭！你不是應該告訴我就算把萊恩敲昏也要把他拖走這類的話才對嗎！

「你們還要講多久？」催促的聲音從後面傳過來。

「好了好了，你們可以出發了。」一轉頭，千冬歲拖著我往教室外面走出去，「記得多餘的事情不要做太多，不然會趕不上下午的課程。」

他這句話分明就是要說給我聽的。

「我會努力……」

如果我可以努力到的話。

「那麼就祝你們工作順利囉。」

下一秒，我看見金色的移送陣出現在我們的腳下。

❋

一陣風吹過。

睜開眼時，映入我眼中的已經不是教室了，而是一個我沒有看過的地方，而且還很明顯是某棟大廈之類的建築物屋頂。

整個陽台上種滿了花草，連一個人都沒有。

這是哪家的空中花園啊？你們不要隨便傳就私闖人家大廈，被抓到是會被管理員攆出去的耶！

「奇怪，時間已經超過了。」萊恩站在我旁邊看了一下手錶，發出意義不明的話。

「什麼時間？」我腦袋上出現了問號加問號，不知道爲什麼他會突然來這麼一句話。

「委託者的約好時間。」

我想，他應該是想說跟委託者約好碰面的時間吧，「那如果委託者不來怎麼辦？」

萊恩沉默了。

其實我不應該問他這個問題才對……

就在四周安靜到有點尷尬時，某種奇異的花香味飄過來，然後出現在我們面前的是跟我們年紀差不多大的女生一枚，穿著白色的連身洋裝，黑色長髮很夢幻地隨風搖曳。對，就是你腦中想到的那種標準夢幻美女。

「請問兩位是公會派出的工作者嗎？」夢幻美女開口，一開口就馬上讓我們確定她的身分，會知道有公會這種東西存在的，除了委託者之外應該就沒有別人了。

「我是萊恩·史凱爾，旁邊這位是褚冥漾。」萊恩對夢幻美女點點頭。

我站在旁邊突然發現一件事情，夢幻美女跟萊恩站在一起，真的是一種突兀到不行的視覺衝擊。你可以想像一個夢幻美女旁邊放著一個流浪漢外加衣服縐巴巴的那種畫面嗎？

夢幻美女倒是沒有什麼特別的感覺，臉色很正常，也沒有看到眼前緺巴巴流浪漢就覺得自己上當受騙之類的反應。「我想公會應該已經將我的請求傳達給兩位，這個地方有地靈作祟，我想請兩位將地靈給送離開這地方。」

聽著聽著，我突然感覺到不對勁。

一般普通平民百姓怎麼會知道有地靈而且還可以察覺存在？

「我明白。」萊恩依舊很簡單俐落地點頭，「那請您先回歸本體，地靈清除之後再出來，以免傷了靈體。」

本體跟靈體？

我瞠大眼睛，看見夢幻美女微笑著鞠了躬，就這樣慢慢地消失到旁邊的花叢裡面了。

她是花？

「最近花魄也不好當，空氣不好、水不好，就連住的地方也不好。」萊恩轉動了手臂，然後拿出短繩子把頭髮綁起來，一瞬間流浪漢馬上升級為有殺氣的緺巴巴白袍。

我大概知道剛剛那個夢幻美女是什麼東西了。

「呃、請問我要幫忙什麼？」看來看去，看不出這裡有什麼東西，我完全不曉得站在這裡可以幹嘛。

一塊黑色的石頭飛過來，慌慌張張中我好不容易才接住那個石頭，仔細一看，不是路邊那種黑石頭，而是有著白色紋路、微微透明的深黑色石頭。

「那個是結界石，你現在站到東邊去。」萊恩指了一個方向給我，「等等我把地靈逼出來之後結界石會開啓空間門，你只要站著讓地靈通過你手上的空間門，一切任務就都完畢了。」

喔，那還挺簡單的啊。

「記住，千萬不要亂跑，不然地靈送不回去就很麻煩了，所以無論如何你一定要讓地靈通過結界門才可以鬆手，瞭嗎？」萊恩一手重重拍著我的肩膀，再三強調。

「我明白。」我用力點點頭，送個地靈經過我手上的結界門應該不怎麼困難，看來眞如千冬歲所說的，這個工作應該會很簡單才對。

萊恩走到另外一邊，離我有一小段距離，然後伸出手，「與我簽訂契約之物，請讓隱藏者聆聽你的低鳴。」一點光在他手上拉出線，然後他握住手，抽出一雙長刀，「湘水，讓異物脫出自然物吧。」

我聽見一種像是水滴的聲響。

揮動手上的雙刀，萊恩很快地就擺出進入戰鬥位置的姿勢，手上的雙刀散出了無數的水霧飛繞在四周，一點一點細微的聲音迴盪在天台之上，好像是某種水晶音樂正在響起，讓人感覺到一陣清涼的放鬆舒服。

一個黑影緩慢地從地上浮出來。

那瞬間，我好像聽見某種靈異鬼片的音樂在我耳邊響起。

「吼——」

下一秒，我看到史前巨鱷出現在我的眼前。

「萊恩，我可以請問一下嗎？」

「請說。」

「這個東西……就是地靈？」

「沒錯。」

我現在非常想幫自己喝采，看見巨鱷從地板冒出來出現在我眼前外加一聲像是恐龍般的咆哮……我居然沒有尖叫轉頭跳樓逃逸，看起來我眞的有進步了……

那個史前巨鱷是啥鬼啊！

地靈依照字面上來解釋不是應該是地板上的幽靈之類的東西嗎？爲什麼會變成史前巨鱷你告訴我？

那種東西明明應該是沼澤惡靈吧！

「漾漾，千萬不要離開東位，等等地靈過去的話，你要小心讓牠進去結界門。」萊恩再度提醒。

說眞的，在看見這玩意之前，我一口答應絕對沒問題，可是在看見這個玩意之後，我開始認眞覺得要是牠衝過來的話，我要不要逃走了。

眼前的鱷魚至少有半層樓高，整個空中花園在牠出現之後突然變得很小，小到這玩意要跑個幾步都很困難。

鱷魚咧開嘴，我看見裡面宛如手腕大鋼釘般的牙齒，整個人突然覺得很痛，被咬下去應該不死也重殘。

「人類，不要來礙事。」意外地，鱷魚居然講話了。

我沒想過我居然有能夠與鱷魚溝通的一天，世界眞是太奇妙了，原來史前巨鱷是會講話的！只是牠的態度很不好就是了。

「你撈過界了，現在不走，我會幫你好走。」萊恩勾起了危險到了極點的笑容，完全跳出流浪漢的感覺，「懂嗎，鱷魚。」

原來會覺得地靈像鱷魚的不是只有我，我突然有種「媽媽感到好欣慰」的感覺。

「沒禮貌的小子！」完全被鱷魚兩個字激怒的鱷魚猛然張開口，氣勢洶洶地直接往萊恩的腦袋啃下去。

下一秒，史前巨鱷發出慘叫聲。

連移動都沒移動的萊恩直接把刀往上捅，插進史前巨鱷的嘴巴上面，鱷魚倒退了好幾步撞到牆壁，不斷哀號。

我知道那個一定很痛，就好像吃魚的時候被魚刺戳到，那種痛楚只能意會不能言明啊！

「打開結界之門，送返該回的往回。」握著另外一把刀旋了一圈，萊恩像是比劃了個什麼樣式，接著我注意到我手上的黑色石頭開始在震動，幾秒之後，一個黑色的大圓圈出現在我面前。

「漾漾，要去了。」

什麼要去了！不要隨便詛咒我！

蹬了腳步猛然衝出去，萊恩無視於被魚刺卡住嘴巴的鱷魚的怒火，一刀就往下掃。我看見整片的水霧直接衝擊鱷魚，然後受到震動的鱷魚居然往我這邊飛過來。

我看見整排的鋼釘牙在我面前張開。

「啊啊啊啊啊——！」

幾秒之後，巨大的轟隆聲響撞擊在我後面的樓頂水泥牆。

「你幹嘛閃開！」萊恩用刀指著抱頭蹲在地上的我，說道。

「你看到鱷魚飛過來你不會閃嗎！」而且牠的嘴巴還正對我耶！正常人應該都會閃吧！原諒我不是不正常的人，我的心靈恐懼大於理智啊老兄！

「你閃開結界門就會跟你一起閃，這樣鱷魚過不去！」

這個我也知道啊！但是你就不能考慮讓牠用屁股朝我飛過來嗎？正面衝擊實在是很嚇人，我的膽子沒有那麼大。

就在萊恩還想說什麼的時候，我突然感覺一大片陰影罩在我身上，全身的雞皮疙瘩也跟著豎起來。

「漾漾！快躲開！」

我轉過頭，愣愣地看著一整排鋼釘從我腦袋上蓋下來，連反應都來不及。

原來我的人生到此結束了啊……眞是個不知不覺的短暫人生……

黑暗襲來，意外地，居然連一點疼痛都沒有。

糟糕，不知道學長看見後又要說什麼了。

幾個聲音在我周圍咚咚地落地。

然後一絲光線出現在我面前，接著是整片的光明逐漸地展開來。

「漾漾，沒事吧？」萊恩的臉出現在光明的地方，感覺上有點狼狽的樣子，因爲他的臉上多了幾條擦傷，「快出來。」

出來？

對了，我好像被鱷魚整個咬下去。

移動腳步往萊恩那邊跑去，我才發現原來是萊恩撐開鱷魚的嘴，所以才有那種黑暗光明感。

一出去之後，我發現史前巨鱷整個倒在地上，有光讓我看見牠的牙齒被削了一半掉，所以剛剛才沒有直接把我給咬爛了。

「眞是的，我還以爲這次完了。」看到我出來之後，萊恩鬆了口氣。說眞的，我也以爲我這次完了，「幸好湘水也在牠嘴裡。」

我轉頭，看到史前巨鱷在抽搐，眼睛整個翻白，這讓我無法理解萊恩是怎麼打倒牠的，不過還是不要想太多比較好。

一脫困之後，我有種差點腿軟的感覺。原來被鱷魚吞掉是這麼恐怖的事情……

就在我意識到剛剛其實很恐怖的同時，突然被人用力一拉，轉過去看見萊恩，「先把這隻鱷魚送走，不然牠清醒又難辦了。」

「喔、喔好。」我張開手掌，看見那顆黑色的石頭還被我捏得死緊，整個手都是冷汗。

結界之門重新被打開，萊恩很快地就把那隻史前巨鱷給送進去裡面，然後消失。

四周又恢復一片安靜。

確定整個都沒事了之後，我馬上跌坐在地上。

好恐怖，剛剛是哪個把我拐來的傢伙說是個很簡單的任務啊！

我發誓再也不亂聽千冬歲的話了。

萊恩在我旁邊蹲下，「沒事吧？」他把髮繩抽了，又變回剛剛沒什麼特別存在感的流浪漢。

「呃、應該沒有。」只是有點腳軟而已。

一陣香味飄過來，剛剛出現的夢幻美女再次站在我們面前。「多謝兩位的幫忙，少了地靈的威脅，我與同伴們才能夠繼續存活下去。」說著，她深深地一鞠躬，「關於費用，我會將尾款送入公會當中。」

「小事一樁，不用客氣。」萊恩搧搧手。

夢幻美女又點了頭之後才消失身影。我想，任務應該是到此結束了吧。

「你休息一下我們再回學校。」完全沒事的萊恩拍拍我的肩膀站起身，然後伸了伸懶腰，「終於解決工作了。」

你們的工作都不是人做的！我再度深深體會到這點。就在我想站起來時，口袋手機突然響了，打開看見新的簡訊，會計部已經匯來輔助款項了。

有時候我真的會懷疑搞不好他們在出任務時都有人在旁邊監視偷看，不然怎麼每次都這麼準，太神了吧！

「好高喔。」萊恩靠在天台圍牆邊往下看，「二十五樓。」

你媽媽沒教過你不可以做這麼危險的舉動嗎！就在我爬起身看了手錶、想想大概還可以趕上午餐時間的同時，一個宛如惡魔的聲音從天台邊飄進我的耳朵裡面——

「啊，飯糰店。」

我突然有種今天回不去了的感覺。

下次打死我我也不出任務了！

〈任務日記〉完

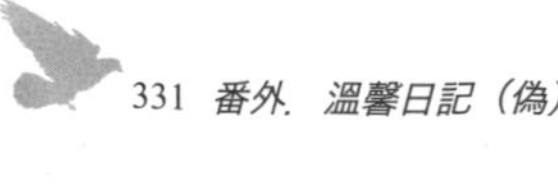

番外．溫馨日記（偽）

地點：Atlantis

時間：下午兩點零一分

世界上有很多事情就是那麼奇妙。

在你措手不及的情況之下，什麼事情都可能發生。

在離開住處進行任務以及其他雜事等的一天之後，疲憊地回到房間，正想先去淨身然後睡覺補足體力的夏碎在看見房中突兀的多出物之後，其實是有三秒鐘愣住的。

那是一團蝴蝶結。

不對，更正，那應該是一條被打成蝴蝶結的蝴蝶結蛇端端正正地擺在他平日讀書用的小桌上。

殺氣騰騰到快發紅的金色眼睛凶惡地瞪著他。

這東西他不久之前才看過，從亞里斯學院的代表中被拔出來，然後被他的搭檔好友打了蝴蝶結之後從此下落不明。

夏碎連想也不用去想爲什麼這條蝴蝶結會突破紫館的結界出現在自己的書桌上，他很清楚明白會做這種完全無視於紫館規定外加結界，硬把大型詛咒傳過來事情的只有一個人——他最偉大的黑袍搭檔。

等等，要是這樣計算起來，這條蝴蝶結已經維持這樣子好幾天了吧？

眞是種應該敬佩的毅力。

褪去紫袍之後，不急著打開蝴蝶結的夏碎慢條斯理地整理好衣物之後，在櫃裡翻出了乾淨的衣物，扯了髮帶就往浴室走，完全不將黑蛇火上加火的最高憤怒表情放在眼裡，悠悠哉哉地就往浴室走進去。

大約十來分鐘之後，簡單地沖完澡，他又悠閒地自浴室中晃出來，那條黑蛇就活像是跟監感應器般自始至終眼睛都是牢牢地盯著他。

「你這樣看我也沒有用，畢竟你是敵方的詛咒形成，照規定來說，現在應該已經被消滅分解了才對。」自小冰箱中拿出了水壺，夏碎給自己倒了杯涼水，「吶，我解開你，你安安分分的，如何？」

黑蛇仍舊緊盯著他。

放下水杯，夏碎在一旁坐下，「吶，去吧。」語畢，一彈指，黑蛇立即從蝴蝶結的姿態整個被解開來。

同一瞬間，一放開的黑蛇立即衝出矮桌，猛地往天花板上竄去，整條黑色的身體盤踞在房裡的天花頂角落，金色的眼凶狠地瞪視著他。然後，又轉變形態，扭曲成了黑色的蜥蜴，齜牙咧嘴地向他示威。

「你可能還不曉得一件事情。」抽出了張紙拿了筆在上面畫起些許圖文，夏碎也沒專注去看那個黑色的客人幾眼，「被硬抽出的詛咒除了本身威力會折半之外，一旦少了憑藉的形體，很快就會消滅。」

一陣冷風自他的頸邊颳來。

夏碎停下手，轉過身，正好對上詛咒的金眼。「在我手下，爲我辦上更多事吧。」圖騰成形的紙在金色的眼前發出藍色的光芒，微弱得像是水珠一般，「轉咒，逆陣法。」

像是被重力一震，黑色的蜥蜴猛然掉落地面，接著像是灘水般擴展開來，一點一點的，在地面上畫出一層又一層的法陣，直到將房間全部地板都畫滿了才逐漸停止。

字體在黑色的法陣上顯露出來，高階的文字夾雜著一些奇異的符號，不是他們所該學會的邪惡詛咒。

夏碎屈著膝跪坐在原地，仔細地將大致陣型都看過一遍之後才伸出手，「更改，轉移舊之型、脫離軀體，改爲聽我命之型、重入軀體。」指尖敲扣著眼前的黑色字體，底下的法陣字形以及圖騰開始緩緩地照著他的手指轉換位置。

一點一點改正了黑暗陣法大約花去了夏碎很長一段時間，直到外頭的天色逐漸轉暗，他才終於將最後一個字落定。

陣法改動之後，開始緩緩地再度轉動了起來，接著一點深黑的顏色自法陣中浮起，飄在他的面前。

「這是……」瞇起眼，夏碎略微猶豫了半晌，「原有者之血嗎？」

像是認同了他的話，黑色的法陣泛起了微弱的金光。

深黑顏色的血罕少人有，他微微思考了半晌，除了異族之外，實在是想不出來還有什麼種族會有這般詭異的色澤。不過這也的確說明了，向亞里斯學院下手的人十之八九是鬼族一類的錯不了。「這已經不屬於你，放棄吧。」

就在語畢的同時，那滴黑色的血珠炸裂，消散於空氣當中。

微微鬆懈下來之後，夏碎吐了口氣，「這樣應該差不多了。」他看向地面，上頭的黑色法陣已經往中心開始聚集起來，一點一點的，重回了蛇體的形狀。「吶，過來吧。」咬破指尖，一滴鮮紅落在手心上，黑蛇在形體成型之後移動過來，小小的頭顱放在他的手心上吸去那滴血色。

早先的凶狠氣息幾乎在那瞬間消失殆盡。

在完成最後一道手續之後，夏碎整個人倒在房間的榻榻米上。

天色已經全黑，窗外像是潑散了濃墨一般幾乎看不見景色，不曉得何時已經自行開啟的燈照亮了整個房間。他看著，那條剛剛改完咒文的黑蛇在自己身邊繞了幾圈，然後停在他的眼前對上他的視線。

他知道，現在應該給詛咒體一個寄宿形體才對。可是，他有點累了，出完任務回來又整下午到晚地改動這個咒語，這些事讓他有點從地上爬不起來，連眼皮都沉重得幾乎閉上。

黑蛇眨著大大的金眼，疑惑地看著他。

「我在裡面的櫃子有收著幾個偶可以讓你用，明天、明天我再拿給你。」微微閉上眼，任由一片昏暗襲來。

他知道黑蛇還在注視他，可是無妨，已經沒有什麼危險性了。

對了，還得給他起個新名字……

❀

他聽見了一首歌。

緩緩而低沉迴盪的搖籃歌，女人的手輕巧地拍著小床上的嬰孩吟唱著歌曲，時而輕柔時而溫婉，令人不由得想隨著歌聲靜靜地閉眼沉入夢鄉。

那裡隔了一扇門，他站在門後看著那個女人和嬰孩。

在那個人出生之後，大家都告誡他那是下任家主，自己生來就是要輔佐的，而在之後連父親也不再多看他與母親一眼。

嬰孩睡得深沉。

裡面的女人無聲地替他覆上軟被，輕輕地走出了那扇門，在出來的同時看見他站在門口，也不感覺意外，就是輕輕地微笑，於是轉身離開。

他走進去，室內的空氣彷彿還存留著歌聲一般，溫柔平緩。

小床上的嬰兒睡得甘甜芬芳，他站在旁邊看著那個嬰孩，細小的頸項……

那首歌，偶然在很久之後回想起來時，他卻已經忘記了那是怎樣的歌。

夏碎清醒的時間是在隔日。

還迷迷糊糊之際，他先感覺到身上已經被覆上一層薄被，這是他收在小櫃裡面的涼被，昨晚昏睡過去之前應該沒有拿出這東西。

一想到這邊，他整個人馬上清醒過來。

翻起身，首先進入他眼中的是散落在地面上的一些書籍，然後是紙張跟筆，這些東西他一向整理好放在桌面上；接下來看見的是整個房間有點凌亂，到處都掉了些小東西，不管是工藝品或者是衣服、擺飾等等，活像是有什麼小偷入侵。

當然，紫館絕對不會有小偷入侵。

夏碎只用三秒來爲房間的凌亂發呆，然後掀開了涼被站起身，凌亂的路線一直往內室休息的房間進去。

還不用進內室，他只消一眼馬上就知道造成這片混亂的罪魁禍首是誰了。

房間裡被拖出一堆備用的衣物床被，一團一團糾纏在一起的裡面，有個東西正在緩緩地起伏，最下面露出條腿、小孩子的小腿一截。

踏著無聲的步伐走進房，他將蓋在上面的布料小心翼翼地慢慢取下，直到最下面正在熟睡的東西出現在眼前——

那是個小女孩，約莫十、十一歲左右的年紀大小。細細軟軟的黑髮整個鋪散在房間的地面，小小的身體外裹了一層黑色的衣物。

他還眞不曉得原來詛咒智慧還知道得讓自己穿上衣服。

夏碎瞄了一眼扔在旁邊的雜誌，被翻開到某一頁的上面有個穿著和服的女孩與家人的相片，而那是一則滅門血案的家庭照片。眼前睡得香甜的小女娃身上穿的正是雜誌裡的樣式。

就在他思考著要如何與眼前應該是未來的房客討論住宿要件同時，地板上的女娃發出了幾個奇怪聲響，然後顫了顫眼睫，一點金色的光芒出現在黑色的睫毛下面，於是她緩緩地睜開眼。

金色的眼與紫色的眼相對。

半晌，女娃露出個憨憨的笑花，「嗯……主人……」送給他三個字之後便皺起小小的臉，似乎在猶豫接下來要說些什麼。

「我的名字是藥師寺夏碎。」拂開旁邊的雜物，夏碎隨意地在榻榻米上坐好，「妳自行找到祭偶使用嗎？」

「嗯。」女娃漾出大大的笑容，眨眼瞬間黑蛇立即竄出在空氣當中，叩咚之後，一些聲響落在地面上，是個小小的人偶。讓對方確認後，黑蛇再度鑽回偶上，出現了一樣的小女孩。「很舒服、很舒服，比之前寄住的東西還要舒服。」

「妳喜歡就好，祭偶身上都會附帶著能讓附身物體順利融入的小咒語，若沒受意外傷害，能夠維持很長一段使用時間。」簡單地解釋了一下祭偶後，夏碎才注意到打開的小櫃子裡面也散落好幾尊小偶，於是起了身過去，將一片凌亂慢慢整理好。

「對不起，因爲我不知道放在哪邊，所以把每個地方都找了。」女娃吐吐舌，然後蹲在旁邊幫忙撿起小東西遞過去。

「沒關係，反正也差不多到了該整理房間的時候了，請幫我把外面的涼被拿進來。」應答自如，夏碎很快地就將倒得到處都是的小物品都歸回了原位，身後很快傳來小小的跑步聲音，他頭也不回地接過了涼被、摺好收入櫃子。「對了，妳有特別想要的名字嗎？」

「名字？」女娃偏著頭，金色的眼睛疑惑地眨了眨。

「嗯，名字。」大致上將櫃子裡的東西整理妥當之後，夏碎轉回過身，正好看見女娃頭下腳上地正在做奇怪的翻身運動。「例如我的名是夏碎，妳有沒有喜歡的字想當名？」雖然這樣問一個詛咒體挺奇怪的，可他覺得還是應該尊重一下當事「人」的意見。

女娃立即飛快地搖頭，「沒有，這樣就沒有名字嗎？」

「倒不至於，不然我們一起來選名字吧？」關上櫃子，夏碎站起身，走出了內室。外頭還散滿了東西，他彎身開始一件件收拾，「妳認得字嗎？」

「嗯，認得。我之前的主人有在裡面做了字體的辨別。」跟著蹦蹦跳跳出了內室，女娃也尾

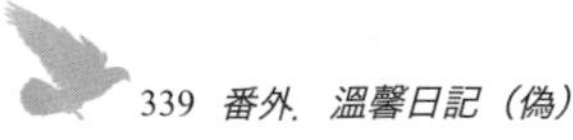

隨在後一起撿東西。

「那就好。」

大致上將房間都整理完畢之後，夏碎找出了本不曉得多久沒有使用的厚重字典，又給兩人沖了茶水之後才在小桌前坐下。

「要怎麼有名字？」趴在小桌旁邊，女娃好奇地問著。

「我們一邊看字典，一邊找妳喜歡的字好不好？」打開了寫有密密麻麻文字的厚重書本，夏碎語氣淡淡地說著。

「好。」

就在女娃專心盯著字典上的文字同時，房間的門被人輕輕敲叩了兩下。

「妳慢慢翻，我有客人，先離開一下。」注意到女娃專心地沒應聲，夏碎才起身往房門方向走，一打開，外面站著的是另個友人。

與他一樣的紫袍友人。

❀

一個大木盒出現在夏碎面前。

「這是翼族裡有人託我帶過來給你的點心。」木盒之後出現了一張白色的面孔，近乎透徹的琥珀色眼睛看不出一點雜質污染，柔順的長褐髮紮了馬尾在腦後，讓人感受到自他身上傳來的清淨氣息。「另外翼族近期有茶會，也託了邀請卡要給你，希望你能撥空賞臉，過去一聚。」

「麻煩你了，荒神。」接過木盒，夏碎微微點了頭，「翼族的聚會我會出席的。」

「那……」似乎正要說些什麼，青年的視線突然往下望去。

跟著往下看過去，夏碎看見腳邊出現了應該要在裡面翻著字典的女娃，還仰起頭眨著金色大眼看著他們，「嘿……」

「你的實驗嗎？」青年微微挑起眉。

「嗯……算是吧，不過對紫館無害。」夏碎揉揉女娃的頭頂，開始覺得應該把她一頭亂髮給整理好才對。

「看得出來。」不特別表示意見，青年微微點頭。

望著夏碎手上的盒子，女娃偏著頭，又看看門外的訪客。

「這位是荒神，七里荒神。」拍拍女娃，夏碎盡了些房主的責任爲新房客介紹客人，「他是翼族出身的使者。」

「你好。」女娃相當配合地乖巧一躬身。

「妳好。」青年相當自然地也點了點頭，表示打過招呼，「對了，這次送來的點心他們有吩咐不能久放，別又像上次一樣放到過期了。」

「我知道，謝謝。」頓了頓，夏碎猛地想起另件事情，「你這次回來多久？」

「休息一週，然後會繼續出任務。」有問必答的青年又看了地上的女娃一眼才收回視線，「這學期因爲沒有接任課程，相對地出任務時間可以拉長，有些長期任務本來就有點想挑戰了，所以正好趁這機會多走幾趟。」

點點頭，夏碎勾起了一貫的微笑，「明白了，那任務上祝你一切順利了。」

「謝謝。」

相互點頭之後，青年便往走廊另一端離去。

關上門後，夏碎提著木盒走回房間，後頭的女娃很快地跟上，「吶吶，主人，那個人可以吃嗎？」

「不可以。」不用半秒就回答了女娃的話，夏碎把東西放在房間中的矮桌上，然後在旁邊坐下來，「荒神是學院的專任課程教師，主要指導國中、高中兩部的學生初級種族課程，妳看見他要尊重，懂嗎？」

「嗯，懂。」女娃很用力點了頭。

眞的懂嗎？

夏碎抱持著不小的疑問打開木盒，那一秒，室內立即染滿了略帶芳甜清香的氣味。「嗯……上次的都還沒吃完，這麼快就又做新的了嗎？」

正想再度將盒子蓋上時，他注意到旁邊傳來熱切的目光，偏過頭，一雙金色的大眼水亮亮地直盯著點心盒不放。

「想吃？」夏碎不曉得詛咒體能不能餵食。

「嗯。」女娃點了點頭，用種充滿了希望的眼光看著他，「這是什麼？」

「這是翼族的點心盒，他們是喜歡天空的種族，每個月都會製作點心盒供奉守護神祇；因爲之前我替翼族解決了一些事情，所以他們現在每個月供奉完神祇之後，分送點心盒都會送一份給我。」仔細地解釋了一下點心來源，夏碎抬頭之後，發現其實是有點多說的，因爲女娃的表情反應已經呈現整個都在注意點心，根本對來源不怎麼感興趣。

「那可以吃嗎？」果真把剛剛那段全都忽略掉的女娃很無邪地詢問。

「可以，我去沖點茶水來吧……」重新打開了點心盒，夏碎站起身往小廚房走去。記得上次的茶葉還有一點，拿來配點心應該很不錯。

就在幾分鐘、他端著茶盤走出之後，一看見眼前的景色，整個人愣在原地。

那個詛咒體形成的小女娃拉開自己幾乎比腦袋大的嘴，另一手拿著已經空了一半的點心盒往嘴裡倒。

夏碎愣了愣，不曉得還要不要把茶水拿出去。

他深深地認爲，明天應該去紫袍專屬的圖書館查找看看關於詛咒體與食物之間的相關事情，畢竟看見詛咒體吃東西、而且還是這種吃法，對他來說是生平第一次見識。

同樣注意到他走出來的女娃馬上把點心盒放下、閉上嘴，一臉無辜地望著他。

「點心配上茶水會比較好一點。」想了一下，夏碎還是端著茶水走到桌邊，優雅地跪坐下來、放上茶盤。

「嗯。」女娃仍舊很乖巧地點頭。

看來以後應該不用擔心點心會再被自己放至過期了。

這是夏碎在見識完詛咒體如何吃東西之後，第一個結論。

「對了，妳選好字了嗎？」

又取出另一盒比較舊的點心盒放上桌面，夏碎看著上個月連一半都還沒吃完的食物，順口問道。

「什麼字都可以嗎？」女娃繼續伸手去拿點心，這次倒是沒有明目張膽地整盒拿起來倒了。

「有喜歡的字了嗎？」看她的樣子似乎已經有想要的字，夏碎端了茶嗅嗅香氣。

「嗯。」用力一點頭，女娃快速地將手上的點心一口吞下，橫過桌子拿起了點心盒的蓋子，「喜歡這個。」

被舉起的蓋子上刻畫著龍飛鳳舞的字體。

夏碎當然認得，那個字就是供奉點心盒製作者的名字。「妳喜歡這個字？」

「嗯，因爲很好吃。」女娃給了他匪夷所思的答案。

好吃總比沒有興趣好……

「那麼，這就當妳名字好嗎？」夏碎在心中對那名製作點心的友人致上了些微的歉意。

「嗯，好。」露出燦爛的大大笑容，女娃抱著盒子的蓋子跳了起來，然後在桌邊蹦著轉了一大圈，「名字、名字，我的名字。」

實際上，這名字其實也挺優雅的，總比阿貓、阿狗好很多。夏碎看著眼前很樂的女娃，開始慶幸還好翼族拿過來的不是一盒香腸或是其他奇怪的生鮮食品，要不然他很難想像若是詛咒體告訴他要叫特級鯊魚還是魷魚之類的東西時要怎樣說服她。

女娃將木盒子的蓋子拿過來，金色的眼巴巴地望著他，「主人，唸給我聽。」

接過那個蓋子，夏碎看著上面的字體，「亭。」只是個單名，那位製作者名字其中的一字單名。

「這是我的名字。」女娃又蹦蹦跳跳起來了。

其實亭字也不錯，至少男女都通用，「那麼，妳的名字就叫小亭，好嗎？」

「嗯。」用力一點頭，剛獲得新名字的女娃滿臉都是光彩興奮的神情，「我叫小亭，新的名字。」

看著女娃爲了名字那麼高興，夏碎猛地想起，他已經脫離了能爲小事高興的年紀很久很久了，即使再怎樣想要記得過去那些微渺的時光，卻怎樣都難以想起。

「主人，不喜歡這名字嗎？」女娃繞過桌、歪著頭對上他的視線。

「不會，很好聽。」勾了勾熟稔的笑容，夏碎對她招了招手，然後從桌子下面拿出了小盒子，「妳頭髮散散的不好看，我幫妳梳頭。」

女娃立即蹦上他的腿撒嬌地坐著，金色的眼睛看著盒子被打開，裡面擺著木製的美麗髮梳和小鏡子，「主人自己也用這梳嗎？」她喜歡髮梳的樣式，看起來像是漂亮的點心。

「不用的，這是我母親的物品，平時只放著。」而且他想他也不太適合用這些東西。俐落地幫女娃梳好髮，夏碎從小盒子裡拿出兩條繩，兩三下給女娃紮了辮子、繞圈固定在小小頭顱的兩旁。「小亭喜歡的話，就讓妳用。」

「小亭很喜歡。」跳下腿，女娃兩手按著髮辮，又是大大的笑容，「還有主人，小亭最喜歡。」

夏碎仍然是笑著的，然後收了髮梳放進小盒子，將那只木盒遞給女娃。

接過木盒，女娃燦爛地笑著，兩隻短短的小手緊抱著木盒往他懷中鑽，「小亭最喜歡主人了，只要主人有事情，小亭一定會幫忙，要殺人也好、要吃人也好，就算要詛咒別人、要小亭消失也沒關係。」

拍拍女娃的背，夏碎微微嘆了口氣，「不會要妳消失的。」

「嗯。」女娃抬起頭，笑笑地望著他，「主人，小亭一直陪在你旁邊好不好？」

「只要妳喜歡的話，都可以。」

「一直一直在一起喔？」

「嗯。」

那天之後，夏碎的房中多出了新的小小房客。

雖然食量大了一點，不過在往後，這名新房客的確爲他帶來了很大的幫助。

又過了好一陣子，有了更進一步的感觸是在小亭翻閱雜誌後的某一天，對他提出的經典問句。

「主人，小亭長大嫁給你好不好？」

這個問題讓夏碎受到衝擊久久無法回答。

日後和搭檔好友提起，對方相當無良地回了他一句冷言嘲笑：

「恭喜你晉升爲阿爸。」

於是，他也從那時開始煩惱起教育計畫了。

〈溫馨日記（僞）〉完

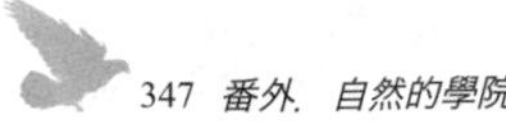

番外・自然的學院

地點：Atlantis

時間：午夜一點十分

惡靈學院對亞里斯一戰之後，難得有著無任務的休息時間。

實際上，在大賽期間，爲了不影響袍級學生參賽，公會分派任務上，會盡量減少他們的執行分配量。

不過對於他的搭檔來說似乎完全沒影響，任務照樣接，人也照樣忙碌。

夏碎看著剛從外面走進來的友人，後者完全沒有意外地看著他。

即使現在是深夜，地點還是黑館的大廳。

「拿到了？」

「是啊，禔亞與七陵的第一戰影像，我請朋友轉送過來。」站起身，夏碎放下手邊正在看的書籍，「無袍級且長久不參賽的七陵學院爲什麼會突然參與這屆賽事呢，眞是讓人相當好奇。」

爲了收集對手資訊，他們也取得了總決賽之前不少比賽的資料，但是七陵學院似乎一直碰上比較弱小的學院隊伍，幾乎不費吹灰之力就得勝，深入參考的價值並不高。

另外，因為七陵學院自身各種的禁忌，派出的隊伍經過申請，除了隊長韋天之外，其餘登錄隊員名字皆不公開，僅有大會內部可核對證明身分，非常地保密。

這並不是什麼罕見的事情，在這個世界中，有許多人都有著這樣的禁忌，即使是他的搭檔也相同。所以只要大會能夠審核身分，外界也不會有任何質疑。

「上來吧。」

跟著黑袍走上樓，夏碎邊打量著已經來過不少次的黑館，比較起來，紫館的環境其實好上許多。但是話說回來，白館的環境又比紫館還要好，這是能力分配與使用習性的問題。

當然，聰明的袍級們也不一定完全只使用分配的房間，大多數人會將房間和自己慣用的空間做結合，這又是另一個方式了。

友人打開門之後，房門後果然還是被隔壁那位稱之為貧瘠的房間。不管是住在白館或是紫館，總是一樣，什麼都沒有，只有清冷的空氣和基本家具。

站定之後，夏碎拿出影像球，打開之後，喧鬧的播報聲立即傳來——

「現在進入的是第二競技場、禔亞學院與七陵學院的第一賽！來自石谷中的第一幻獸學院擁有最多樣化的幻獸，驅使的成熟技術凌駕於所有學院之上，就連公會也經常與之合作，雙黑袍搭檔更是眾所矚目。另外，崇尚自然的隱派學院在很久之前已經不再參賽，本屆重新參與賽事引起熱烈討論；且在先前各資格賽中以零敗的高分數踏入總決賽十強之一，相當厲害！究竟他們今天會帶來怎樣的一戰呢？比賽即將開始，請不要隨便亂眨眼睛，可是會錯過精彩畫面喔！」

在白色競技場慢慢成形之後，褆亞學院的雙黑袍出現在場面上。

比賽之前，不管是哪個學院代表都會儘可能收集最多相關資料，當然夏碎等人也相同。

褆亞學院爲專攻幻獸的學院，擁有高中和大學、聯研三種學籍。

潔絲和馬休瑞是褆亞學院中新一代的黑袍學生代表，兩人在大學二年級、也就是去年一起考上黑袍，也是非常有名的情侶袍級組合。

實務上也解決了不少高等級任務，實力相當堅強，是這次大賽中被看好的前幾名隊伍之一。

相較之下，完全沒有任何資料的七陵學院看來勝算似乎並不是很大。

「對上兩名實力堅強的黑袍，七陵學院的代表選手將如何應付呢！隊長韋天……咦？」隨著播報員的疑惑聲音，會場四周的觀眾們也安靜了下來。

七陵學院代表隊的休息區只走出來一個人。

大概沒想到竟然不是隊長出賽，潔絲和馬休瑞有瞬間也愣了下。

穿著長袍的七陵代表合起手，緩慢地點了頭，「請出手。」

「既然小看我們，那就不客氣囉。」潔絲勾起漂亮的笑容，然後揮出右手，一團紅色的霧氣像是漩渦般纏繞了過來，「霸王。」

轟然一聲，空氣中震出了巨大的翅膀，接著是纏繞著火焰的飛龍衝出隔離空間。

「出現了！黑袍潔絲的幻獸！」提升了高度，播報員險險閃過龍散出的強烈火焰，周圍觀眾席紛紛搭起了隔離結界，避免被波及。「火系飛龍，就連資深黑袍都不一定有把握能夠驅使……唉呀，飛龍旁邊似乎還有什麼喔！」

「埃妮芬。」張開了手，透明的泡沫不斷從馬休瑞手中飛出。

飛龍咆哮了聲，身邊出現了像是鳥一般的透明形體。

「就算對手很弱小，我們也絕對不會手下留情。」潔絲看著眼前單薄的代表，「這是對所有參賽者的尊敬，不管輸贏，就讓我們痛快地打一場吧。」

抬頭看著飛龍與水精獸，七陵代表點了點頭，「這是當然。」

「那麼，上吧。」

❀

地面傳來陣陣的波動。

巨大的火焰從空中砸落爆炸的同時，氣流突然改變了。

一動也不動的七陵代表甚至連看也沒看，只是輕輕地將手按在胸口，整個場上的空氣一滯，猛地轉繞了風向向上捲衝，在半空中就撞上了火焰，硬生生地將所有火捲至熄滅，只留下一抹黑煙飄散在空氣中。

高空中的飛龍憤怒地吼叫，瞬間向下俯衝。就在所有人以爲七陵選手會被龍給扯碎同時，一小段像是古曲歌謠般的吟唱從帽紗下傳來。

潔絲瞬間變了臉色。

只見飛龍猛地停下了衝勢，就這樣停留在七陵代表上方不遠處，似乎很仔細地聽著那段吟唱。

「龍語。」

夏碎看了眼身旁準確無誤辨認出歌謠的友人，然後繼續將視線放回比賽上。「七陵學院會龍語？」他還以爲那是幻獸學院的專長……應該說，連幻獸學院都不一定能完全掌握龍語，畢竟那是難以取得的語言。

龍不像精靈會試圖理解萬物，基本上龍不屑與所有種族來往，所使用的龍語更不可能外傳，連精靈們都不一定能夠百分之百與之溝通。

先不管身邊的黑袍友人爲什麼能分辨龍語，夏碎對於七陵學院能吟唱龍語感到更好奇。

「如果七陵學院專精龍語，應該很早就被傳出了。」畢竟龍語相當重要，假使學院掌握完全的龍語，肯定早就震驚世界了，「所以很可能是那位選手個人會的……也或許他本身就是龍族、或與龍族有牽連吧。」

帽紗下的臉是什麼種族，沒人能夠眞正曉得。

夏碎點點頭，繼續看著比賽。

那時候的潔絲肯定更為震驚。

對一個幻獸是龍的人來說，得到完全的龍語應該是畢生的心願。雖然龍會因為某些原因成為幻獸，為自己選定的對象協助出力，但是也僅只幫助而已，不可能教導對方龍語。

輕輕鬆鬆就唸出龍語的七陵代表緩緩看著空中的飛龍，這時候飛龍已經毫無殺氣了，就連身邊的火焰都斂起，似乎很擔心傷害到下面的選手。

「如果可以，請將這位飛龍閣下召回吧。」看向潔絲，七陵選手淡淡地說著：「牠不願意在今日一戰。」

潔絲召回飛龍，嚴肅了起來，「你是龍族？或是龍使？」在說話的同時，另一股藍紫色的氣流自身後轉出，綻放出絲絲的香氣。

七陵代表搖搖頭，並沒有回答對方的問話，「我希望可以盡快結束比賽。」

「我們也這樣希望呢。」召出了花獸，潔絲重新評估了對手的能力，「雖然不知道七陵學院到底賣什麼藥，但是總是會試出來的，當然連你的真面目也是。」

「七陵學院不想與各界為敵，請原諒我們必須使用其他方式獲勝。」

「什麼……」話還未說完，潔絲忽然取出了幻武兵器，與身旁的黑袍同伴背靠背，如臨大敵地完全警戒了起來。

自己也是袍級，所以夏碎分辨得出來兩名黑袍在當下一定是感覺到什麼，因為不在場內，就他看來，場內似乎並無其他異狀，當時的觀眾台也因此不斷發出疑惑聲響一樣。

但是很多時候，高強者只會讓對手感覺到那種巨大的威脅與壓力，這應該就是潔絲和馬休瑞會同時緊張起來的原因。

雖然在公會的能力評估上，他們兩位比身邊的友人還稍微低階一點，但是能得到黑袍也已經是相當的高手，而七陵學院無袍級的選手能夠同時讓兩名黑袍警戒成這樣……

「七陵派出的人不簡單。」

聽見了身邊的聲音，夏碎跟著點點頭，「雖然說無袍級，但是派出的三名代表恐怕全都有與黑袍對等的能力。」

「嗯，七陵學院的人都不能用一般標準衡量，即使是我們碰上，落敗機率也會相當高。」

同意了這個說法，而且夏碎認爲場內的禔亞學院肯定也是認同的。

只見完全沒移動過的七陵代表猛地擊了一下掌，場內突然震動了下，連觀眾區都感覺到那種打從地底深處挾帶著地鳴而起的震波而起了更多騷動。

指著地面，七陵代表淡淡地開了口：「水月轉影、二輪返送。」

「八星。」

潔絲和馬休瑞幾乎是在同時也散出了攻擊性與防禦性的陣法，但是比他們更快的銀色三角陣型自地面衝上，強硬地在天空中擴散開來，覆蓋了整個比賽場地，銀色的光點像是雨般不斷地落下。

在高空中的水精獸和花獸發出奇異的號叫聲。

同時向上看，持有幻獸的黑袍們露出驚愕的表情，輔助的幻獸在銀色光點落下剎那消失不見。

「請不用擔心，我只是先將他們送回他們原本的地方，我不希望傷害到任何存在。」抬起手心，七陵代表輕輕一握，銀色光陣同時消散，也帶離了潔絲兩人的法術，場面上再度恢復爲什麼都沒有的狀態，僅剩下持續中的地鳴令人不安。

相互交換了眼色，潔絲與馬休瑞默契極高地同時消失在場上。

再出現時，七陵代表周圍拉出了黑網直接覆蓋在他身上，站在後面的潔絲揮出了長刀，完全不留情地甩進黑網所捕捉到的軀體。

下一秒，馬休瑞狠狠地揮刀斬去對手的頭顱。

場面上一片肅靜。

「八星。」

撕破寂靜的淡然聲音出現在兩名黑袍頂上，「風水反轉，調移止息。」

全場還未反應過來，潔絲與馬休瑞突然像是斷了線的人偶，瞬間倒地再也沒有任何反應。

慢慢地從空中落下，七陵代表正好踏在散開來空無一物的黑網上。

整個比賽空間靜得連一點聲音都沒有。

緩緩地抬起頭，七陵代表看向了天空中的播報員，也將僵住不敢動彈的女孩給嚇了一大跳。

「結、結束了!禔亞學院對七陵學院，七陵學院勝出！」

場面一片譁然。

在吵鬧中，七陵代表靜靜地走回自己的選手區，數秒之後，整個代表隊消失蹤影。

只留下地鳴已經停止的大會場地。

※

「五招內擊敗兩名黑袍，好強。」

看著慢慢暗下的畫面，夏碎對於未知的七陵學院感覺到一陣敬畏。

他甚至無法完全分辨剛才那名代表的招式。

「不愧是七陵學院。」揮掉了畫面，身邊的友人拿起了水晶，「剛剛那個人調動了場上的自然元素，在一開始就掌握了所有元素，讓所有的一切都投誠於他，包括潔絲和馬休瑞……雖然他們兩個自己沒有感覺，但是在最後一秒，身體聽從了對方的命令，直接失去意識。」

「是在火龍出現時，地面開始波動那時候吧。」思考著剛才的提點和比賽，夏碎多少開始理解了對方使用的方式，難怪七陵的代表會說不想與各界爲敵，某方面來說，即使是這種看似溫和的手法，對任何人的殺傷力還是都很大。

如果用更直接的方式，可能以後會成爲所有人擔心警戒的對象。

雖然他是紫袍，但是剛才乍看之下只感覺到兩名黑袍莫名失去意識並沒有發現哪邊不對，只要不點破，一般袍級可能會歸咎於突然使用昏厥型術法偷襲吧。

現在看起來，並非賽前七陵遇到的選手太弱才會讓他們一路升級，恐怕七陵太強了才是眞相。

而他們使用的獲勝手法又很罕見，所以才沒有被特別注意。

「八星導術，雖然以前聽師父講過，但是並沒有實際遇過……」

看著身邊沉思的黑袍，夏碎勾起微笑，「你該不會也會使用吧？」難怪他看得出來，元素法術是很難破解的一門。

「不，沒辦法。除了先天必須適合調動之外，一般學習者要調動元素都需要花點時間，像七陵那名代表在瞬間完成範圍內所有調動很罕見，最重要的是，使用這類導術的人一定要保持心與靈完全平和純淨、讓一切認同他，這種事普通人辦不到。」頓了頓，看起來有點苦惱的黑袍皺起眉，「他一定不是尋常種族。」

扣掉那名代表，七陵學院還有另外兩個，也不知道各自擁有什麼能力。

眼下看來，實力水準相當地高，但是他們又隱匿自己的力量，僅使用最小程度在比試……他實在想不出來他們究竟爲了什麼出現在已經不參加的大賽中。

「遇上的話，說不定我們會很快落敗吧。」夏碎聳聳肩，「眞是可惜。」

「沒什麼好可惜的，比賽如果只重視勝負，那就失去比賽的意義，必須盡快從中獲得更多，之後……」

時間會推動齒輪。

他們必須更抓緊這種機會，不管是自己或是推著別人，都沒多少時間了。

「褚一定能夠有所成長的。」看著窗外黑暗的天空，夏碎淡淡地說著：「不管是他，或是其他人。」

這場大賽不只是比賽，而是讓年輕的新人能接觸更多，然後各學院能以自己的能力相互補缺，更緊密地攜手合作。

「最好是會。」

咬牙切齒的聲音傳來，接著夏碎看到搭檔突然轉身往外走，一把摔開房門之後，剛剛討論到的新人就在門外抖。

「你半夜不睡覺在幹嘛！」

顯然有點驚嚇的新手瞪大眼睛，「呃……沒、沒事……」

「沒事你在我房間門口碎碎唸什麼！煩死了！」

夏碎一眼就看見那個男孩手上抱著水瓶，他想他的搭檔一定也知道對方只是想下樓去裝水，但是又很害怕黑館的晚上。

說實在的，很久以前第一次進黑館的當下，夏碎也認爲黑館的夜間實在是令人夠歎爲觀止的。

「正好我也差不多該回去了，褚跟我一起下樓如何？」

他看見男孩露出非常顯眼的感激表情。

「夏碎學長在眞是太好了……是說夏碎學長這麼晚怎麼會在學長房間……？」

「需要一點賽後檢討。」

「咦、咦？」

「要下去就快點給我滾下去，不要在那邊吵！」

「對不起學長我閉腦了！」

夏碎笑了笑。

之後的事情，誰知道呢。

現在，他就暫且先對七陵學院保持好奇吧。

〈自然的學院〉完

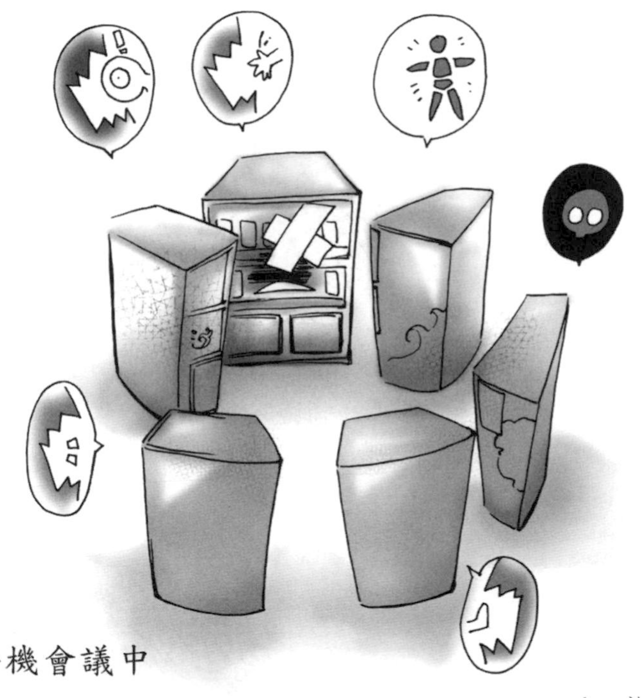

飲料機會議中

by 護玄

特殊傳說
THE UNIQUE LEGEND

下集預告

新版
特殊傳說
THE UNIQUE LEGEND
VOL.5 *秋季，熱鬧上市！*

湖之鎮消失事件撲朔迷離，
整裝好進入排水道的漾漾等人，還沒找到學長，
就碰上意料之外的那個人，而且還發現鬼族氣息？

漾漾不小心誤觸被安地爾動過手腳的水晶，
為了保護他，竟造成了伊多性命垂危的情況！

內心OS：
啊啊，
好久不見的阿嬤又在對岸向我招手了……

國家圖書館出版品預行編目資料

特殊傳說／護玄 著.
——初版.——台北市：蓋亞文化，2012.10
冊；公分.——

ISBN 978-986-319-008-0（卷4：平裝）

857.7 101005845

悅讀館 RE274

4

作者／護玄
插畫／紅麟 封面設計／克里斯
出版／蓋亞文化有限公司
地址◎台北市103承德路二段75巷35號1樓
電話◎（02）25585438 傳眞◎（02）25585439
部落格◎gaeabooks.pixnet.net/blog
臉書◎www.facebook.com/Gaeabooks
電子信箱◎gaea@gaeabooks.com.tw
投稿信箱◎editor@gaeabooks.com.tw
郵撥帳號◎19769541 戶名：蓋亞文化有限公司
法律顧問／宇達經貿法律事務所
總經銷／聯合發行股份有限公司
地址◎新北市新店區寶橋路235巷6弄6號2樓
電話◎（02）29178022 傳眞◎（02）29156275
港澳地區／一代匯集
地址◎九龍旺角塘尾道64號龍駒企業大廈10樓B&D室
電話◎（852）27838102 傳眞◎（852）23960050
初版十一刷／2022年5月
定價／新台幣 250 元
Printed in Taiwan

ISBN／978-986-319-008-0

蓋亞文化　讀者迴響

感謝您在茫茫書海中選擇了蓋亞，您的支持是我們最大的動力。
不要缺席喔，讓我們一起乘著夢想的羽翼，穿越時空遨遊天地！

姓名：　　性別：□男□女　　出生日期：　年　月　日
聯絡電話：　　手機：
學歷：□小學□國中□高中□大學□研究所　　職業：
E-mail：　　（請正確填寫）
通訊地址：□□□
本書購自：　　縣市　　書店
何處得知本書消息：□逛書店□親友推薦□DM廣告□網路□雜誌報導
是否購買過蓋亞其他書籍：□是，書名：　　□否，首次購買
購買本書的動機是：□封面很吸引人□書名取得很讚□喜歡作者□價格便宜□其他
是否參加過蓋亞所舉辦的活動： □有，參加過　　場　　□無，因爲
喜歡出版社製作什麼樣的贈品： □書卡□文具用品□衣服□作者簽名□海報□無所謂□其他：
您對本書的意見： ◎內容／□滿意□尚可□待改進　　◎編輯／□滿意□尚可□待改進 ◎封面設計／□滿意□尚可□待改進　　◎定價／□滿意□尚可□待改進
推薦好友，讓他們一起分享出版訊息，享有購書優惠 1.姓名：　　e-mail： 2.姓名：　　e-mail：
其他建議：

廣告回信 郵資免付
台北郵局登記證
台北廣字第00675號

TO：蓋亞文化有限公司　收

103 台北市承德路二段75巷35號1樓

Gaea

Gaea